LES AMOURS

DU

VERT-GALANT

POISSY. — TYP. ET STÉR. DE A. BOURET.

LES AMOURS

DU

VERT-GALANT

LA MIGNONNE DU ROI — GIANGURGOLO

PAR

EMMANUEL GONZALÈS

PARIS

E. DENTU, ÉDITEUR

LIBRAIRE DE LA SOCIÉTÉ DES GENS DE LETTRES

PALAIS-ROYAL, 17 ET 19, GALERIE D'ORLÉANS.

—

1866

A MADAME

L. DE PONSON DU TERRAIL

Hommage de respectueuse sympathie

Un ami sincère de l'auteur de CHAMBRION.

EMMANUEL GONZALÈS

LES AMOURS

DU VERT-GALANT

I

Dans la matinée du 15 septembre 1539, quoique-
qu'il bruinât fort, un jeune homme arpentait, du
pas mesuré d'une sentinelle, l'espace qui sépare le
Louvre de l'église Saint-Germain-l'Auxerrois.

En le voyant passer, les femmes disaient :

— C'est un amoureux qui attend sa colombe,
et par un temps à enrhumer des tire-laine! Pauvre
garçon! rien que pour son courage je crois que je
l'aimerais volontiers.

— C'est quelque raffiné d'honneur qui attend ses
seconds, disaient les hommes. Je ne voudrais pas
avoir maille à partir avec ce gaillard-là; il me fait
l'effet d'avoir la flamberge peu endurante.

Hommes et femmes se trompaient. Notre prome-

1

neur n'avait à cette heure, en espérance, aucun rendez-vous qui lui chatouillât le cœur, aucun duel qui lui échauffât la cervelle.

C'était un grand et beau garçon de vingt ans environ, robuste et bien taillé. Ses traits fortement accentués, ses cheveux d'un blond douteux, beaucoup plus longs qu'on ne les portait alors, son nez busqué comme le bec d'un oiseau, et sa petite moustache rude et fauve qui se tordait aux deux coins de sa lèvre en deux crocs menaçants, donnaient à sa physionomie un caractère assez étrange.

Ce qui attirait surtout l'attention des passans, c'était la coupe singulière de son pourpoint de drap blanc à revers noirs, couleurs nationales du canton du Zurich.

Le jeune montagnard, qui s'appelait Georges d'Urfen, était parti de son pays la bourse fort peu garnie, suivant l'usage immémorial de ses compatriotes, et sans autre bagage qu'une lettre de recommandation adressée à messire de Brandberg, son oncle maternel, capitaine des hallebardiers du roi.

A peine arrivé, il était allé s'enquérir au Louvre de messire de Brandberg. Là on lui avait répondu laconiquement que les hallebardiers du roi seraient de garde au palais vers dix heures.

Georges était descendu le matin même dans une hôtellerie voisine de la porte Saint-Antoine. Il aima donc mieux, quoique exténué de lassitude, continuer sa promenade, en attendant la venue des hallebardiers, que de retourner se reposer à l'autre extrémité de Paris. Mais, au moment où neuf heures sonnaient à Saint-Germain-l'Auxerrois, il ressentit une sorte de défaillance dont il ne se rendit compte qu'en voyant passer un porteur de pâtés chauds qui exhalaient un délicieux parfum. Il se rappela qu'il n'avait pas déjeuné; il pensa qu'un homme à jeun ne pouvait pas réussir à la cour, et résolut de renouveler sans plus attendre son enquête à l'endroit de messire de Brandberg.

Il tendit donc le jarret, posa la main sur la poignée de sa longue épée, dont il releva fièrement la pointe en arrière, et, frisant sa moustache que l'humidité rendait rebelle, il s'approcha d'un sergent qui causait avec les hommes de garde.

— Monsieur le sergent, dit-il en s'inclinant avec la politesse un peu gauche d'un étranger, on m'a assuré que les hallebardiers du roi seraient de service au Louvre ce matin.

— Ils nous relèvront à dix heures, mon gentilhomme, répondit celui-ci.

— Alors je verrai probablement messire de Brandberg, continua Georges en tirant de son pourpoint une large missive qu'il fit complaisamment glisser sous les yeux du sergent.

— Je ne connais pas ce nom-là!

Notre montagnard regarda son interlocuteur de travers, et les lobes de ses oreilles se colorèrent en rouge écarlate, comme la crête d'un jeune coq en colère.

— Comment! s'écria-t-il, avec un éclat de rire nerveux, vous ne connaissez pas le capitaine des hallebardiers du roi? voilà qui est bien singulier.

— Moi, je suis aux arquebusiers, mon gentil-homme, répliqua tranquillement le sergent qui reprit sa conversation un instant interrompue.

Georges d'Urfen se crut insulté. Le feu de ses oreilles monta jusqu'à son front. Il lui paraissait invraisemblable qu'on ne connût pas messire de Brandberg, qui, après la reine mère et le roi, était, dans son estime, le personnage le plus important du royaume. Il se demanda s'il ne ferait pas bien de châtier l'insolence de ce soldat; mais comme le porteur de pâtés chauds s'était arrêté à écouter d'un air narquois son dialogue avec le sergent, son estomac lui donna tout à coup un conseil bien différent, si ce n'est aussi belliqueux. Ne valait-il pas mieux profiter de l'heure qui lui restait pour aller déjeuner. Georges opta pour ce dernier parti, et, tournant sur ses talons, il s'en alla droit devant lui.

— Que ces Parisiens, qui passent pour les gens les plus civilisés du monde, sont mal élevés!... Quelle différence entre eux et nos honnêtes montagnards qui font si bon accueil aux voyageurs!

Et comme, par suite de sa préoccupation, il venait de marcher dans une mare d'eau et de s'éclabousser jusqu'à mi-jambe :

— Que leurs rues boueuses sont loin de valoir nos chemins verts!

Puis rejetant à vingt pas de là un regard de dédain sur la Seine, qu'on lui avait tant vantée :

— Qu'ils osent donc comparer leur rivière, qui se traîne comme une limace entre deux berges hérissées de verres cassés et d'immondices, à nos fleuves impétueux bordés de roches sauvages, à nos torrents, à nos cascades.

Tout en parlant ainsi, il arriva rue Saint-Honoré, et avisa une auberge d'assez piteuse apparence; l'enseigne qui grinçait au vent semblait lui faire des agaceries pour l'inviter à entrer. Notre gentilhomme se laissa séduire, et après s'être assuré d'un coup d'œil rapide que personne ne l'observait, il se jeta d'un bond dans ce bouge enfumé.

L'hôtelier le salua, et, posant sur la table ses deux poings luisans de graisse, il lui demanda ce qu'il fallait lui servir. Comme tous les gens affamés, Georges répondit :

— Ce que vous aurez de tout prêt.

On lui apporta une anguille qui nageait dans une sauce gluante et noire :

— Que diable me donnez-vous là! un poisson qui a une tête de canard!

— C'est une lamproie, dont la sauce a été faite avec son vrai sang, répondit l'hôtelier en souriant d'un air béat.

Georges repoussa le plat d'un geste plein d'horreur.

— Enlevez cette affreuse bête et donnez-moi autre chose.

Après un bon quart d'heure d'attente, on lui servit un mets appétissant à l'œil, mais qui lui parut d'une origine inquiétante.

— Quelle est cette viande ?

— Un râble de lapin !

— Du lapin ! s'écria Georges en pâlissant.

— Oui, du lapin, mon gentilhomme. Et la preuve la voici, ajouta le prévoyant hôtelier en montrant au neveu du capitaine une vieille peau de lapin qui séchait dans un des coins de la cuisine.

— On mange donc de ces animaux-là chez vous autres Parisiens? demanda Georges stupéfait. Jamais, dans toute la Confédération, on n'a entendu parler de manger des lapins. Ils servent à l'amusement des petits enfants. Faites disparaître au plus vite ce plat dont la vue me soulève le cœur.

Peut-être l'aubergiste eût-il pu rassurer son hôte en lui avouant franchement que son lapin était un chat; mais sa salle était pleine; un tel aveu l'eût perdu.

Georges se hâta de tremper son pain dans un peu de vin, paya son maigre écot, et s'enfuit de ce malencontreux cabaret.

Quand il passa devant Saint-Germain-l'Auxerrois dix heures sonnaient. Les hallebardiers encombraient déjà les abords du palais. Il se glissa parmi la foule de curieux qui stationnaient devant le Louvre, et pénétra violemment dans l'intérieur, sa lettre de crédit à la main.

Ne sachant à qui s'adresser ni de quel côté diriger ses recherches, il aperçut un prêtre qui le précédait de quelques pas : Suivons ce digne homme, se dit-il à lui même; il doit avoir ses entrées partout.

Il le suivit dans une vaste salle où fourmillait une cohue de gentilshommes et de pages. Le prêtre passa sans encombre. Georges n'eut pas le même bonheur; il fut salué sur sa route par vingt quolibets qui lui parurent peu polis.

— Messieurs, dit un jeune page en poussant ses compagnons du coude, tandis qu'il leur montrait du doigt le petit manteau du prêtre et le pourpoint blanc à revers noirs que portait le montagnard, signez-vous! rencontrer en même temps sur son chemin un corbeau et une pie, c'est de mauvais augure!

Georges se retourna vivement :

— Si je ressemble à une pie, mon petit jeune homme, reprit-il, j'ai bec et ongles, je vous en préviens.

— *Rostrum et unguis!* reprit une voix de fausset qui monta de la foule.

Georges prit cette traduction de ses propres paroles pour une nouvelle insulte. Il promena des regards irrités autour de lui, *quœrens quem devoret.*

— Prenez garde, messieurs, dit un gentilhomme lorrain, ce jeune étranger me paraît avoir la tête près du bonnet.

— S'il avait le bonnet moins près de la tête, il n'en serait que plus poli, reprit un Gascon.

Georges enfonça sa barrette avec un geste de colère.

— Décidément, messieurs, dit un troisième, il a la patience courte.

— Il vaudrait mieux qu'il l'eût plus longue et que sa rapière fût plus courte, riposta le Gascon. Diable de lame! il la fourre dans les jambes de tous ceux qui passent.

— Je ne vois qu'un moyen de remédier à cet inconvénient, c'est de vous la fourrer dans le ventre, monsieur, reprit Georges d'un ton menaçant et le poing sur la hanche, quoiqu'il ignorât que ce fût là le geste de provocation et de défi adopté par les raffinés d'honneur.

Aussi un murmure d'approbation accueillit-il ces dernières paroles.

— Vous pourrez essayer quand bon vous semblera, mon cher monsieur. Nous trouverons près d'ici un endroit fort commode pour ces sortes d'essais.

— Le temps de remettre à messire de Brandberg, mon oncle, cette lettre que j'apporte de Zurich, et je suis à vos ordres.

— Quoi! vous seriez le neveu du capitaine des hallebardiers du roi! s'écria le Lorrain. Monsieur, je vous en félicite.

— Recevez mes compliments bien sincères, dit un autre.

— Nous estimons fort les Suisses, reprit le Gascon, et je serai fier d'étrenner avec vous ma nouvelle rapière; nous deviendrons ensuite les meilleurs amis du monde.

Et chacun de se confondre en salutations, Georges ne savait plus auquel entendre.

— Mon gentilhomme, dit le page, vous trouverez monsieur votre oncle en suivant la galerie qui vous fait face.

— Puis au bout vous tournerez à droite.

— Vous ferez dix pas et vous prendrez à gauche.

— Et vous frapperez à la troisième porte.

— Un valet vous ouvrira et vous lui remettrez votre lettre.

Georges d'Urfen salua le groupe qui s'était formé autour de lui, et s'éloigna majestueusement en relevant la pointe de son épée d'une main et sa moustache de l'autre, sans se souvenir d'une seule de ces recommandations.

De sorte que, après bien des détours, il ouvrit une porte à tout hasard, et pénétra dans une salle assez mal éclairée, espèce de serre chaude où toute une collection de plantes grasses maigrissait et s'étiolait faute de soleil. Il traversa rapidement cette pièce, poussa une autre porte, et se trouva, à sa grande surprise, dans un joli enclos plein d'ombrages et tout parfumé de fleurs.

Notre montagnard marchait sans s'en douter sur l'emplacement occupé pendant plusieurs siècles par la grosse tour du Louvre, que François Ier avait fait abattre en 1528.

Catherine de Médicis avait abandonné à ses filles d'honneur ce terrain sans destination jusqu'alors, et celles-ci avaient transformé le sauvage enclos, envahi par les plantes parasites, en un jardin délicieux, où pendant la belle saison elles venaient chaque jour passer quelques heures, si le temps et la reine mère surtout le permettaient.

Le coin du ciel qu'apercevait le jeune Suisse n'était plus tatoué de brumes et de nuages; on eût dit d'un rideau d'azur; le soleil et la terre avaient bu la pluie du matin. De douces senteurs montaient du sol. Un charmant caquetage de voix fraîches et argentines s'élevait d'un massif de verdure. C'était d'abord comme un gazouillement d'oiseaux cachés

1.

dans les branches. Mais bientôt, aux éclats de rire, aux petits cris joyeux qui éclatèrent tout à coup, il comprit que c'était une nichée de jeunes filles dont il n'était séparé que par un rideau de feuillage.

— Enfin, dit-il en s'approchant du massif, je vais donc trouver quelqu'un qui me remettra dans le bon chemin. Jamais neveu n'a eu autant de mal à trouver son oncle. Il écarta tout doucement les branches, moins par curiosité que par politesse, mais le malheureux resta comme ébloui du ravissant tableau qui surprenait ses yeux.

Cinq jeunes filles, rivalisant de beauté, et aussi légèrement vêtues que les dryades d'Ovide, jouaient autour d'un bassin bordé de gazon; la plus brave tâtait l'eau du bout de son pied mignon; les autres jetaient en riant aux éclats leurs fraises amidonnées et leurs petites coiffes de velours sur un groupe touffu de tournesols, qui leur tendait complaisamment ses grandes fleurs radiées.

Avec leurs longs cheveux bruns, blonds ou dorés, éparpillés sur leurs épaules et leurs bras nus, avec leurs jupes courtes et leurs blanches gorgerettes, ces rieuses, qui étaient tout simplement les plus belles et les plus nobles filles du royaume, paraissaient plus séduisantes encore que dans leurs riches toilettes de cour.

Georges chancelait sur ses jambes comme un homme ivre; une fièvre inconnue s'allumait dans ses veines, si bien qu'oubliant toute prudence, le naïf montagnard passa sa tête tout entière à travers

le feuillage pour s'assurer sans doute qu'il n'était pas
le jouet d'un rêve.

A l'apparition de cette face empourprée dont les
grands yeux semblaient flamboyer, mademoiselle
Suzanne d'Auricourt, qui s'était chargée de veiller
sur ses compagnes, poussa un cri d'alarme qui jeta
le désordre et l'épouvante parmi les belles bai-
gneuses.

Toutes s'enfuirent comme une volée d'oiseaux ef-
farouchés, cherchant un abri derrière les tournesols
sur lesquels leurs vêtements étaient jetés pêle-mêle,
et, tout en couvrant leurs épaules de voiles, de
guimpes, de mantes un peu au hasard, elles pous-
saient des cris effrayants.

— Un homme ici ! trahison ! vengance ! au secours !

C'était un concert de plaintes furieuses, capable
d'attirer dans le jardin tous les postes du Louvre.
Quant à Georges, cause innocente de ce tumulte,
émerveillé, étourdi, en contemplant la splendide
beauté de mademoiselle d'Auricourt, il ne voyait
plus, il n'entendait plus qu'elle seule ; sa physionomie avait pris tout à coup une expression si singulièrement comique et effarée, que Suzanne éclata de
rire malgré la gravité de la situation.

Elle se tourna vers ses compagnes, et leur montrant d'un geste railleur la mine décontenancée du
coupable :

— Rassurez-vous, mesdemoiselles, notre imprudent visiteur a beaucoup plus peur que nous.

Quatre têtes, dont les yeux pétillaient de curiosité, apparurent au-dessus du rempart de fleurs.

— Tant mieux ! s'écria la belle Diane de la Fère en frappant vaillamment du pied ; s'il tremble, c'est le moment de nous montrer ! s'il veut se sauver, arrête-le, Suzanne ! et, s'il demande grâce, châtions-le de sa témérité :

— Pas de pitié pour lui ! ajouta Marguerite d'Aiglemont.

— Oui !... qu'il soit livré au prévôt ! dirent avec un touchant accord Agnès et Olympe.

Puis elles s'élancèrent hors de leur retraite, armées longues tiges de tournesols, dont elles cinglaient l'air pour intimider leur ennemi et le mettre plus aisément en déroute.

Georges, les voyant accourir en escadron serré, jugea prudent de battre en retraite ; il fuyait déjà quand mademoiselle Suzanne l'arrêta par le fourreau de sa trop longue épée.

— Vous ne vous échapperez pas ainsi, jeune téméraire, lui dit-elle. Nous allons vous juger et le prévôt du palais se chargera de l'exécution de notre sentence.

Georges joignit les mains ; il paraissait consterné :

— Je vous jure ma foi de chevalier, nobles demoiselles, reprit-il, que je ne suis criminel ni d'intention ni de fait. Je n'avais pas encore eu le temps de regarder quand...

— Quand j'ai heureusement donné l'alarme, interrompit Suzanne d'un air grave ; certes, il était temps ;

mais j'ai vu vos yeux braqués sur moi avec une impertinente fixité...

Le montagnard crut s'apercevoir qu'elle se mordait les lèvres pour ne pas sourire, et il riposta vivement :

— Raison de plus pour n'y rien voir, mademoiselle ! Est-ce qu'on peut admirer le soleil quand on le regarde en face.

— Le malheureux ! s'écria mademoiselle d'Aiglemont, il veut corrompre ses juges. Défendez-vous plus sérieusement, monsieur, ou le tribunal va vous nommer un avocat d'office.

— Soit ! répondit Georges. J'accepte avec d'autant plus de reconnaissance que ma tête est en feu, que mon cœur est gonflé à faire craquer mon ceinturon, et que mes yeux y voient double, ce qui augmente le dangereux effet que produit sur moi l'aspect de mes juges. Oui, si je devais plaider moi-même ma cause, je sens que je ne dirais que des sottises et je serais un homme perdu.

— Mademoiselle Suzanne d'Auricourt, défendez l'accusé.

— C'est justement elle qui m'a fourré dans le guêpier, pensa Georges. Puisse-t-elle m'en tirer !

— Juges intègres, dit Suzanne d'une voix claire, le crime de ce gentilhomme ne vous paraît-il pas, au premier abord, sans excuse et indigne de pardon?

— Beau début pour un défenseur, murmura le prévenu. Elle arrange bien mon affaire !

— Mais, en y réfléchissant mûrement, continua la demoiselle d'honneur, l'accusé a encore aggravé sa position par les flatteries qu'il vient de nous adresser, au lieu de se confier tout simplement à notre impartialité.

— Charmante demoiselle, interrompit vivement Georges, quand la chaste Suzanne fut surprise au bain par les deux vieillards, et vous la surpassez assurément en sagesse comme en beauté, elle se montra clémente...

Mademoiselle d'Auricourt sourit :

— Sa vertu ne courait pas grand danger. Ces criminels n'étaient que des vieillards, et ces vieillards étaient fort laids.

L'accusé salua son avocat, qui ne put s'empêcher de rougir.

Mademoiselle de la Fère s'avança brusquement :

— Pas de faiblesse, ma belle. Il nous faut justice et réparation. Quand Diane fut surprise par l'indiscret Actéon, elle le changea en cerf...

— Diane était une déesse, reprit mademoiselle d'Auricourt, et je ne sais si maître René lui-même sait assez de magie blanche pour opérer une si admirable métamorphose... Bah ! monsieur se mariera un jour et sa femme se chargera de nous venger !

Georges secoua la tête d'un air d'incrédulité.

— Dans mon pays, dit-il doucement, j'ai appris à respecter les dames, car les filles du Zurich sont toutes honnêtes, franches et chastes.

Les juges froncèrent leurs charmants sourcils.

— Croyez vous donc, jeune homme, répliqua d'une voix aigre-douce mademoiselle de la Fère, que les filles d'honneur de la reine ne soient pas dignes de rivaliser avec vos belles montagnardes ?

— Dieu me garde d'en douter ! répondit humblement George d'Urfen. De si jolis visages ne sauraient certes pas tromper.

— Et vous n'avez laissé à Zurich, courtois chevalier, demanda mademoiselle Suzanne avec une curiosité ironique, ni maîtresse, ni fiancée ?

— Hélas ! non, ma gente demoiselle.

— Anathème ! ce cavalier est décidément un hérétique bon à brûler.

Georges fixa sur elle un regard passionné.

— Mon supplice a déjà commencé, murmura-t-il timidement.

— Au prévot ! au prévot ! s'écrièrent les jeunes filles en l'entourant. Ce gentilhomme sans amour a-t-il la prétention de se moquer de nous ! N'écoute pas ses madrigaux suisses, Suzanne.

— Arrêtez, mesdemoiselles, dit le pauvre Georges tout confus. Vous ne m'avez pas bien compris. J'ai failli aimer une jeune fille du pays : mais le baron d'Urfen, mon père, a les mésalliances en horreur.

— Son nom ? demanda vivement mademoiselle Suzanne.

— Elle s'appelle Berthe. Oh ! c'est une vaillante fille que ma sœur de lait ! Il faut la voir avec ses pieds nus et sa petite jupe rouge, qui lui descend à peine au-dessous du genou, gravir nos pics les plus élevés ! Elle est infatigable et leste comme les chèvres qu'elle conduit.

— Ah ! elle a les pieds nus, dit mademoiselle Diane.

— Je vois d'ici sa petite jupe courte, dit mademoiselle Marguerite.

— Et elle conduit les chèvres ! dit à son tour Suzanne.

Mais Georges, ne devinant pas la raillerie qui pétillait dans les jolis yeux de ses juges, ajouta avec la plus grande naïveté :

— Il faut goûter surtout les petits fromages qu'elle pétrit de ses mains.

Les filles d'honneur ne purent tenir leur sérieux plus longtemps, et le neveu du capitaine rougit de confusion en les entendant éclater de rire ; mais il avait l'âme trop fière pour renier son amitié d'enfance par crainte des sarcasmes, et il reprit froidement :

— Berthe est svelte, grande et blonde. C'est la plus belle fille de Zurich ; elle est courageuse et bonne comme un chien de nos montagnes.

L'accent ému et pénétré de Georges rendit sérieuses les demoiselles de la reine, et Suzanne demanda à son client s'il espérait un jour fléchir l'orgueil de son père et épouser sa belle gardeuse de chèvres.

Le jeune Suisse soupira.

— Quand j'ai quitté Zurich, mademoiselle, j'aimais Berthe d'un amour d'enfant ; mais depuis que j'ai eu la témérité d'entrer dans ce jardin, image du paradis terrestre, j'ai goûté au fruit défendu.

— Eh bien ? demanda sévèrement mademoiselle d'Auricourt.

— Eh bien ! ce n'est plus Berthe que j'aime et que je voudrais épouser, balbutia l'accusé en re-

gardant Suzanne avec un embarras qui gagna la
demoiselle de la reine.

— Au prévôt l'infidèle ;

Ce ne fut qu'un cri de toutes ces charmantes
bouches.

— Vous l'avez entendu, mon gentilhomme de
Zurich, votre sentence est prononcée, dit mademoiselle d'Auricourt en entraînant son malheureux
client ; suivez-moi donc sans résistance ou je vous
livre aux hallebardiers du roi.

Georges, tout frémissant de sentir la petite main
blanche de Suzanne dans la sienne, salua galamment
les filles d'honneur de la reine, et suivit son guide.
Quand il fut bien sûr que personne ne pouvait l'entendre :

— Mademoiselle Suzanne, lui dit-il, puisque nous
voilà seuls, je dois vous confesser que je me soucie
de votre prévôt du palais comme d'une fraise, et que
si vous étiez assez bonne pour me livrer aux hallebardiers du roi, vous seriez une généreuse en-
nemie.

— Pourquoi cela ? demanda la jeune fille étonnée.

— Parce qu'ils me conduiront tout droit à leur
capitaine messire de Brandberg, qui est mon oncle
maternel et que je ne sais où trouver.

— Vous êtes le neveu de ce bon gentilhomme ?
S'il en est ainsi, je vous rends votre liberté, et je
veux vous indiquer votre chemin. Montez les huit
marches, suivez le corridor, et frappez à la troisième
porte à droite. Mais vous ne m'écoutez pas, monsieur.

Georges, en effet, ne songeait qu'à la regarder.

— Oh! que vous êtes bonne, mademoiselle, reprit-il avec feu; mais, avant de nous quitter, prouvez-moi que vous ne me gardez pas rancune de mon indiscrétion involontaire, laissez-moi presser contre mes lèvres cette petite main si blanche et si douce...

— Y pensez-vous monsieur, dit-elle en souriant, une main qui n'a jamais pétri de ces petits fromages que vous paraissez tant aimer.

Georges ne se tint pas pour battu :

— Si ma requête vous offense, souffrez au moins que je fléchisse le genou devant vous et que je baise le bas de votre robe...

— Cet excès d'honneur ne convient qu'aux reines, monsieur, et je ne pense pas que vous ayiez habitué à tant de courtoisie mademoiselle Berthe, dont la petite jupe rouge était si courte !

— Vous êtes impitoyable ! dit tristement le montagnard. Aussi qu'avais-je besoin de vous parler de ma sœur de lait? Ce jeune page qui me traitait de pie avait bien raison : je suis un bavard et un sot.

— Pourquoi rougir de votre franchise et de vos souvenirs de jeunesse, monsieur d'Urfen! On est bien malheureux quand l'expérience vous a séché le cœur. Croyez-moi, retournez à Zurich, et renoncez à la cour. Vous avez une âme trop fière et trop loyale pour y faire fortune, et vous n'y trouverez pas le bonheur... Ah !

Et, dégageant sa main, mademoiselle d'Auricourt.

s'enfuit sans retourner la tête ; mais arrivée à l'endroit où la galerie faisait coude, elle jeta sur Georges un regard furtif, et murmura en étouffant un soupir :

— C'est dommage !

Le neveu du capitaine, tout rêveur, resta longtemps debout à la même place.

— Il faut que je sois un véritable rustre, pensait-il, pour avoir osé la comparer à ma sœur de lait. Allons ! puisque je n'ai pas même obtenu la faveur de baiser sa main, je n'ai rien de mieux à faire que d'aller me jeter dans les bras de messire de Brandberg.

Mais son trouble était si grand qu'il lui fut impossible de retrouver son chemin.

Il marchait toujours, tournant tantôt à droite, tantôt à gauche, lorsqu'il se trouva devant une grille de fer qui lui barrait le passage. Ne sachant comment s'annoncer, car il ne voyait ni heurtoir, ni sonnette, il se mit à tousser sur tous les tons, il frappa du pied, il appela. Enfin ne recevant aucune réponse, il perdit patience et secoua si rudement les barreaux que la serrure sauta.

Le pauvre gentilhomme s'arrêta stupéfait devant cette belle équipée, comme s'arrête le chien qui, en s'élançant sur les passants, vient de casser sa chaîne. Cependant son embarras ne fut que de courte durée, Georges d'Urfen, le chasseur de chamois, était un garçon résolu qui ne s'alarmait pas aisément.

— Bast ! dit-il, en posant sa barrette sur son oreille gauche par un geste qui lui était familier, —

advienne que pourra! Puisque la porte est ouverte, entrons. Je trouverai bien quelqu'un qui me conduira chez mon oncle, le capitaine des hallebardiers du roi, dont le nom jusqu'à présent m'a servi de talisman.

II

Il n'eut pas plus tôt franchi le seuil de la grille, qu'il entendit distinctement, au milieu du silence qui régnait dans cette partie souterraine reculée du Louvre, le bruit d'une porte que le vent faisait battre d'une façon lugubre.

Il se dirigea vers cette voie de salut, qu'un escabeau placé en travers de l'huis empêchait de se fermer, puis il passa la tête par l'ouverture afin d'explorer les êtres.

Une épaisse tapisserie de couleur sombre cachait aux regards l'intérieur de cette salle, qui paraissait voûtée comme une chapelle ; il repoussa du pied l'escabeau qui lui interceptait le passage, et s'avança vers la portière pour en soulever un coin ; mais à peine eut-il fait trois pas, que la porte massive se referma lourdement derrière lui, et il ne lui fut pas possible de la rouvrir.

— Me voilà pris comme un loup dans un piége, pensa-t-il. Le Louvre est dit-on, le pays des traque,

nards et des oubliettes. Si j'allais disparaître par
quelque trappe invisible! Avançons prudemment.

Il s'approcha de la tapisserie, qu'il souleva sans
bruit. Il se trouvait dans un souterrain dallé dont la
voûte pesait sur une double rangée de piliers de cons-
truction massive. Une lampe à quatre becs et de
forme antique descendait de la voûte jusqu'à cinq
pieds du sol. Un bahut se dressait à droite ; il était
encombré de fioles et de bocaux aux formes bizarres,
qui contenaient des plantes ou des animaux inconnus.

Plus loin, entre deux piliers, s'élevait une cheminée
ou plutôt un fourneau d'alchimiste, où gisaient pêle-
mêle des alambics, des mortiers et des cornues. Çà
et là des lézards empaillés frôlaient de gros livres
tout ouverts. Ici une cage où dormaient deux poules
noires ; sur la cage, un chat plus noir encore que les
poules ; il avait les yeux jaunes comme des topazes,
et passait obstinément sa patte sur ses oreilles en
signe de pluie.

Enfin, sur une large table s'alignaient une dizaine
de petites figurines de cire hautes de quinze à dix-
huit pouces ; les unes étaient nues, les autres portaient
une sorte de couronne d'or sur la tête, et un manteau de velours écarlate et parsemé d'étoiles sur les
épaules.

— Où diable suis-je? murmura Georges fort
étonné. On se croirait dans la pharmacie de Berne.
Mais pourquoi toutes ces petites figures qui ressem-
blent à des poupées de Nuremberg? ne seraient-ce
pas des images de saints? En voilà un grand, là-bas,

qui est tout percé de flèches. Je le reconnais, c'est saint Sébastien, j'ai vu son portrait à Zurich.

Une petite porte qu'il n'avait pas remarquée s'ouvrit tout à coup, et un flot de lumière en jaillit. Un valet, qu'il était facile de reconnaître pour un Italien, entra rapidement. Il tenait à la main un flambeau tout chargé de bougies. Georges quitta aussitôt son poste d'observation et se réfugia derrière l'un des piliers.

— Vraiment, René! s'écria une voix de femme dans le corridor, il est fort dangereux de laisser ainsi les portes ouvertes. Tiberio n'était pas à son poste, et quelqu'un aurait pu pénétrer ici. Tête-Dieu! à la première négligence pareille, je le fais brancher comme un ribaud.

— Miséricorde! quelle femme! pensa Georges. J'aimerais mieux chasser sur un glacier que de me tenir caché derrière ce pilier.

Cependant le valet Tiberio avait allumé d'une main tremblante la lampe de fer qui pendait à la voûte; il jeta ensuite dans un grand réchaud de cuivre placé au centre de la salle, quelques poignées de noyaux d'olives et d'herbes odorantes, qu'il incendia à l'aide d'une bougie.

Une épaisse fumée blanche s'élevait du brasier et montait en spirales vers la voûte au moment où la petite porte secrète s'ouvrit de nouveau, et deux personnes entrèrent dans la salle, un homme et une femme. L'homme, enveloppé dans une de ces longues robes de soie noire que portaient les Vénitiens pendant le carnaval, avait le front chauve, les yeux noirs et le profil d'un oiseau de proie. La femme n'était plus jeune, elle avait le nez assez gros, les lèvres pincées, mais son visage conservait encore les traces d'une grande beauté, et sa voix nonchalante contrastait avec l'orgueil et la dureté de ses paroles. Son maintien était imposant, et quand ses yeux s'animaient du feu de la colère, il était difficile d'en soutenir l'éclat.

Le valet s'inclina humblement et sortit. La dame posa sa main d'une blancheur d'ivoire sur l'épaule de son confident.

— Eh bien! René, lui demanda-t-elle, as-tu interrogé les astres? devons-nous réussir dans notre projet? Ai-je eu tort de te faire venir de Florence et ne me servias-tu pas plus fidèlement que ces ignares astrologues de France?

Maître René secoua tristement la tête.

— Faut-il vous tromper pour vous plaire, madame? cette fois encore les étoiles lui sont favorables?

— Toujours! s'écria la dame en frappant du pied. Ah! je finirai par renoncer à cette science maudite où tout n'est qu'incertitude et doute. Est-ce que tu n'aurais plus de confiance dans la magie, René?

— Madame, répondit le Florentin, je crois fermement aux maléfices et aux ensorcellements, aux incubes et aux succubes, à la vertu du grimoire et au pouvoir du diable; mais n'oubliez pas que nous avons à lutter contre un huguenot. Or, le docteur de Louvain, del Rio, et les autres démonographes affirment que Luther, étant né d'un bouc et d'une femme, tout hérétique est de droit magicien.

La dame soupira. Georges, blotti derrière le pilier qui lui servait de refuge, était tout oreilles :

— Quel galimatias que ce langage de cour, pensait-il ; je veux être brûlé vif si j'y comprends un seul mot !

— Il est temps de prendre un parti décisif, maître René, murmura la dame d'un voix traînante, car nous avons interrogé les entrailles et le foie de tes poules noires ; nous avons soumis ce traître, en effigie, à l'épreuve des épingles rougies au feu, et pourtant ce matin le message qu'on m'envoie de Nérac m'annonce qu'il est radieux de santé et de force.

— Madame, il faut renouveler l'expérience des piqûres, et, si nous échouons cette fois...

La dame lança au Florentin un regard qui semblait provoquer une confidence. Elle répéta :

— Si nous échouons ?

— Vous vous déciderez peut-être, murmura l'astrologue avec un sourire hypocrite, à recourir à des moyens moins surnaturels.

Il se fit un instant de silence, mais Georges remarqua que l'inconnue essayait d'étouffer un bâillement comme si elle eût pris fort peu d'intérêt à la conversation.

— Miséricorde ! quelle femme ! répéta mentalement le jeune Suisse.

— Le difficile, reprit l'astrologue, c'est de trouver

2

un homme aussi discret que déterminé pour remplir l'office dont vous parlez.

— Moi! je n'ai rien dit, maître René; je t'écoute, voilà tout. Mais tu trouveras cet homme, j'en suis sûre, et dût-il te venir de la part du diable, accepte ses services. Ravive maintenant le feu de ton réchaud qui s'éteint. Il faut tenter sans retard cette dernière épreuve.

Pendant que le Florentin soufflait dans un long tube de fer, la dame tira de sa robe de velours un petit flacon de cristal dont elle versa le contenu sur le feu.

Une flamme rouge monta jusqu'à la voûte, au milieu d'un nuage épais de fumée qui répandit une odeur âcre et pénétrante. Georges, subitement enveloppé dans cette vapeur, ressentit un violent chatouillement le long des muscles expirateurs, et, malgré tous ses efforts, il laissa échapper un éternument semblable à la détonation d'une arquebuse qui fait long feu. Maître René, surpris, faillit renverser par un soubresaut convulsif le réchaud placé devant lui. La dame poussa un cri d'effroi et porta rapidement à ses lèvres un petit sifflet d'argent pendu à sa ceinture.

Le neveu du capitaine, tout honteux, les yeux gonflés et noyés de larmes comme un homme trop enrhumé, quitta sa retraite, et, la barette à la main, s'avança courtoisement vers cette imposante dame.

A l'aspect de ce gentilhomme qui semblait sortir d'un nuage magique, l'inconnue oublia sans doute

ses habitudes de réserve et de prudence pour s'abandonner aux superstitieuses croyances qui dominaient
souvent son esprit supérieur. Elle se plut à attribuer
cette étrange apparition à l'évocation qu'elle venait
de tenter. Elle laissa retomber son sifflet sans s'en
être servi, et regarda attentivement Georges d'Urfen.

Le Florentin, qui ne croyait à la magie que par
calcul, se remit de sa surprise beaucoup moins facilement que sa maîtresse, et cédant à une salutaire
défiance :

— Comment as-tu pénétré dans cette salle, misérable? demanda-t-il à notre gentilhomme en se posant entre lui et la dame.

Les yeux du jeune homme lancèrent des éclairs.

— Vous êtes bien hardi, bonhomme, de me par-
ler d'un ton si brutal ; si je ne respectais ta maîtresse,
tes longues oreilles pourraient faire connaissance
avec...

Un éternument plus sonore que le premier lui
coupa la parole. Il cacha son nez dans sa barrette.
et maître René, furieux d'être ainsi bravé par un
jouvenceau, allait rappeler les valets pour le faire
arrêter ; mais la dame ne lui en laissa pas le
temps.

— Comment es-tu entré ici? demanda-t-elle brusquement à Georges. Qui es-tu et que veux-tu?

— Je sais le respect que l'on doit à votre sexe,
madame, répondit le Suisse sans trop s'émouvoir, et
vous allez savoir la vérité qui est bien simple. Je suis
du canton de Zurich, je me nomme Georges d'Ur-

fen, et je suis venu à Paris pour offrir mes services au roi. Si j'ai pénétré dans votre pharmacie, c'est bien sans le savoir. Je croyais aller chez messire de Brandberg, mon oncle, capitaine des hallebardiers ; mais comme il y a plus de portes dans le palais que dans toute la capitale de notre canton, je me suis malheureusement égaré.

— Et tu as entendu ma conversation avec René? reprit la dame en fixant un regard soupçonneux sur l'ingénu gentilhomme.

Le pauvre garçon haussa les épaules.

— Quant à tout ce que vous avez dit avec ce maudit droguiste, j'y ai moins compris qu'une bique aux délibérations de notre grand et petit conseil.

L'inconnue sourit.

— Et tu es le neveu de ce brave Brandberg?

Georges s'inclina et tira de son pourpoint sa missive, qu'il présenta toute ouverte.

La dame parcourut rapidement la lettre des yeux, et, après avoir réfléchi un instant, elle prit le Florentin par le bras et l'entraîna dans l'ombre que projetait un des piliers.

— René, dit-elle à voix basse, j'ai trouvé l'homme dont tu avais besoin. Est-ce ma bonne étoile ou est-ce Satan qui me l'envoie? Je l'ignore; mais son regard ferme, ses traits mâles, qui révèlent la force et l'intrépidité, me plaisent. Le montagnard de Zurich ne reculera pas devant le montagnard du Béarn. Tout à l'heure, je me croyais maudite dans ma postérité : maintenant, je puis te le prédire, René, le roi de Nérac ne sera jamais roi de Paris.

Le Florentin garda un sombre silence ; il était vindicatif à l'excès et ne pouvait oublier les menaces de Georges. La dame se tourna vers ce dernier et lui dit d'une voix douce :

— Suivez-moi, monsieur, j'ai à vous parler.

— Vous savez, madame, balbutia-t-il, combien je suis pressé de voir mon oncle... depuis ce matin je cours à sa recherche...

La dame fronça légèrement les sourcils :

— Je me charge de vous excuser auprès de Brandberg, mais je suis pressée, moi, de vous recommander au roi.

— Au roi! répéta Georges avec stupeur.

Mais comme elle ne l'écoutait pas et s'éloignait déjà, Georges s'empressa de lui offrir galamment le poing, sans que dans sa préoccupation elle daignât le remarquer.

Maître René, qui les suivait de près, avait beau tirer le jeune Suisse par la manche, celui-ci s'obstinait à ne tenir aucun compte de cet avis amical. Ils arrivèrent ainsi devant une porte gardée par des hallebardiers et obstruée par des pages. Georges reconnut parmi eux celui qui, le matin, l'avait appelé *pie,* et s'aperçut que cet étourdi devenait fort pâle à sa vue, et détournait les yeux d'un air fort embarrassé.

Les pages s'étaient agenouillés; les hallebardiers avaient respectueusement abaissé le fer de leurs armes. Georges commença à penser que sa conductrice était une dame de haut rang, et comme il avait été courageux dans l'adversité, il voulut se montrer

2.

clément dans la bonne fortune. Le visage épanoui, il fit en passant un petit signe de protection au jeune page, et se dit en redressant fièrement la tête :

— Par la grande trompe d'Uri, vive la cour! si les premiers pas sont hérissés d'épines, il n'y a du moins qu'à se faire connaître pour être apprécié à sa juste valeur, et le reste n'est plus que roses.

Il suivit sa protectrice et le hargneux Florentin dans une chambre où brillaient des glaces de Venise dans de magnifiques cadres d'écaille; il resta muet d'admiration devant des meubles d'ébène incrustés d'or; il regarda avec la curiosité barbare d'un ignorant d'inappréciables peintures dues au pinceaux des plus grands maîtres de l'école italienne. Ces richesses, entassées dans un étroit espace, l'éblouissaient. Il ne savait où poser le pied, et la salle de réception du château paternel, qui lui avait paru jusqu'alors digne d'un roi ne lui fit plus l'effet d'un affreux chenil, bon à loger sa meute.

— Mon ami, lui dit la dame en l'arrachant brusquement à son extase, vous voulez servir le roi; eh bien! par ma protection, vous allez entrer dans ses gardes.

— Dans les gardes du roi! s'écria Georges ébahi.

Ne sachant comment remercier sa protectrice inconnue, il se jeta avec effusion dans les bras de maître René, qu'il faillit renverser. Le Florentin ne parvint pas sans peine à s'arracher à cette étreinte par trop cordiale, et il se disposait à manifester sa mauvaise humeur, mais la dame lui fit signe de se taire, et reprit :

— Vous allez entreprendre un voyage pour le service de Sa Majesté, monsieur Georges d'Urfen. A votre retour, si, comme je l'espère, nous sommes satisfaits de votre zèle, et surtout de votre discrétion.

Elle appuya sur ce mot. Le gentilhomme mit l'index de sa main droite sur sa bouche et frappa de la main gauche sur la coquille de sa longue épée. La dame ajouta :

—... Vous obtiendrez un commandement qui vous vaudra dix mille livres tournois.

Georges resta stupéfait; jamais ses espérances ne s'étaient envolées si haut.

— Quels sont vos ennemis, madame? s'écria-t-il avec exaltation, je veux les pourfendre tous. Dix mille livres! Tout mon sang est à vous, et vous m'ordonneriez de jeter par la fenêtre ce maître René ici présent et que je viens d'embrasser, je vous jure que je n'hésiterais pas un instant.

Le Florentin essaya de sourire, mais son triste visage ne put former qu'une affreuse grimace.

La dame était devenue de plus en plus affable, et elle répondit à Georges avec l'expression du plus vif intérêt :

— Avant tout, mon ami, souvenez-vous de deux choses : si vous suivez ponctuellement les instructions qui vous seront données par écrit, votre fortune est faite; si vous vous en écartez d'une seule ligne, vous êtes un homme mort!

La figure de Georges s'allongea singulièrement.

— Diable ! il s'agit alors de bien s'entendre sur les conditions.

— La première condition, interrompit la dame, c'est de ne révéler à âme qui vive un seul mot de notre entretien. La seconde, c'est d'exécuter à la lettre les ordres du roi, sans vous permettre la moindre question, la moindre observation.

— J'en fais le serment, madame, dit Georges avec effort, car son enthousiasme avait notablement diminué.

— Vous allez probablement voir Sa Majesté tout à l'heure.

L'œil du gentilhomme brilla de plaisir.

— Je verrai le roi !

— Dès que vous aurez pris congé de votre maître vous partirez pour Nérac.

— Nérac ! est-ce bien loin d'ici ?

Et Georges soupira en pensant involontairement à mademoiselle Suzanne d'Auricourt.

— Près d'Agen, à cent cinquante-trois lieues de Paris. Un cheval tout sellé vous attendra dans la cour du Louvre.

— C'est heureux ; j'ai laissé le mien près de la porte Saint-Antoine, à l'hôtellerie du... du... allons ! voilà que je ne me souviens plus du nom de mon hôtellerie.

— Vous ferez quinze lieues d'une seule traite, dussiez-vous crever votre monture.

— Je la crèverai. Le cheval est à vous, madame. Mais ne pourrais-je embrasser mon oncle, messire de Brandberg ?

— C'est impossible.

— Quel malheur! J'espérais déjeuner avec lui, dit Georges en rougissant. Je dois vous avouer, madame, que je suis à peu près à jeun depuis hier au soir.

— Ah! le pauvre garçon, murmura la dame. René, faites servir une collation à ce gentilhomme, et restez ici tous les deux en attendant mes ordres. Je vais chez le roi.

Le Florentin s'inclina. Sa maîtresse fit jouer le ressort d'un panneau mobile qui conduisait directement à la chambre du monarque, et disparut par cette issue secrète.

La curiosité du jeune Suisse était excitée au plus haut point, et, quand il eut achevé sa collation, il ne put s'empêcher de dire :

— Ah! quelle excellente dame vous servez-là, maître René! savez-vous qu'elle est fort bien conservée pour son âge.

L'astrologue le regarda avec des yeux effarés :

— Êtes-vous fou, jeune homme, répliqua-t-il, ou n'avez-vous pas encore deviné le nom de votre protectrice? Il est vrai que vous avez rapidement conquis ses bonnes grâces.

— Puisqu'elle loge au Louvre, dit naïvement Georges, je suppose que cette dame est la femme de quelque grand seigneur.

— Mieux que cela, mon jeune ami.

— D'un favori peut-être?

— Mieux que cela.

— D'un prince du sang! serait-il possible? et moi qui lui parlais si familièrement.

— Mieux que cela.

— Ne vous jouez pas de moi, dit Georges en se levant et jetant un regard de menace à l'astrologue. A vous en croire, cette bonne dame serait donc...

— Madame la reine mère, ne vous déplaise, reprit René jouissant de sa stupéfaction. Et tout autre qu'un chasseur de chamois échappé des rochers de Zürich l'eût deviné depuis longtemps, rien qu'à voir la dignité incomparable, la beauté majestueuse et l'accent italien de cette grande princesse.

Georges était retombé abasourdi sur son siége. On eût dit que la foudre l'avait frappé. En ce moment la porte s'ouvrit de nouveau, et Catherine de Médicis parut accompagnée d'un vieux serviteur qui resta debout sur le seuil.

— Monsieur, dit-elle au gentilhomme, suivez ce valet, il vous conduira chez le roi et vous donnera vos dernières instructions. Souvenez-vous qu'il y va de votre fortune... et de votre vie, ajouta-t-elle en le congédiant du geste.

D'Urfen troublé, hors de lui, sentit sa voix s'éteindre; il mit un genou en terre, et saisissant la belle main de la reine-mère, il y déposa un respectueux baiser. Il ne vit pas le singulier sourire qui glissait sur les lèvres pincées de Catherine, et se laissa entraîner hors de la chambre par son nouveau conducteur, comme un homme qui n'a plus conscience de ses actions.

A peine furent-ils sortis que la reine-mère frappa

sur un timbre d'argent. Madame de Bouteville, intendante des filles d'honneur, entra :

— Faites prévenir mademoiselle d'Auricourt que je l'attends, dit Catherine.

L'intendante s'empressa d'obéir, et Suzanne ne tarda pas à se rendre à l'ordre de la reine, qui lui désigna un siége de la main. La jeune fille s'assit sur un coffre près de sa maitresse, qui attachait sur elle un de ces regards profonds et scrutateurs qui semblent pénétrer les plus secrètes pensées.

— Ma mie, dit tout à coup Catherine de Médicis, est-ce que vous ne vous plaisez pas à la cour?

— Je serais bien ingrate si je méconnaissais les bontés de Votre Majesté, répondit Suzanne qui cherchait vainement à deviner où la reine voulait en venir.

— N'essayez pas de me donner le change, ma belle, et surtout ne craignez pas de m'irriter; je ne suis pas dans un de mes jours de gronderie.

Mademoiselle d'Auricourt baissa les yeux.

Catherine reprit :

— Je remarque depuis trois mois que vous êtes fort triste et fort rêveuse. Si quelque chagrin secret s'est logé dans votre cœur, confiez-le moi, mon enfant. Nous tâcherons, à nous deux, de lui donner congé.

— Peut-être avez-vous raison, madame, repartit la fille d'honneur encouragée par ce ton de bienveillance, mais en rougissant un peu. Je n'ose contredire Votre Majesté.

— Vos lèvres sont décolorées; l'opiat de maitre

René vous serait d'un grand secours aujourd'hui. Dites-moi d'où vient cette fâcheuse mélancolie qui a fané les roses de vos joues. Mais soyez bien franche; vous savez combien j'ai le mensonge en horreur, continua-t-elle de sa voix la plus câline. Est-ce peine d'amour ou mal du pays? Avez-vous laissé dans votre province quelque ami d'enfance que vous regrettiez ?

Mademoiselle d'Auricourt releva fièrement la tête.

— Non, madame, mais puisqu'il faut vous l'avouer, je crois que je m'accoutumerai difficilement à la galante insolence des princes et des gentilshommes dont votre bonté semble encourager les prétentions.

— Qu'est-ce à dire, ma mie! interrompit la reine en souriant avec effort.

— Plusieurs fois déjà j'ai osé m'en plaindre à Votre Majesté, reprit la demoiselle d'honneur visiblement émue; mais vous n'avez jamais daigné m'écouter. Mes plaintes vous ont semblé ridicules, et vous m'avez dit que je parlais comme une rebelle ou une fille de huguenot.

Catherine passa sa main sur le front de Suzanne avec un geste caressant.

— Folle! ne vous ai-je pas répété dix fois qu'à la cour il était de bon goût de se défaire de ces airs de pruderie sauvage qui sont tout au plus de mise au fond de la province. Oui, cette austérité sent son huguenot d'une lieue, ma belle. Mon devoir de bonne mère est de seconder le roi par tous les moyens possibles. Je veux attirer au Louvre tous les seigneurs qui passent pour hostiles à mon fils, les rallier à sa couronne, les garder dans une prison de bals et de fêtes. N'est-ce pas un beau rôle que celui de concilier les partis ennemis, d'éteindre les haines et d'étouffer la guerre civile? Pour arriver à ce but, ma mignonne, un regard ou un sourire de femme valent souvent mieux qu'une armée.

Suzanne hocha la tête avec une moue mutine.

— Mais jouer avec le cœur de ces braves gentilshommes pour leur arracher leurs secrets et vous les livrer ensuite, n'est-ce pas une trahison, madame?

— Qu'importe si c'est pour le bien de l'État, mademoiselle, dit sévèrement la reine, qui ne put dissimuler tout à fait son irritation. Sachez que tout rôle est honorable quand il est joué pour le service du roi.

— S'il le faut absolument, j'obéirai à Votre Majesté, répliqua mademoiselle d'Auricourt avec un douloureux effort; mais je ne puis vous dissimuler, madame, que je serai toujours fort maladroite à ce manége de coquetterie et d'intrigue.

Catherine de Médicis la regarda avec un sourire plein de bonhomie, et eut l'air d'être touchée de cette abnégation.

— Je crois, en effet, que l'air de la cour vous est malsain, ma mie. Vous avez besoin d'aller passer quelques semaines au logis de votre oncle, mon ami Bernard Duplanty, et vous accomplirez là une mission plus facile.

Une subite rougeur empourpra les joues pâles de Suzanne.

— Mais vous savez, madame, dit-elle vivement,

3

pourquoi j'ai désiré me placer sous votre protection.

— N'était-ce pas, autant qu'il m'en souvient, répliqua la reine d'un air distrait, pour vous soustraire aux galanteries du Béarnais? Mais, à propos, j'y songe; j'allais oublier de vous prévenir que nous attendons d'un jour à l'autre le roi de Navarre.

— Le roi de Navarre! répéta Suzanne au comble de la surprise.

— Oui, ce gros garçon fait tout exprès le voyage pour se réconcilier sincèrement avec Henri. Le Louvre ne vous offrirait plus, ma belle, un abri bien sûr. Je crois donc agir dans votre intérêt en vous renvoyant chez votre oncle. La mission dont je vais vous charger expliquera à mon fidèle Bernard le motif de ce retour imprévu. Je ne cesserai pas, du reste, de veiller sur vous, ma mignonne.

Suzanne, au milieu de son trouble, pensa involontairement au gentilhomme montagnard que sans doute elle ne reverrait plus, et elle ressentit un vague regret de quitter la cour; sa surprise et son émotion n'avaient pas échappé à la reine-mère, qui comprima un cruel sourire et s'efforça de rendre à sa voix sèche le doux timbre florentin :

— Plus tard, vous me remercierez, ma fille, car je vous rends là un grand service, au risque de me faire du Béarnais un ennemi mortel. Si vous arrivez à Nérac avant son départ, ne soyez avare, avec lui, ni de ces tendres regards, ni de ces sourires pleins de promesses qui font notre force à nous autres femmes, et dites-lui surtout qu'il est impatiemment attendu au Louvre.

— J'obéirai, madame, répondit Suzanne, dont les yeux se remplissaient de larmes.

Elle étouffa un soupir, baisa respectueusement la main de la reine et sortit.

Dès que Georges d'Urfen et le valet furent seuls dans la galerie, le premier se demanda si maître René n'avait pas voulu se jouer de lui, et résolut d'interroger son guide.

— Vous êtes au service de madame la reine-mère? lui dit-il.

— Silence! fit le serviteur en posant un doigt sur sa bouche avec un air de mystère.

— Plaît-il? murmura le gentilhomme en promenant autour de lui les regards inquiets d'un sourd qui cherche à comprendre.

— Parlez plus bas. Ici les murs ont des oreilles. Préparez-vous donc à l'entrevue que vous allez avoir avec notre auguste maître.

— Je suis tout préparé, mon brave homme.

— J'en doute, monsieur le Suisse. Gardez-vous bien de témoigner à Sa Majesté le moindre étonnement par un mot, par un signe, par un regard.

— Je ne m'étonne pas aisément, monsieur le Parisien, dit Georges avec hauteur.

— Tâchez de parler le moins possible, et surtout n'interrogez pas.

— Ah bah!

— Comprenez-vous?

— Fort peu!

— Ce serait manquer au respect qui est dû à la personne du roi.

— Le silence est donc un signe de dévouement?

— Contentez-vous de répondre à ce que l'on vous dira, comme si vous étiez instruit de ce que l'on attend de vous.

— Mais je n'en sais rien du tout.

— Je vais vous l'expliquer en partie.

— Tant mieux. Vous me rendrez un·fier service, car depuis ce matin il me semble que je marche dans une cave sans soupirail.

— Voici d'abord une lettre que vous porterez à Nérac. Vous la remettrez à messire Bernard Duplanty, gouverneur de cette ville; il vous tracera lui-même votre mission; mais n'oubliez pas, mon gentilhomme, que les grands aiment mieux se laisser deviner que parler.

— C'est ce que j'ai pu remarquer ce matin. On dirait que tous ces gens de cour causent en hébreu ou en latin.

— Prenez cette bourse, dit le valet en souriant.

— Ah! ceci, c'est du bon français, et pour la première fois je comprends. Madame Catherine a pensé à mes frais de voyage.

— Entrez dans cette chambre et attendez-y le roi.

III

Georges entra, mais quand il retourna la tête, son guide avait disparu. Après quelques minutes qui lui parurent fort courtes et pendant lesquelles l'image de la belle Suzanne flottant devant ses yeux lui fit oublier ses étranges aventures, il entendit un bruit de portes et des aboiements de chiens qui lui signalèrent l'approche d'un nouveau personnage. Peut-être est-ce le roi ! pensa le jeune Suisse, et son cœur battit. Il ôta sa barrette, et par précaution fléchit le genou. Il était dans cette respectueuse attitude lorsqu'il vit apparaître une créature bizarre qui avait les jambes nues et les pieds fourrés dans des pantoufles de velours. Une chemise de lin et d'une transparence incroyable, qui lui descendait à peine aux genoux par devant et qui, par derrière, pendillait en lambeaux déchiquetés sur ses mollets, composait tout son costume. La chevelure de cet être suprenant était relevée sur sa tête en forme de cône comme celle d'une femme et poudrée d'une

poudre d'or. Une épaisse couche de fard colorait ses
joues creuses. Un merveilleux onguent dont Georges
envia le secret tordait sa fine moustache en crochets
et parfumait la barbe rare et floconneuse de son
maigre menton.

— Certes, si c'est le roi, se dit mentalement Georges, sa Majesté Très-Chrétienne n'a rien de bien
majestueux ; les vieilles femmes de Zurich ont meilleure mine que lui.

Ce qui étonna surtout notre jeune Suisse, qui
avait la prétention de ne s'étonner de rien, ce fut
une corbeille doublée de soie verte que le nouveau-
venu portait suspendue à son cou par un large ruban. Dans cette corbeille grouillait toute une nichée
de jeunes chiens. Un affreux barbet, au poil fort
laid et fort sale (la mère sans doute de cette innocente nichée), le suivait en marchant debout sur ses
pattes de derrière, et menaçait, tout en aboyant, de
lui enlever d'un coup de croc les lambeaux effilo-
qués de sa chemise de lin.

L'homme aux chiens s'arrêta donc par prudence
et s'écria d'une voix qui ne manquait pas de dignité :

— A bas, Coquette ! à bas, chienne du diable ! Et
vous, mon gentilhomme, levez-vous, nous vous le
permettons. Ici, Coquette ! Mon Dieu ! que de mal
on a avec ces maudits chiens !

Georges croyait rêver ; son regard ébahi montait
et descendait alternativement de la tête pailletée du
roi à ses jambes nues et soigneusement rasées.
Henri III lui tendit enfin sa main à baiser.

— Vous êtes, lui dit-il, ce jeune Suisse dont on m'a vanté l'intelligence peu commune et la rare pénétration ?

M. d'Urfen poussa un soupir et ferma les yeux comme un perroquet à qui l'on gratte la tête. Pouvait-il contredire le roi quand on lui avait tant recommandé de se taire.

— Vous accomplissez hardiment et discrètement les ordres secrets qui vous sont donnés, m'a-t-on assuré ! A bas, Coquette ! cette vieille folle s'imagine que vous voulez lui prendre ses petits. Venons au sujet qui nous amène. L'intérêt de l'État exige, à ce qu'il paraît... A propos, M. Georges d'Urfen, c'est ainsi qu'on vous nomme, je crois ?

Le gentilhomme fit en s'inclinant un signe de tête affirmatif. Le roi reprit :

— Dans votre pays, a-t-on l'habitude de couper les oreilles des chiens ou de les laisser croître ?

— On les tord, sire, répondit laconiquement le jeune Suisse, qui marchait de surprise en surprise.

— Ah ! on les tord ! s'écria Henri III ; voilà qui est bien surprenant ! Ah ! on les tord ! Singulière coutume ! si les soins de l'État m'en laissaient le loisir en ce moment, je vous prierais de me donner un échantillon de votre savoir en tordant les oreilles de tous ces petits chiens... pas celles de Coquette ! elle nous mordrait. Elle en a déjà bonne envie, la diablesse ! Voyez comme elle nous montre ses crocs !... Il faut remettre cette opération à votre retour !... Nous disons donc que vous allez à Nérac, une ville où, si l'on aime un Henri, ce n'est pas celui du Louvre.

Il hésita un instant à continuer, puis, sans regarder Georges, il lui dit à voix basse et très-vite :

— On vous a longtemps entretenu du rôle qui vous a été destiné.

— Sire, j'ai reçu une partie de mes instructions, avant d'être admis en votre présence, et messire Bernard Duplanty doit m'expliquer le reste à Nérac.

— Très-bien, murmura le roi, en se promenant d'un air triste et soucieux dans la chambre. Il avait toujours sa corbeille au cou, et, sur ses talons, aboyait l'horrible Coquette, qui guignait d'un œil terne la chemise de son maître. Entre nous, mon ami, c'est une mesure fatale, disons-le.

— Oui, sire, disons-le, répéta Georges, qui, sur l'invitation du roi, marchait à côté de lui.

— Je voudrais bien que l'affaire pût se terminer autrement. Tout beau, Coquette ! car après tout, c'est mon parent, et il est peut-être moins dangereux que les Lorrains. Qu'en dites-vous, monsieur d'Urfen ?

— Oui, sire, je crois que les Lorrains sont plus dangereux que lui, répondit Georges très-intrigué.

— Vous voyez ! je ne suis pas seul de mon avis.

Et Henri soupira en se frappant la poitrine avec force.

— Que ces chiens sont insupportables avec leurs cris, reprit-il, ne dirait-on pas qu'on les écorche ! Je n'aime pas le sang, mon ami, croyez-le bien..

— Par la trompe d'Uri, vous avez bien raison, sire. Et si ce n'est en duel ou sur le champ de bataille, le sang me répugne fort.

Henri III parut fort surpris et regarda obliquement le jeune Suisse.

— Vraiment, monsieur d'Urfen. Alors, vous n'en avez que plus de mérite. Votre dévouement sera récompensé. Je sais qu'on me fait passer pour un Hérode et un Néron. On me chansonne ; on prêche contre moi au temple et à l'église. Mais n'ai-je pas expié mes péchés en me flagellant, et en forçant mes mignons à suivre mon exemple ?

Georges fit la grimace, mais il se crut obligé de dire :

— C'était certainement une correction salutaire et d'un bon exemple.

— Et une bien belle cérémonie, ajouta le roi. Je regrette, monsieur Georges, que vous n'y ayez pas assisté. Non, je n'aime pas le sang ; mais ma mère prétend que c'est notre seule voie de salut.

— Si c'est la seule, il est inutile d'en chercher trente-six autres.

— C'est juste, mon ami, parfaitement juste ; mais du sang, c'est toujours du sang. Dites-moi, les chiens souffrent-ils beaucoup quand on leur tord les oreilles.

— Très peu, sire, et l'on est certain qu'elles ne recroîtront pas.

— Que d'expérience pour un jeune homme de votre âge, dit Henri III d'un ton plein de bienveillance. Je vois que l'éloge qu'on m'a fait de vous n'a rien d'exagéré. Mais revenons à mon parent. Vous

3.

allez partir sans retard, n'est-ce pas? Et comme vous passez devant Saint-Germain-l'Auxerrois, je crois qu'il serait bon d'y faire dire une douzaine de messes pour le succès de l'entreprise.

— Une douzaine de messes ne pourraient. pas nuire.

Le roi paraissait agité par un trouble intérieur, et on eût dit qu'une vision marchait devant lui.

— C'est mon parent, et il ne m'a jamais fait grand mal. Nous avons souvent chassé ensemble plus d'une sorte de gibier. C'était un gai compagnon, toujours prêt à tirer l'épée pour moi. Pauvre garçon ! Mais ma mère dit que c'est indispensable.

Il regarda fixement Georges.

— Si c'est indispensable, murmura celui-ci, pourquoi hésiter?

— Vous avez raison, monsieur. Vous êtes un homme d'énergie. Faites cependant dire aussi quelques messes à son intention. Il n'est pas nécessaire de le nommer, encore moins de parler de son hérésie...

— C'est mon avis, sire.

— Je vois avec plaisir que vous me comprenez de reste.

— Que je sois rompu vif si je comprends quelque chose à tout ce bavardage, pensa le Suisse en faisant un signe d'adhésion.

Le roi continua :

— J'aime les gens qui m'entendent à demi mot.

Puis il baissa la voix.

— Ne précipitez rien cependant. Quelqu'un que je

n'ai pas besoin de vous nommer, vous savez de quelle dame il s'agit, a été frappée déjà de deux attaques d'apoplexie; une troisième peut survenir et me l'enlever.

— Il faut songer à tout, sire.

— Ce serait un grand malheur, monsieur d'Urfen, un malheur irréparable; mais sa mort changerait singulièrement les choses. Au fond, j'aime mon parent.

— C'est ce que je me disais, sire. Au fond, vous l'aimez.

— Si nous étions seuls, nous aurions bientôt fait de nous entendre... Mais la nécessité d'État est plus forte que le sang... n'est-ce pas ?

— Qui pourrait le nier, Majesté.

— Je n'ai donc pas besoin de vous en dire davantage.

— Ce serait tout à fait inutile, soupira Georges, qui se sentait horriblement fatigué de cette conversation inintelligible.

— Partez donc, mon ami, dit le roi, et à votre retour, quand votre glorieuse tâche sera terminée... A bas! Coquette!...

— Maudit chien! pensa Georges. Sa Majesté allait sans doute me toucher un mot de mon commandement et de mes dix mille livres.

— A votre retour, vous montrerez à mon grand-veneur comment on tord les oreilles aux chiens. Singulière coutume!

Georges dissimula son désappointement et répondit :

— Oui, sire.

— Je n'ai pas besoin de vous recommander la plus grande discrétion ; c'est un secret d'État que nous vous avons confié.

— Oui, sire, je me ferais couper en cinquante mille morceaux avant de révéler un seul mot de cette mystérieuse affaire.

— J'aime les hommes de votre trempe, dit Henri III en jouant avec l'un des petits chiens de la corbeille, et vous ne partirez pas sans avoir reçu un témoignage de notre bienveillance.

Le jeune Suisse frissonna à l'idée que le roi allait lui faire cadeau d'un des petits de Coquette ; mais Henri se contenta heureusement de lui donner sa main à baiser.

Georges se hâta de quitter la chambre royale et trouva au bout de la galerie le valet qui l'avait amené, et qui, cette fois, sans desserrer les dents, le conduisit dans la cour du Louvre, où un cheval tout sellé l'attendait. Notre gentilhomme chargea son guide de remettre sa missive à messire de Brandberg, son oncle, qu'il ne devait pas voir de sitôt, et, enfourchant sa monture avec la légèreté et l'adresse d'un écuyer consommé, il s'éloigna du palais sans jeter un regard en arrière.

Sous l'incessante préoccupation du mutisme qui lui avait été recommandé, il changeait à chaque instant l'allure de son cheval, le faisant passer du trot au galop pour éviter les rencontres. Voyait-il passer un moine, il ne répondait à son salut qu'en se signant ; était-ce une femme, il lançait le pauvre animal à fond de train pour échapper aux questions indiscrètes : on eût dit que les destinées de la France reposaient sur sa tête. Les paroles de la dame du Louvre ne sortaient pas de son esprit :

—Si vous suivez ponctuellement les ordres qui vous seront donnés, avait dit la reine-mère, votre fortune est faite; si vous vous en écartez de l'épaisseur d'un cheveu, vous êtes un homme mort !

Touché de cette alternative, il ne croyait pas user de trop de prudence.

Il était depuis douze jours en route, mangeant fort bien, dormant encore mieux, lorsqu'il arriva à Port-Sainte-Marie, à une lieue de Nérac, vers midi. Un soleil brûlant incendiait la route et la rendait impraticable. En revanche, un petit bois touffu qui longeait le chemin tentait par son ombrage le voyageur harassé. Georges hésitait cependant à quitter la voie tracée, dans la crainte de s'égarer. Les hennissements éloquents de son cheval le décidèrent. Après avoir fait une cinquantaine de pas dans le taillis, il aperçut une cabane, qu'il eût pu croire déserte s'il n'eût entendu les cris de détresse d'une poule à qui l'on coupait le cou. Georges s'arrêta.

— Si les maîtres du logis ont condamné à mort cet innocent volatile, c'est pour le manger, pensa judicieusement notre gentilhomme. Entrons. Je suis en appétit, et je veux dîner avec ces braves gens, en payant largement mon écot. Je serai beaucoup mieux dans cette masure écartée que dans la plus belle hôtellerie de la ville, où il faut se défier de tout le monde... D'abord ici, je pourrai parler tout à mon aise... et cela me soulagera, après douze jours de silence.

En faisant ces réflexions, il attacha son cheval à un arbre et entra sans façon. Une jeune fille de dix-sept ans environ, assise au fond de la cabane, chantait tout en troussant avec un certain art la poule en question. Quand la porte s'ouvrit brusquement, elle jeta sur la table le tablier de grosse toile qui couvrait ses genoux, essuya à la hâte ses petits doigts emplumés, et s'élança joyeusement à la rencontre du visiteur.

— Ah! mon seigneur, s'écria-t-elle d'un ton de doux reproche, mais le sourire aux lèvres, vous n'êtes pas galant aujourd'hui; voilà près d'un gros quart d'heure que je vous attends!

En même temps, elle enlaça familièrement ses deux bras autour du cou de Georges d'Urfen, qui se laissa faire de la meilleure grâce du monde.

Mais la jeune fille s'aperçut aussitôt de sa méprise, et recula stupéfaite en poussant un grand cri.

Georges ôta sa barrette, frisa sa moustache hérissée et s'inclina aussi respectueusement que devant madame Catherine de Médicis; il eut alors le loisir de remarquer que cette bergerette était charmante; le duvet de la pêche veloutait ses joues rosées, qui donnaient envie de les mordre; ses lèvres avaient la rougeur de la cerise; une ingénuité malicieuse et tendre pétillait dans ses grands yeux bleus fendus en amande, et ses cheveux blonds et frisés pendaient par grappes sur ses belles épaules un peu brunies par le soleil.

La petite Fleurette, comme l'apprit Georges plus
tard, n'était que la fille d'un jardinier; mais plus
d'une dame de la cour eût envié sa fraîcheur et sa
beauté; son costume un peu rustique ne manquait
ni de grâce ni de coquetterie, sa jupe rouge était
courte et laissait voir le bas d'une jambe fine et des
pieds mignons. D'ordinaire, la vue d'une jolie fille a
le don de troubler le cœur et l'esprit des jeunes gens
un peu novices, et de paralyser leur langue. L'apparition de Fleurette délia au contraire celle de notre
jeune Suisse, si bien qu'oubliant son serment de ne
parler avant d'être arrivé chez messire Bernard, il
s'écria : — « Tant mieux, mademoiselle! » Mais,
bah ! il était si près de Nérac !

La fille du jardinier reculait toujours.

— Tant mieux pour moi, mademoiselle, reprit-il,
si vous m'avez pris pour un autre. Seulement, je suis
désespéré de ne pas être celui que vous attendez.

— Je le crois bien, dit Fleurette avec un grand
sérieux.

Elle pensait sans doute aux hautes destinées pro-
mises au seigneur qui avait conquis son cœur.

Georges perdit un peu de son assurance.

— Pardonnez-moi donc, ma belle enfant; pressé
par la faim, alléché par le cri plaintif d'une poule
dont je devinais le sort, sans être nécromancien, j'ai
cru entrer chez un charbonnier de la forêt. Je venais
lui demander une courte hospitalité. Il m'a suffi de
vous voir pour comprendre ma méprise. Les huttes
de charbonniers sont encore hantées de temps en
temps par les fées, je pourrais l'attester; je sais aussi

qu'il ne sied pas à un bon gentilhomme de contrarier ces dames. Pardonnez-moi, je m'en vais bien vite.

Il salua Fleurette tout interdite de ce beau madrigal, et il allait se retirer lorsqu'au dehors résonna un bruit de voix, l'une rieuse et mordante, l'autre grave et même sévère, qui fit tressaillir la jeune fille.

— Oh ! monsieur, cachez-moi, murmura-t-elle toute pâle d'effroi. Si ce vilain grondeur me trouve ici, je suis perdue.

— Rassurez-vous, mademoiselle, dit Georges en portant la main à son interminable épée. Je suis de bonne race, et je sais que mon devoir est de défendre les femmes. Ne craignez rien.

Fleurette l'arrêta d'un geste suppliant.

— Qu'allez-vous faire, monsieur ? Ne tirez pas votre épée, ne jetez pas un mot de menace ou vous êtes un homme mort.

— Elle est perdue ! je suis mort ! pensa le montagnard. Où diable me suis-je fourré ? O ma mission, que vas-tu devenir ?

— Mais cachez-moi donc, monsieur, répéta Fleurette qui, en entendant la voix grave se rapprocher de la porte, commençait à perdre la tête.

— Ma foi, tant pis ! s'écria résolument Georges; la France s'arrangera comme elle pourra. Mademoiselle, continua-t-il, je vous proposerais bien d'entrer dans la cheminée; malheureusement vous y avez allumé un feu à rôtir un bœuf et vous noirciriez vos petites mains blanches; mais je vois une huche

entr'ouverte, où, à part la farine, vous vous trouverez à ravir.

Sans attendre sa réponse, il l'enleva dans ses bras
robustes et l'enfourna dans la huche dont il eut soin
de ne fermer le couvercle qu'à demi. Il était temps.
La porte s'ouvrit, et deux personnages pénétrèrent
dans la cabane en continuant le colloque animé
qu'ils avaient commencé au dehors.

IV

Le premier était un homme encore jeune, robuste, vigoureux et de taille moyenne, aux cheveux noirs et coupés ras, aux sourcils fortement accusés, au sourire narquois et fin, encadré par une moustache et une barbe épaisses. Son feutre défoncé, sa casaque grise rapiécée en plus d'un endroit, ses larges souliers garnis de clous, ses guêtres de cuir fauve qui montaient se perdre dans son haut-de-chausse, lui donnaient à première vue l'aspect inquiétant d'un braconnier de profession. Son ceinturon de buffle, auquel pendait un lourd couteau de chasse à manche de corne, achevait de rendre l'illusion complète.

Le compagnon de cet homme était de taille plus élevée. L'ardent soleil et le vent des montagnes n'avaient pas bistré son visage. Son pourpoint et ses trousses étaient de velours vert à crevées de satin violet. Une plume noire ornait son feutre, et la monture de sa solide épée était d'acier bruni. C'était, en somme, un cavalier de haute mine.

Le premier cependant avait la tête couverte; le second tenait respectueusement son chapeau à la main. Georges salua légèrement les deux inconnus et, pour se donner une contenance, il alla flamber devant l'âtre le poulet dont ils espérait bien avoir sa part.

Le braconnier explora la cabane d'un coup-d'œil rapide, et son front se plissa; mais lorsqu'il eut découvert un petit chapeau de paille oublié sur un escabeau, un fin sourire glissa sous sa noire moustache. Il avait tout deviné. Fleurette était blottie dans quelque coin. Quant à l'étranger, il ne devait être entré dans la hutte que depuis peu d'instants, et le cheval tout fumant attaché près de la porte était le sien, car le gentilhomme portait des éperons, et l'on ne traverse pas aisément à pied, avec éperons aux talons, un bois hérissé de brouissailles. Donc, la jeune fille avait reconnu la voix de son sévère compagnon; dans son alarme, elle s'était cachée, et l'étranger lui servait galamment de compère.

Le faux braconnier se mit à rire :

— Vous voyez, dit-il, mon cher Rosny, que cette fois encore vous vous êtes trompé. Il n'y a pas d'oiseaux dans la cage.

— Il n'est pas moins imprudent à vous, mon exellent maître, répondit l'autre en baissant la voix, de courir ainsi les bois sans escoite.

— Faut-il donc me faire suivre par un escadron bardé de fer pour lever les collets que j'ai tendus la veille, pour rapporter un lièvre à mon maître d'hotel, qui prétend toujours que son escarcelle est à sec.

— Vous ne vous doutez pas de tous les piéges qui vous sont dressés dans ces endroits écartés, mon cher seigneur. Vous croyez voir luire de jolis yeux derrière les buissons; moi, je vois briller dans les feuilles vertes la mèche d'une arquebuse.

Le braconnier haussa les épaules et siffla un air de chasse entre ses dents. Rosny parut offensé.

— Pourquoi toujours cette même chanson, mon ami? dit le premier; tu oublies que je suis né dans la montagne, que j'ai besoin d'air et d'espace comme d'amour, de chasse et de bataille. Je ne suis pas un mignon de cour. Quand je suis né, mon père m'a fait boire du vin pur. D'ailleurs, pourquoi passer mon temps à trembler et à me cacher dans un terrier? L'ennemi qu'on brave est déjà vaincu.

— Soit, monseigneur; vous avez peut-être raison; mais il faut savoir aussi garder le cœur de ses amis.

— Qu'ai-je donc fait pour perdre ton amitié, Rosny? demanda le faux braconnier avec vivacité.

— Il ne s'agit pas de moi; mais, à tort ou à raison, vos partisans les plus dévoués, les ministres les plus tolérants de notre culte, s'alarment de vous voir abandonner si fréquemment le prêche pour courir les aventures par monts et par vaux.

— A chaque heure sa besogne, mon ami. Les momeries de nos robes noires m'excèdent. Que ces braves gens prient pour moi pendant que je me bats pour eux, je ne leur en demande pas davantage.

M. de Rosny soupira.

— Notre religion a besoin que ses chefs donnent l'exemple en ce moment plus que jamais !

— Et pourquoi cela ?

— Hier encore une apostasie a scandalisé les fidèles de Nérac. Le médecin calviniste Mornay s'est fait catholique.

— Ventre saint-gris ! il faut que notre religion soit bien malade pour que les médecins l'abandonnent.

Cette saillie ne dérida pas le gentilhomme huguenot, qui observait Georges à la dérobée et qui reprit :

— Mes espions m'ont assuré qu'un parti de ligueurs déterminés rôde depuis un mois dans les environs et guette l'occasion propice pour vous enlever. Cette occasion, vous ne la leur offrez que trop souvent, mon cher maître.

— Décidément tu deviens poltron pour mon compte, Rosny.

— En ce moment, nierez-vous que rien ne vous protégerait contre un hardi coup de main ?

Le braconnier sourit.

— Henri Long-nez, comme ils m'appellent, sait flairer le danger de loin. Si à leur dire, j'ai le nez long, Rosny, je ne l'ai que plus fin.

— C'est cependant pour éviter qu'un tel malheur ne frappe notre parti, dont vous êtes à bon droit le bras et l'âme, que j'ai voulu vous accompagner, monseigneur.

— Bannis ces craintes puériles, mon ami. Jusqu'à ce jour mes ennemis m'ont fait la guerre en lions, et non pas en renards.

— Ne vous y fiez pas, répondit le huguenot, observant toujours M. d'Urfen avec défiance, qui sait si ce cavalier n'appartient pas à la bande de ligueurs qui erre autour de Nérac?

— Comment peux-tu prêter de sinistres projets à cet honnête et candide gentilhomme qui flambe si consciencieusement un poulet! A ton point de vue, il a si grand désir de brûler des hérétiques qu'il tient, n'est-ce pas, à s'exercer la main et à nous narguer en face ? Écoute, Rosny, veux-tu m'être véritablement utile?

— Mon sang et ma vie sont votre bien, monseigneur.

— Ton sang, sois-en avare, mon ami; j'en ai moins besoin que d'argent; mais j'ai besoin de ton éloquence. Aujourd'hui s'ouvrent les nouvelles conférences de Nérac; va m'y représenter et défendre mes droits. Tu sais que j'aime mieux guerroyer que haranguer. Je ne puis compter que sur toi. Ce soir, en soupant, tu me raconteras comment s'est passée la séance.

— Cependant, monseigneur...

— Si tu perds ton temps et tes paroles, tu arriveras trop tard.

— C'est à regret que je vous obéirai, car mes pressentiments...

— Maximilien de Béthune, dois-je vous regarder comme un serviteur rebelle et félon ? dit en riant le faux braconnier; et, sans plus de cérémonie, il poussa son compagnon indécis hors de la hutte et ferma la porte.

Puis, quand il se fut bien assuré que M. de Rosny était parti :

— Ventre saint-gris! s'écria-t-il en se frottant les mains, me voilà libre enfin! Si je les laissais faire, ils seraient bientôt plus maîtres de moi que moi-même!

— Oh! le vilain bourru que ce Rosny! interrompit une voix au timbre argentin. Que vous avez bien fait de le congédier, Henri!

Fleurette s'était dressée debout dans la huche, comme une petite fée, au millieu d'un épais nuage de farine.

Henri la prit dans ses bras, la baisa au front, et la déposa sur le sol.

— Ah! malheureux; que faites-vous? s'écria-t-elle aussitôt en courant vers le jeune Suisse accroupi devant l'âtre, vous allez brûler ma poule.

— Harnibieu, gardez-vous en, mon gentilhomme, ajouta le braconnier; c'est la pièce principale et peut-être unique du déjeuner que Fleurette vous invite à partager avec nous.

— J'accepte volontiers, dit Georges, ne fût-ce que pour avoir le plaisir de boire aux beaux yeux de votre gentille hôtesse.

La beauté de Fleurette lui rappelait celle de Mademoiselle d'Auricourt : il poussa un soupir fort prolongé, puis il tendit la main au chasseur.

Henri parut hésiter un instant.

— Oh! je ne suis pas fier, dit naïvement Georges, et j'ai vu tout de suite que vous étiez un brave homme. Dans nos cantons, les nobles ne craignent pas de frayer avec les paysans.

— Merci! dit le braconnier avec un gros rire, et il prit la main que lui offrait M. d'Urfen. Celui-ci répondit si vigoureusement à cette cordiale étreinte que Henri dégagea ses doigts avec une légère grimace

— Vous me promettez, monsieur, dit-il, de ne raconter à personne que vous avez déjeuné avec Henri de Rocheverte, en compagnie de cette charmante enfant, qui a nom Fleurette?

Georges prit gravement un cruchon qui se dressait sur la table, et remplissant deux gobelets :

— Monsieur de Rocheverte, je n'aurais pas dû oublier le proverbe qui dit : « L'habit ne fait pas le moine. » Votre équipage est d'un paysan, mais votre visage et votre air sont d'un prince. Que ce vin me serve de poison, ajouta-t-il, si je révèle un seul mot de ce qui va se passer entre nous trois.

Et il avala d'un seul trait le contenu de son gobelet.

— Donc je suis votre hôte, mon cavalier, dit Henri à son tour; mais je vous ai dit mon nom, ne saurais-je point le vôtre?

— Je suis un pauvre gentilhomme du canton de Zurich, monsieur; et mon oncle, messire de Brandberg, capitaine des hallebardiers du roi, pourrait vous dire que Georges d'Urfen n'est pas un de ces coureurs d'estrade qui trafiquent de leur conscience comme de leur sang.

Le chasseur attacha sur le brave Suisse son regard limpide et franc.

— Ah! vous êtes le neveu de Brandberg. Il m'avait déjà parlé de vous.

— Quoi! vous le connaissez, vous qui demeurez à cent cinquante-trois lieues du Louvre. Allons! vous n'êtes pas si sot que le sergent de l'autre jour.

— Quel sergent? demanda Henri, qui commençait à s'amuser du sans façon de notre montagnard.

— Figurez-vous, monsieur, que cet insolent... Mais il me semble que nous déjeunerions tout aussi bien en causant.

— Oui, mais la petite n'est pas encore prête... Continuons.

— Si nous lui donnions plutôt un coup de main?

— Ventre saint-gris! vous avez raison, mon camarade. Mettons un peu la main à la pâte. On assure que je ne m'y entends pas trop mal.

— Et moi, donc, vous allez voir! reprit Georges en relevant les manches de son pourpoint.

Avec mille précautions ils dressèrent à eux deux un couvert capable de faire tomber en convulsions la ménagère la moins nerveuse. Rien n'était à sa place. Les couverts d'étain, posés en croix, contrairement à l'usage, occupèrent la gauche des assiettes; la nappe bise ne couvrait qu'un côté de la table, tandis que par l'autre bout, elle pendait jusqu'à terre. Fleurette, dont le système nerveux était très-irritable, jeta les hauts cris, et dans son empressement à relever la nappe, elle cassa trois assiettes et renversa trois gobelets; il est vrai qu'il n'y en avait pas davantage.

Le faux braconnier intervint :

4

— Doucement, Fleurette, ma mie ; si nous avions des voisins dans ce bois, ils croiraient qu'on se bat dans la hutte et il ne manqueraient pas d'accourir pour mettre la paix dans le ménage.

— Joli ménage ! s'écria la jeune fille en regardant d'un air consterné les assiettes cassées. Mais qu'ils y viennent, les voisins ! mes deux aides de cuisine les recevront de la belle façon !

La pauvre enfant avait à peine formulé cette menace que la porte s'ouvrit brusquement, et six hommes masqués se précipitèrent dans la cabane, l'épée nue à la main. Fleurette poussa un grand cri. Georges porta la main à la coquille de sa longue rapière, dont il fit jouer, par précaution, la lame dans le fourreau. Quant au chasseur, il riait dans sa barbe et se disait à part :

— Encore un bon tour de maître Rosny ! Il veut me prouver que ses conseils ne sont pas du radotage et que je dois toujours me tenir prêt à la parade.

Mais il ne tarda pas à s'apercevoir qu'il nageait en pleine réalité.

— Toute résistance est inutile, monsieur, lui dit froidement celui des hommes masqués qui paraissait commander aux autres.

— Je connais cette voix, murmura Henri.

Il regarda attentivement le ligueur, qui était de petite taille et fort gros.

— Je connais aussi ce ventre, ajouta-t-il à voix haute. Vous n'êtes pas assez leste et assez agile, monsieur le duc, pour enlever un chasseur du

Béarn comme une princesse des romans de chevalerie.

— Trêve d'ironie, monsieur, reprit le ligueur, nous obéissons à l'Église. Vous êtes un brandon de guerre civile, une torche allumée dans la main des huguenots. Nous avons juré de briser le brandon, d'éteindre la torche. Nous servons la cause de Dieu et Dieu nous protége.

— Prenez le temps de respirer, monsieur le duc, dit Henri avec un sourire intrépide. Vous êtes tout essoufflé de votre course et de votre harangue. Il y a loin de la Lorraine à Nérac. Fleurette, apporte un escabeau à monsieur.

Le ligueur tressaillit de colère.

— Nous sommes six et vous êtes seul, monsieur. Rendez-vous donc, et je vous jure, sur ma foi de gentilhomme, qu'il ne vous sera fait aucun mal. Vous ne serez qu'un otage dans nos mains. Nous ne sommes pas des Poltrot de Méré.

— Non, répondit dédaigneusement M. de Rocheverte, vous n'êtes que des Maurevel. L'amiral que vous n'aviez pu vaincre, messieurs les Lorrains, vous l'avez assassiné ; mais j'ai vu traîner son corps dans les rues et je serai moins confiant que lui.

— Vous céderez donc à la force, monsieur, dit le duc masqué, et il lui porta la pointe de son épée au visage.

Henri, sans parlementer davantge, s'accula dans l'un des angles de la cabane, et tirant son couteau de chasse, se mit sur la défensive.

Georges, qui était resté muet spectateur de cette scène imprévue, dégaîna aussitôt, et d'un bond se rangea aux côtés de son hôte.

Mais il avait mal calculé sa distance, et sa vénérable flamberge alla s'engager par la pointe dans l'une des solives du plafond, au premier coup qu'il voulut développer.

— Mon brave ami, dit le Béarnais en riant, malgré l'imminence du danger, votre bonne lame est trop longue de six pouces.

— Trompe d'Uri ! c'est votre cabane qui est trop petite, répliqua Georges, pendant que Fleurette poussait des cris à faire crouler les murailles.

Le gros ligueur se tourna vers le jeune homme et lui dit avec une parfaite courtoisie :

— Si vous êtes bon catholique, monsieur, au nom du pape et de l'Église, ne vous mêlez de rien. On ne touchera pas à un bouton de votre pourpoint et il vous sera fait libre passage.

Georges salua poliment les hommes masqués, après avoir remis sa lame au fourreau, passa au milieu d'eux et gagna la porte qu'il rouvrit.

— Au nom du ciel ! monsieur, n'abandonnez pas Henri ! lui cria Fleurette.

— Abandonner mon hôte ! murmura le Suisse avec un superbe sourire.

En même temps il donna à la porte de la hutte une secousse terrible, l'arracha des ses gonds, et brandissant avec une force herculéenne ce bélier d'un nouveau genre, il fondit sur les hommes masqués.

En vain essayèrent-ils d'opposer leurs épées à l'arme massive de Georges, elles se brisèrent en éclats, et Georges faucha les ligueurs d'un seul coup comme un moissonneur couche les blés mûrs avec sa faux. Trois d'entre eux se relevèrent cependant, mais jugeant leur coup manqué, ils s'enfuirent par la fenêtre qui donnait sur le bois. Les trois autres, parmi lesquels figurait assez piteusement M. le duc, restèrent gisants sur le sol.

— Ventre saint-gris ! dit le Béarnais, c'est affaire à vous, mon gentilhomme. Vous n'y allez pas de main morte.

Georges regardait avec calme ses victimes.

— D'abord, je n'aime pas qu'on me dérange quand je vais me mettre à table ; et puis, qui s'en prend à mon hôte, s'en prend à moi-même.

Le gros ligueur, encore tout étourdi de sa chute, rouvrait mélancoliquement les yeux. M. de Rocheverte le toucha légèrement à l'épaule et lui dit à voix basse :

— M. de Mayenne, je pourrais vous emmener prisonnier et vous faire un joli procès de haute trahison. Si Rosny était ici, il ne me serait peut-être pas facile de vous donner la clef des champs. Mais j'ai de l'amour-propre, et je tiens à me conserver un adversaire de votre mérite.

Le Lorrain ne répondit que par un soupir lamentable et un regard de détresse ou de reconnaissance.

— Décidément, Rosny avait raison, dit Henri ; il était plus sage que moi.

4.

Il glissa prudemment la moitié d'une miche dans la large poche de son haut-de-chausse, et ajouta :

— Allons déjeuner ailleurs, mes amis ; il ne serait peut-être pas sain pour nous de rester ici plus long-temps.

— Ma foi, reprit M. d'Urfen tout essoufflé, allez déjeuner où vous voudrez. Moi qui tombe d'inanition, je remonte à cheval et je cours à Nérac, où mes affaires m'appellent. Faisons-nous route ensemble ?

Henri était déjà sur le seuil de la hutte.

— Harnibieu ! s'écria-t-il, rentre dans ta cache, Fleurette. Là-bas, au bout de ce sentier vert, j'aperçois Rosny et une troupe d'officiers qui viennent à ma rencontre.

— Adieu donc, mes amis, dit Georges en enfourchant sa monture.

Le cheval, que la faim pressait, ne lui donna pas le loisir de prendre rendez-vous avec le faux braconnier ; profitant de ce que son cavalier n'avait pas encore ramassé les guides, il partit à fond de train du côté de la route.

Une demi-heure après, Georges aperçut un vieux château fort entouré de fossés profonds qui, à son sens, devait être plutôt une prison d'État que la résidence de messire Bernard Duplanty. Cependant il ne voyait aucune autre habitation dans le voisinage, et craignant d'avoir fait fausse route, il résolut d'interroger le guetteur qui se promenait derrière les créneaux, son arquebuse sur l'épaule.

Il poussa donc son cheval dans la direction du château ; il en était encore à cinquante pas lorsqu'il vit

le pont-levis s'abaisser devant lui comme par en-
chantement.

En se développant, le pont démasqua un vieux
majordome qui se tenait debout sur le seuil de la
grande porte, et semblait l'appeler du geste et du
sourire.

Le jeune Suisse, extrêmement surpris, éperonna
son cheval et franchit le pont.

— Voilà, pensait-il, des gens hospitaliers qui me
rappellent nos bons montagnards de Zurich et d'Uri.
Sans me connaître, sans savoir si j'ai la bourse pleine
ou vide, si je suis catholique ou huguenot, Français
ou étranger, allié ou ennemi, ce brave homme
m'ouvre sa porte et me fait signe d'entrer dans son
logis. C'est donc à ma bonne mine seule que je dois
ce cordial accueil.

Flatté d'une réception si désintéressée, il ôta sa
barrette et salua l'inconnu en s'inclinant profondément sur le cou de sa monture.

V

Le majordome regardait M. d'Urfen avec une attention bienveillante et un sourire des plus engageants ; il répondit à son salut par un salut d'une déférence presque obséquieuse, et lui dit :

— Soyez-le bienvenu, mon gentilhomme... Voilà près d'une heure que je vous attends !

— Ce cher homme me prend certainement pour un autre, pensa Georges qui commençait à s'habituer aux méprises de ce genre. Entrons toujours, ne fût-ce que pour me reposer un instant.

Le majordome lui tenait courtoisement l'étrier, et il mit aussitôt pied à terre.

— Me serais-je, sans m'en douter, arrêté chez messire Bernard Duplanty? demanda-t-il en riant.

Le majordome répondit gracieusement :

— Oui, monsieur Georges.

— Comment, s'écria le jeune Suisse en reculant de surprise, vous connaissez mon nom, et ma lettre

de crédit dort dans la poche de mon pourpoint?...
Expliquez-moi...

— C'est bien simple, monsieur, mon maître m'a
dit en partant : Langeac, tu verras peut-être passer
en faisant le guet un gentilhomme suisse que tu re-
connaîtras à son justaucorps de drap blanc et à sa
monture noire; c'est M. Georges d'Urfen, un hôte
qui me vient de Paris. Veille à ce qu'en mon absence
il ne manque de rien.

— Le seigneur Duplanty est vraiment trop bon,
repartit Georges, qui s'était engagé sur les pas du
majordome; mais j'attendrai son retour pour déjeuner.

En traversant une vaste salle au centre de laquelle
se trouvait une table où deux couverts étaient symé-
triquement dressés l'un en face de l'autre, il ne put
étouffer un soupir; la faim commençait à parler plus
haut que la courtoisie.

— Vous voyez que l'on vous attendait, monsieur,
fit observer le vieux Langeac.

Le voyageur était fort intrigué.

— Par les ours de Berne! s'écria-t-il, qui donc a
pu prévenir votre maître de ma prochaine arrivée?
Je suis venu du Louvre jusqu'ici sans perdre une minute; et à moins que vous n'ayez à votre service des
pigeons voyageurs...

— Chut! dit le majordome en posant mystérieusement un doigt sur sa bouche, les affaires de messire
Bernard ne regardent que lui. — Il montra à Georges
une petite grille qui s'ouvrait sur un parc aux allées
tortueuses et sombres en ajoutant : Puisque vous

voulez attendre mon maître pour déjeuner, prome-
nez-vous dans le bois; l'air et la marche vous ou-
vriront l'appétit, et le son de la cloche vous annon-
cera le retour de notre seigneur.

M. d'Urfen tourna le dos au majordome avec la
brusquerie d'un homme affamé, et se perdit dans les
détours des grands jardins attenant au château.

L'aspect de cette oasis le plongea bientôt dans une
rêverie profonde. Un étang capricieusement dentelé
miroitait sous les flèches d'or du soleil, au milieu
d'une prairie verdoyante; des cascades d'eau vive se
précipitaient en grondant du haut de deux grandes
roches moussues formant arcade; le terrain se ren-
flait en collines boisées ou s'abaissait en tapis de
verdure émaillés d'arbres divers aux branches des-
quels serpentaient les festons de la vigne ou de lourdes
guirlandes de lierre; la solitude sévère du parc rappela tout à coup la Suisse au jeune homme, et il se
sentit ému.

L'illusion qui le berçait s'accrut encore lorsque,
sur la pointe d'un rocher où la main de l'homme
avait savamment imité celle de Dieu, il aperçut une
jolie chèvre qui bondissait en frappant impatiemment le grès de son petit pied fourchu; elle se déta-
chait, légère et gracieuse, sur le fond bleu du ciel;
elle écoutait d'une oreille inquiète, ses yeux se
fixèrent un instant sur le nouveau venu qui troublait ses ébats, et elle disparut rapide comme un
éclair.

— O Zurich! murmura Georges en soupirant,
charmant pays où s'est écoulée ma jeunesse, tu m'ap-

parais dans une éblouissante vision ! Ne dirait-on pas
que tu viens retrouver l'ingrat enfant qui t'a quitté ?
Et toi, petite chèvre que j'ai dû voir souvent là-bas
et que je crois reconnaître, pourquoi t'effaroucher ?
est-ce que tu ne reconnais pas à ton tour un compa-
triote ? mon pourpoint ne ressemble-t-il pas comme
couleur à ta robe blanche tachetée de noir ? Ne t'enfuis pas à mon approche ; laisse-moi te regarder encore et rêver à nos montagnes !

Mais le joli animal ne paraissait pas devoir se laisser séduire par ce langage élégiaque ; il avait bien
sérieusement battu en retraite, et Georges se mit à la
poursuite de la fugitive, qui ne laissait pas même
sur l'herbe épaisse la trace de son petit pied.

Elle le conduisit, en traçant de nombreux zigzags,
dans une clairière étincelante de lumière, au milieu
de laquelle riait aux éclats, semblable à la nymphe
de cette solitude, une jeune fille entourée de chèvres
et de chevreaux qui se disputaient la mamelle re-
bondie de leur mère.

Dans la disposition d'esprit où se trouvait le gentilhomme, il ressentit une sorte de commotion élec-
trique, quoiqu'il ne vît encore que de dos cette rieuse
enfant ; mais, à ses longs cheveux soyeux qui flottaient sur ses épaules nues, à ses bras ronds et po-
telés qui ne craignaient par les baisers ardents du
soleil, à sa taille svelte et cambrée, il devina qu'elle
devait être d'une merveilleuse beauté.

— Quelle ravissante apparition ! murmura-t-il en
posant ses deux mains sur son cœur pour en mieux
comprimer les battements ; c'est singulier ! il y a quel-

ques jours, en voyant mademoiselle Suzanne d'Auricourt dans le clos du Louvre, j'ai oublié pour elle
Berthe, ma sœur de lait, et j'ai presque rougi de la
pauvre enfant. Je sens aujourd'hui que je suis capable d'oublier mademoiselle Suzanne à son tour, si je
contemple plus longtemps cette délicieuse créature.
Est-ce la fille, la sœur ou la femme de mon hôte?
Je ne le sais ni ne veux le savoir. Tant pis pour lui!

Tout à coup il fit le geste de s'arracher une poignée
de cheveux :

— Mais je suis un abominable parjure! reprit-il.
J'ai donc fait de mon cœur une auberge où l'image
de toutes les jeunes filles que je rencontre viendra
s'installer tour à tour! Non, par la trompe d'Uri! il
n'en sera pas ainsi.

Et il ajouta à haute voix :

— C'est toi seule que j'aime et que je veux aimer
toujours, ô ma chère Suzanne!

En entendant prononcer fort distinctement son
nom dans cette retraite où elle ne croyait n'avoir que
ses chèvres pour témoins, la jeune fille jeta un cri
d'alarme. Elle se retourna vivement et elle se trouva
face à face avec le gentilhomme suisse qu'elle savait
parti pour un long voyage.

— Monsieur Georges d'Urfen!

— Mademoiselle Suzanne d'Auricourt! s'écrièrent-
ils en même temps, et ils se regardèrent en rougissant, la demoiselle de la reine surprise au dernier
point, le jeune Suisse presque fou de bonheur.

— Est-il possible! balbutia Georges. N'est-ce pas
un rêve?

— Quelle étrange rencontre ! dit Suzanne.

— J'étais si attristé de m'éloigner de vous, mademoiselle, et je vous retrouve dans ce château, vous que j'ai laissée au Louvre, au milieu de vos compagnes. Par quel miracle ?...

— Et vous-même, monsieur, dit mademoiselle d'Auricourt en souriant, par quel prodige ?

— Oh ! moi, c'est différent !

Il baissa la voix :

— Mon voyage à Nérac est un secret d'État.

— Un secret d'État ! reprit-elle. Eh bien, monsieur, mon voyage tient à des circonstances qu'il m'est interdit de révéler.

Georges soupira.

— Vous êtes cruelle, mademoiselle Suzanne. Dois-je forfaire pour vous à un serment ?

— Mais je n'exige aucune explication, monsieur. De quel droit me mêlerai-je des affaires d'un gentilhomme qui m'est tout à fait étranger ?

Georges laissa tomber ses bras inertes le long de son corps :

— Tout à fait étranger, grand Dieu ! Ah ! vous me percez le cœur, mademoiselle. Eh bien ! je n'aurai pas de secret pour vous ; je suis sûr que vous ne me trahirez pas. Je suis venu apporter un message de madame la reine mère à messire Bernard.

Mademoiselle d'Auricourt sourit.

— C'est aussi par ordre de la reine que je suis venu passer quelques semaines chez mon oncle Bernard.

Georges faillit exécuter de joie un entrechat.

5

— O la bonne, l'excellente femme que madame Catherine ! elle a certainement deviné l'amour qui me brûle le cœur. L'intérêt de l'État exigeait que je partisse sur-le-champ pour Nérac ; elle a poussé l'obligence jusqu'à se priver de vos services pendant mon séjour chez votre oncle pour ne pas séparer si cruellement deux cœurs qui se consumeraient dans l'exil. Donc la reine approuve notre amour, c'est clair comme le ciel !

Il entr'ouvrit ses bras et s'élança vers mademoiselle d'Auricourt comme pour la serrer sur sa poitrine.

— N'avancez pas, monsieur, s'écria-t-elle en reculant de quelques pas : je ne savais pas que les gentilshommes suisses menassent l'amour si grand train. Vous allez effrayer mes chèvres et leurs petits.

En effet, les pauvres bêtes effarouchées faisaient de brusques écarts et menaçaient de s'enfuir.

— Ici, Blanchette ! cria Suzanne, et elle chercha à rassembler son petit troupeau, qui s'éparpillait dans la clairière. Georges, inquiet de l'embarras véritable ou simulé de la demoiselle d'honneur, refoula l'élan de son cœur et se tint immobile, regardant sa bien-aimée avec un indicible ravissement.

Mais quand il vit que cette turbulente famille était à peu près au complet, il se rapprocha doucement de la demoiselle d'honneur, saisit sa main, la serra avec tendresse entre les siennes, et poussa un profond soupir.

— Je crois, monsieur Georges, reprit Suzanne, qu'en ce moment je vous rappelle un peu trop mademoiselle Berthe avec ses chèvres ; vous oubliez que nous ne sommes pas à Zurich.

— Je vous jure, mademoiselle, que tout à l'heure je me croyais en Suisse, en admirant vos viviers, vos cascades, vos rochers, vos pelouses vertes et votre gentil troupeau.

— C'était un songe, monsieur ! mais vous êtes réveillé, et je puis vous pardonner vos transports un peu vifs, puisque mes chevreaux se rassurent et se rapprochent de vous. Votre loyal visage leur inspire une confiance qui me gagne moi-même. Cependant causons de loin, s'il vous plait, afin de n'effaroucher personne.

— Si vous voulez me prouver que vous ne me gardez pas rancune, murmura Georges avec un larme au coin de l'œil, permettez-moi, belle Suzanne, d'effleurer d'un respectueux baiser le bout de vos petits doigts rosés.

Mademoiselle d'Auricourt ne parut pas avoir entendu cette requête.

— Voulez-vous, mon gentilhomme, vous créer ici des amis ? Offrez des gâteaux à mes élèves, vous pourrez compter sur leur reconnaissance, car ils ne fuiront plus à votre vue.

Elle tendit au jeune Suisse une corbeille pleine de pâtisseries qui fumaient encore.

— Que ces gâteaux sont appétissants à l'œil ! dit Georges que la faim tourmentait de plus en plus et troublait dans ses pensées amoureuses. Comment ! on fait de si bonnes friandises à Nérac ?

— Si Mademoiselle Berthe sait inventer de ces petits fromages dont vous nous avez fait un si pompeux éloge au Louvre, moi je sais pétrir de ces gâteaux-là pour mes chèvres et leur jeune famille.

— Heureuses chèvres ! soupira M. d'Urfen.

Suzanne se mit à rire. Georges restait en extase devant la corbeille, et ses yeux pétillaient d'un désir mystérieux.

— Qu'ils sont rondelets et bien dorés ! Quoi ! c'est à vos petites mains mignonnes et blanches qu'ils doivent cette couleur et cette forme appétissantes ! Oui, riez, mademoiselle, mais j'envie très-sérieusement le sort des chèvres à qui vous destinez un semblable régal. Ah ! vous seriez une fière ménagère à Zurich.

Mademoiselle d'Auricourt, flattée de ce singulier et très-naïf compliment, offrit au voyageur le plus doré de ses gâteaux,

— Si vous ne voulez pas passer pour un vil flatteur, il faut que vous y goûtiez sur-le-champ, monsieur.

Un sourire ineffable passa sur les lèvres humides du neveu de messire de Brandberg, et il mordit aussitôt à belles dents, sans la moindre hésitation, dans la croûte dorée.

— Rien que pour baiser la place où se sont moulés vos jolis doigts ! soupira-t-il entre deux bouchées.

Cependant chèvres et biquets grignotaient à même dans la corbeille déposée un instant sur l'herbe, et la jolie Suzanne assistait en riant à ces fraternelles agapes, admirant tour à tour l'appétit de ses élèves et celui de son chevalier suisse. Mais ce dernier achevait à peine sa brioche, quand il vit les chèvres dresser les oreilles, se serrer les unes contre les autres, puis s'enfuir bientôt avec effarement.

Avouons que cette fois leur alarme était des plus légitimes.

Trois grands léviers venaient de faire irruption dans la clairière en poussant des abois assourdissants. En vain mademoiselle d'Auricourt, éperdue, essayait-elle de faire à ses protégés un rempart de sa robe, les maudits chiens, échauffés par l'ardeur de la chasse, sautaient autour d'elle et menaçaient de la renverser ; leurs crocs s'allongeaient et cherchaient une proie ; la pauvre fille, pâle et tremblante, s'écria :

— A l'aide ! à l'aide ! monsieur Georges.

Mais déjà le jeune homme avait saisi par la peau du cou les deux levriers qui s'acharnaient contre sa bien-aimée ; il les envoya rouler à l'autre bout de la clairière, et comme ils revenaient à la charge, éclopés et furieux, il dégaina bravement. D'un seul coup de sa redoutable épée, il mit le plus enragé hors de combat .

La bête, toute sanglante, quoique légèrement blessée, s'enfuit en hurlant. Presque aussitôt une voix qui fit tressaillir mademoiselle d'Auricourt s'écria avec rudesse ;

— Quel est donc le butor qui a osé toucher à mon lévrier ?

— Trompe d'Uri ! répliqua vivement Georges, qui n'apercevait pas encore son interlocuteur, ce butor-là, c'est moi. Approchez donc un peu, beau chasseur, c'est en face que j'aime à voir les gens

Les branches d'arbres s'écartèrent alors. Un homme apparut à l'entrée de la clairière, brandissant un large couteau de chasse. La colère empourprait ses joues et ses yeux jetaient des éclairs.

— Ventre saint-gris, monsieur, dit-il, quand on se permet de corriger le chien d'un autre, on frappe du plat de l'épée, mais on n'y va pas de la pointe.

— C'est ce que je n'eusse pas manqué de faire si votre chien avait voulu me mordre par la queue, répondit froidement Georges, mais il y allait très-bien de la gueule. Ainsi ne m'échauffez pas les oreilles, où je vous traite comme j'ai traité le lévrier.

Mademoiselle d'Auricourt se jeta au-devant du jeune homme et lui posa sur les lèvres sa petite main.

— Taisez-vous, imprudent!... Si vous saviez...

— Me taire quand cet homme a l'insolence de m'appeler butor! Oh! ça ne se passera pas en vaines paroles!

Suzanne s'étonnait déjà de ne pas voir le terrible couteau de chasse du nouveau-venu briller sur leurs têtes; elle se retourna vers ce personnage et dit d'une voix altérée :

— Vous êtes généreux, monseigneur, et vous excuserez l'emportement d'un étranger qui ignore...

Le Béarnais l'interrompit en lui baisant galamment la main. Georges devint pourpre à son tour; il était exaspéré de voir accorder à un autre une faveur qui lui avait été refusée. Il marcha, l'épée haute, à la rencontre du trouble-fête. Mais celui-ci l'avait reconnu depuis quelques instants, et il partit tout à coup d'un bruyant éclat de rire. Le jeune Suisse crut recevoir une douche d'eau glacée sur la tête.

— Quoi! c'est vous! s'écria-t-il d'assez mauvaise grâce, en reconnaissant de son côté le braconnier de la hutte.

— Moi-même, mon brave gentilhomme, répliqua M. de Rocheverte, en lui tendant franchement la main.

Georges d'Urfen n'avait pas l'habitude de loger de profondes rancunes dans son cœur ingénu et fier; cependant il n'accepta la main du Béarnais que par pure politesse.

L'empressement respectueux que témoignait mademoiselle d'Auricourt à ce singulier personnage lui paraissait inquiétant. Avec cette clairvoyance dont sont doués les amoureux, même les moins lucides, il ne tarda pas à soupçonner un rival. Ce doute, qui avait brusquement assombri son front, n'échappa point à Suzanne, et lorsqu'il lui demanda avec un sourire amer, à voix basse :

— Que vient donc faire ici ce seigneur accoutré en paysan ?

Elle lui lança un coup d'œil foudroyant, et dit tout haut, en adressant au Béarnais un gentil sourire :

— M. le marquis de Rocheverte est un des bons amis de mon oncle, monsieur Georges; il lui a rendu d'importants services, et messire Bernard est fort heureux quand il reçoit ses visites; il se plaint même qu'elles soient trop rares, ajouta malicieusement la fille d'honneur.

— Pourquoi restez-vous si longtemps à Paris, mademoiselle, répondit M. de Rocheverte, loin de ce pauvre oncle qui soupire après vous, et certes il n'est pas le seul.

Georges était furieux ; il tourmentait assez maladroitement la coquille de sa grande épée, il rougissait et pâlissait tour à tour. Enfin il n'y put tenir devantage.

— Mademoiselle, dit-il ironiquement, je sais que M. de Rocheverte mérite vos éloges. J'ai déjà entendu dire beaucoup de bien de ce brave gentilhomme, ce matin même...

— Par qui donc? demanda machinalement le Béarnais.

— Par mademoiselle Fleurette, répliqua Georges en souriant d'une étrange façon.

— Taisez-vous donc, bavard ! lui murmura Henri à l'oreille, tout en le secouant par la manche.

Mademoiselle d'Auricourt était devenue pourpre à son tour.

— Hein! plait-il? fit Georges en se retournant alternativement de l'un à l'autre de ses interlocuteurs.

— Plus tard vous en saurez davantage si vous êtes discret! dit Suzanne d'une voix presque inintelligible.

— Vous m'aviez promis le secret! grommela M. de Rocheverte d'un ton plus voilé et plus indistinct encore.

— Avec leurs airs mystérieux et leurs signes auxquels je ne comprends rien, soupira Georges, ils finiront par me faire perdre la tête.

Au même instant on entendit sonner la cloche du château. M. d'Urfen prit brusquement congé de la fille d'honneur et du marquis, et se rendit auprès de messire Bernard.

Ce digne seigneur était un grand vieillard d'une soixantaine d'années, dont les cheveux avaient à peine grisonné parce qu'il était chauve et roux. Son visage imberbe et parcheminé n'accusait d'une façon précise ni son âge, ni son sexe, sa bouche de travers souriait à droite et grimaçait à gauche ; ses petits yeux gris et louches s'observaient constamment entre eux pour s'épargner l'embarras de regarder les gens en face.

Ame damnée de la reine mère, agent secret des catholiques, il était à Nérac le partisan le plus exalté de la religion réformée ; quoiqu'il eût un pied dans l'un et l'autre camp, il inspirait aux deux partis une égale défiance.

Aussi le roi de Navarre, pour échapper aux justes remontrances de Rosny, ne se hasardait-il que secrètement chez messire Bernard. Il faut reconnaître qu'il n'y était guère attiré que par la présence de mademoiselle Suzanne.

Georges s'inclina respectueusement devant messire Duplanty ; mais quand il releva la tête, il chercha vainement à rencontrer le regard incolore et fugitif de son hôte, dont la face impassible lui produisit l'effet d'une maison sans fenêtre.

— Vous venez de Paris, monsieur? demanda-t-il froidement en prenant la lettre que lui présentait Georges.

5.

Et il parcourut rapidement la missive des yeux sans qu'il fût possible de s'expliquer par quel phénomène. Il parut réfléchir et examina le jeune Suisse des pieds à la tête.

— Madame la reine-mère, dit-il enfin, semble avoir une grande confiance en vous, monsieur d'Urfen. J'aurais cependant bien désiré qu'elle choisît un autre théâtre.

Il soupira :

— Mais qu'il soit fait suivant sa volonté. Le devoir d'un fidèle sujet est d'obéir. Avant d'aller plus loin, continua-t-il en tournant le dos à la fenêtre, il est bon de vous prévenir que deux personnes vont nous rejoindre dans cette salle : ne vous retournez pas.

Georges leva involontairement les yeux.

— Ne vous retournez donc pas, monsieur. L'une d'elles est ma nièce.

— Mademoiselle Suzanne d'Auricourt?

— Vous la connaissez ? dit le vieillard étonné.

— J'ai eu le bonheur de la voir au Louvre le jour même de mon départ et de la rencontrer tout à l'heure dans vos jardins.

— Quant au gentilhomme qui l'accompagne, c'est le marquis...

— De Rocheverte.

— Quoi ! vous le connaissez aussi ! s'écria Duplanty en reculant de surprise.

— Nous nous sommes vus ce matin près de Pont-Marie, dans une hutte de charbonnier, d'où j'ai bien cru qu'il ne sortirait pas vivant, répondit Georges avec calme.

Le vieillard posa une main décharnée sur l'épaule du brave Suisse et cligna de l'œil droit.

— Je vois que vous êtes un homme expéditif, mais il ne faut pas aller trop vite en besogne. La prudence exige...

— Le fait est que je les ai expédiés assez lestement tous les six.

— Tous les six ! répéta Duplanty de plus en plus étonné. De qui parlez-vous donc ?

— De six hommes masqués qui voulaient enlever M. de Rocheverte. Heureusement pour votre ami, j'étais là, et je l'ai tiré de leurs griffes, dit Georges en se frottant les mains avec une vive satisfaction.

— Malheureux ! s'écria le vieillard désespéré.

M. d'Urfen le regarda d'un air surpris. Messire Bernard parvint à reprendre son sang-froid.

— Entre nous, monsieur Georges, je vous dirai que le marquis de Rocheverte n'est pas précisément mon ami. Il m'a rendu de grands services, voilà tout. Je vous engage à ne parler devant lui qu'avec le plus grande discrétion. Ne lui laissez pas soupçonner que vous êtes chargé d'une mission secrète par madame Catherine

— Soit ; mais il sait déjà que je suis le neveu de Brandberg, capitaine des hallebardiers du roi.

— C'est déjà trop. Enfin, observez-vous en présence du marquis. Le silence est le langage des bons politiques. Pendant la conversation, ne me quittez pas des yeux, et si je vous vois sur le point de commettre quelque indiscrétion, je porterai la main à ma fraise... Voyez, comme cela.

— Ce n'était pas la peine de quitter le Louvre, pensa le jeune Suisse. Nous allons encore deviser par signes et par gestes plus mystérieux les uns que les autres.

Le marquis et mademoiselle d'Auricourt entrèrent dans la salle.

VI

Duplanty s'empressa de saluer M. de Rocheverte avec une expansion touchante.

— M. le marquis, dit-il, je me disposais à vous recommander mon hôte, mais je viens d'apprendre qu'il n'était plus un étranger pour vous.

Le Béarnais sourit gracieusement.

— M. d'Urfen m'a bravement secouru ce matin. Les ligueurs n'ont pas eu beau jeu avec lui. Ah ! ce gros duc, j'en ris encore. Il soufflait comme un bœuf, quand notre gentilhomme de Zurich l'a étendu à terre. Ventre saint-gris ! monsieur Georges, vous êtes un vrai Samson ; j'ai toujours regardé les Suisses comme de braves gens.

— Je ne mérite pas tant d'éloges, monsieur, dit froidement Georges. Je n'ai fait que mon devoir.

Henri feignit de ne pas s'apercevoir de sa réserve un peu sèche, et continua :

— Du reste, bon chien chasse de race. Votre oncle Brandberg a fait sous mes yeux des prouesses mer-

veilleuses. Mais vous venez de Paris, mon cher sauveur. Grâce au bon capitaine, vous avez sans doute
visité le Louvre dans tous ses détails?

— Depuis le jardin des demoiselles de la reine jusqu'à la pharmacie que je ne cherchais pas à voir,
répondit le jeune homme. Il n'y a que mon oncle
que je n'aie pas vu... et j'étais venu tout exprès de
Zurich pour le serrer dans mes bras.

— Et le roi, qu'en dites-vous, monsieur le montagnard ?

— Je dis qu'il ressemble beaucoup à une vieille
femme et qu'il aime énormément les chiens.

M. de Rocheverte éclata de rire. Duplanty porta
vivement la main à sa fraise.

— Je me souviendrai toujours, reprit le marquis,
d'un de mes compatriotes qui rêvait dans Henri de
Valois un Charles le Téméraire. Or, il le vit pour la
première fois à Paris, traversant sa bonne ville, non
pas monté sur son cheval de bataille, le casque en
tête et la cuirasse au dos, mais enveloppé comme un
moine dans un sac de toile, tenant à la main une
discipline armée de lanières plombées et frappant
sur les épaules d'un de ses mignons. Est-ce ainsi que
vous l'avez vu ?

— Non, monsieur. Sa Majesté n'avait autour d'elle
d'autres mignons que ses chiens, qui sont encore
plus mal dressés que les vôtres.

Messire Bernard faillit arracher sa fraise. M. de
Rocheverte sourit et continua :

— Parlez-moi maintenant de la reine-mère, mon
gentilhomme ? L'avez-vous vue, au milieu de ses

gardes du corps, à la chevelure noire, blonde ou brune, avant-garde de cette troupe invisible, ailée, armée de flèches, qui lui sert à terrasser ses adversaires, à les entraîner, à les asservir.

— Non, je n'ai rien remarqué de semblable, repartit Georges. En fait de troupe ailée, elle n'avait autour d'elle, quand je l'ai vue, que trois ou quatre poules inoffensives.

A cette naïveté du jeune Suisse, Suzanne et Henri se regardèrent en se mordant les lèvres, et la crainte de l'irriter les empêcha difficilement d'éclater.

— Ventre saint-gris ! je veux vous parler, dit enfin M. de Rocheverte, de la troupe des jeunes amours dont madame Catherine est sans cesse entourée.

Georges rougit de sa méprise.

— Maudites poules noires ! Pourquoi diable la reine voulait-elle examiner leurs entrailles avec un vieux radoteur qui s'occupe probablement de pharmacie avec elle ?

— Bon ! fit Henri ; vous avez aussi vu maître René, le parfumeur de madame Catherine.

— Je ne sais pas si c'est un parfumeur, mais ses parfums m'ont fait éternuer pendant un gros quart d'heure.

— Laissons cela, interrompit Rocheverte, qui éprouvait le désir de donner un autre cours à ses pensées. Que dit-on dans votre pays de Henri de Navarre ? Il y comptait autrefois de braves amis.

— Il en a encore, par saint Arnolph ! répondit Georges, c'est un vrai chevalier celui-là, un hardi capitaine, dur à la fatigue. Malheureusement... s'il est sans peur, il n'est pas sans reproche.

Duplanty porta la main à sa fraise avec des contorsions alarmantes pour ses dentelles.

.— Et que peut-on lui reprocher? demanda le Béarnais en souriant.

— Bien des choses! repartit le jeune Suisse sans se préoccuper de la pantomime de messire Bernard, qui faisait craquer sous ses doigts sa fraise trop empesée. D'abord, son penchant pour la galanterie. C'est mal à lui de plonger dans le chagrin et la ruine tant de nobles dames et demoiselles. S'il doit régner un jour, comme je le désire du fond du cœur, qu'il soit le père de ses sujets, au figuré; mais, par la trompe d'Uri! qu'il ne le soit pas en réalité.

Le franc sourire qui s'épanouissait d'ordinaire sur les lèvres du Béarnais s'était effacé peu à peu.

— Continuez, M. d'Urfen, dit-il gravement.

— On l'accuse aussi de songer à changer de religion, non par conviction, mais par calcul ambitieux, dit Georges sans se soucier des gestes de Duplanty, qui déchirait sa fraise par ses mouvements convulsifs. Certes, nul n'a le droit de blâmer une croyance dictée par la conscience, mais il ne faut pas que l'homme se joue de Dieu.

M. de Rocheverte avait légèrement pâli.

— Vous avez raison, mon gentilhomme; mais si jamais Henri renie la foi de ses parents, ce qui n'est guère probable, ce sera pour assurer le salut de son âme ou pour épargner le sang de ses sujets.

— Que Dieu vous entende, monsieur !

— Et que lui reproche-t-on encore, demanda le Béarnais. Nous ne devons pas être au bout de la litanie.

— Tout autre reproche serait un mensonge! s'écria Georges; Henri de Navarre peut servir de modèle à tous les rois.

Le front de M. de Rocheverte s'éclaircit, ses yeux étincelèrent; il prit sur la table un flacon, et remplissant une coupe :

— A la santé du roi de Navarre! dit-il. Je bois en son nom à la vôtre, mon brave enfant de Zurich.

M. d'Urfen saisit la coupe, et, après avoir bu, la rendit à Henri qui la porta de nouveau à ses lèvres. Ils se serrèrent ensuite affectueusement la main.

— Il faut que je vous quitte, messieurs, et vous aussi, charmante Suzanne, dit ensuite le Béarnais, mais nous nous reverrons, monsieur Georges; je veux vous faire assister aux manœuvres de troupes qui valent bien celles du Louvre. Vous êtes Suisse, et je sais ne pas vous blesser dans votre orgueil national.

— J'accepte de grand cœur, monsieur le marquis.

— Eh bien! je vous donne rendez-vous dans la hutte du charbonnier, elle est sur mon chemin. Vous m'y attendrez vers huit heures.

— C'est convenu, dit Georges. Ma foi! après avoir vu en face Sa Majesté Henri III je ne serai pas fâché de voir de près celui qui doit lui succéder un jour.

Après le départ de M. de Rocheverte, messire Bernard pria Suzanne de le laisser seul avec son hôte, car ils avaient à causer ensemble d'affaires sérieuses. La jeune fille obéit, mais en sortant elle jeta sur Georges un regard qui voulait dire :

— On se défie de moi, mais il faut que je sache, dans notre intérêt à tous, ce que mon oncle veut me cacher.

M. d'Urfen répondit par un signe de tête affirmatif qui échappa aux yeux soupçonneux du vieillard.

Duplanty se promena dans la salle de long en large, toussa beaucoup, se gratta le front, et après un long silence, dit enfin à son hôte :

— M. Georges, la reine-mère, qui certes se connaît en hommes d'énergie, vous a choisi pour remplir une mission importante, à laquelle je dois concourir de tout mon pouvoir.

Le jeune Suisse resta impassible; la lumière ne s'était pas encore faite dans sa cervelle obscurcie par tant de précautions oratoires.

— Veuillez donc me répondre en toute franchise, continua le vieillard en clignotant.

Georges poussa un soupir d'impatience.

— Parlez, mon cher hôte. Je suis tout oreilles.

— Eh bien ! pensez-vous sérieusement ce que vous avez dit de Henri de Navarre. Je vous fais cette question parce que, entre nous, vous êtes un homme impénétrable.

— Oui, monsieur, je le pense sincèrement, répondit d'Urfen sans hésiter. Je vous ai bien vu porter souvent la main à votre diable de fraise, mais je ne comprends pas encore pourquoi vous vous entêtiez à me faire signe de garder le silence.

Duplanty haussa les épaules.

— Sachez donc, mon ami, que M. de Rocheverte est le favori du Huguenot.

— Tant mieux ! répondit naïvement Georges ; il pourra dire à son maître mon opinion sur son compte. D'ailleurs Henri est un généreux et vaillant prince, qui mérite l'affection des braves gens de toutes les religions, et la vérité ne l'offensera pas.

— Vous paraissez entiché du Navarrais, M. d'Urfen. Cependant c'est un ennemi mortel de votre maître et surtout de la reine-mère.

— Il a été leur adversaire, je le sais, mais il sont réconciliés maintenant.

— Réconciliés ! grommela le vieillard, oui, à la manière des princes. Ils s'embrassent en public, mais la vieille haine couve sous la cendre ; madame Catherine ne saurait aimer l'héritier de ses fils. Henri de Navarre n'attend que la mort de son beau-frère, et il ne dépendra pas de lui qu'elle n'arrive bientôt.

Le sang monta au visage de Georges.

— Vous vous trompez, monsieur. Le roi de Navarre est incapable de commettre un crime, quand il s'agirait de sa propre vie.

Messire Bernard ne sourcilla pas.

— Ce qu'il ne fera pas, ses favoris le feront, répondit-il froidement. Tenez, mon gentilhomme, que pensez-vous de M. de Rocheverte ?

— C'est un bon compagnon, qui me plairait fort s'il n'était un peu trop galant. Son regard et son sourire ont une expression de franchise qui charmerait même un ennemi.

Duplanty fut saisi d'un accès de toux assez obstiné; il reprit enfin, en ayant l'air de se parler à lui-même :

— Voyez comme l'extérieur est trompeur; ce traître au visage loyal ne cesse de machiner la mort de notre pauvre roi et de madame Catherine.

— M. de Rocheverte un traître ! Diriez-vous vrai ? s'écria Georges.

— Sur mon honneur de gentilhomme, c'est la vérité !

— Eh bien ! je vous conseille de parler de votre honneur, vous qui recevez dans votre logis un si abominable scélérat, qui le traitez avec estime, et qui exposez votre hôte à boire dans son verre. Quand vous l'avez vu m'inviter à porter la santé de son maître, c'était bien là l'occasion de tirailler votre maudite fraise. Je voudrais qu'elle fût de bon chanvre, pensa-t-il, et qu'elle servît à t'accrocher à la plus haute branche d'un chêne.

Duplanty parut embarrassé de l'élan généreux de M. d'Urfen.

— Que voulez-vous, mon ami ! balbutia-t-il. Je suis vieux, isolé, et le roi de Navarre est à Nérac, à la tête d'une armée avide de pillage. D'ailleurs ce huguenot est un homme puissant, et il recherche ma nièce en mariage.

Georges devint blême; un frisson glacial secoua

tous ses membres et un brouillard passa devant ses yeux.

— Je ne m'étais donc pas trompé! murmura-t-il avec accablement. Ah! je ne suis pas, moi, le favori d'un roi. On doit rire ici d'un sauvage montagnard de Zurich qui veut faire le dameret. Au diable les demoiselles de la reine! Ce n'est pas la pauvre Berthe qui m'eût trahi pour un courtisan!

Le vieillard feignait de ne pas prendre garde à l'émotion de Georges, mais ses yeux louches ne perdaient pas un seul mouvement du brave Suisse. Celui-ci essaya enfin de surmonter sa douleur, et il demanda à messire Bernard d'une voix qu'il crut rendre ferme :

— Mademoiselle d'Auricourt aimerait-t-elle ce traître?

Duplanty hésita pendant un instant qui pesa comme un siècle sur le cœur de M. d'Urfen.

— Non, dit-il enfin, elle serait fort aise, ainsi que moi, d'être délivrée des obsessions de cet odieux personnage... si toutefois cela pouvait se faire sans nous compromettre.

— Oseriez-vous, monsieur, par faiblesse, sacrifier votre nièce à la crainte que vous inspire ce misérable?

— Vous ne comprenez donc pas que ce huguenot me tient dans sa main, répliqua Duplanty. Il leva ses yeux clignotants vers les poutres du plafond et ajouta : Certes, j'offrirais de grand cœur la main de Suzanne à l'honnête gentilhomme qui voudrait se charger de nous débarrasser de M. de Rocheverte.

— La main de Suzanne ! répéta machinalement le jeune Suisse. Mais je suis gentilhomme, moi, monsieur ; mais je puis m'engager à empêcher cet orgueilleux prétendant de jamais reparaître en présence de mademoiselle d'Auricourt. Non, je ne permettrai pas que son cœur soit indignement torturé, ajouta-t-il avec une exaltation croissante.

— Je vois que vous m'avez bien compris, monsieur d'Urfen.

— Parfaitement. Je tuerai votre huguenot, et mademoiselle Suzanne pourra dormir tranquille !

— Mais comment le tuerez-vous ? demanda messire Bernard.

— Je le ferai appeler sur le terrain, et si mon saint patron me protége...

— Mauvais moyen pour un homme d'esprit. Il faut employer une voie plus sûre.

— Je n'en connais pas d'autre, repartit Georges. Si je vous tenais au bout de ma bonne épée, vous m'en diriez des nouvelles, mon cher hôte.

Duplanty hocha la tête :

— Rocheverte est vindicatif et puissant. Je crois même qu'il ne vous laissera pas le temps de le tuer bravement en duel, car il machine une nouvelle trahison.

Georges tressaillit.

— Songerait-il à enlever votre nièce, messire Bernard ?

— Je le crains, et comme vous seriez un obstacle, il s'occupe de briser l'obstacle. Ne vous a-t-il pas

donné rendez-vous dans une des huttes isolées de la
forêt ?

— Et vous croyez que c'est là un guet-apens ?
non ; c'est impossible. Vous oubliez que cet homme
me doit la vie. D'ailleurs, je suis prévenu, je ne risque rien de tenter l'aventure.

L'entêtement du jeune Suisse avait épuisé la patience du châtelain : il saisit alors le bras de Georges
et répliqua d'une voix presqu'impérieuse :

— Vous n'avez pas le droit, monsieur, de disposer
ainsi de vous-même depuis que vous avez juré à
notre excellent roi et à madame Catherine d'exécuter les ordres que je suis chargé de vous transmettre
de vive voix.

— Enfin, dit M. d'Urfen, ces maudits ordres, vais-
je les connaître ? Depuis mon entrée au Louvre, je
marche comme un aveugle dans toutes ces intrigues.

Messire Bernard tira d'un petit coffret soigneusement fermé la lettre que la reine-mère avait remise
à mademoiselle d'Auricourt et la mit sous les yeux
de Georges, qui frissonna en lisant un ordre ainsi
conçu :

« Nous chargeons notre féal chevalier, M. d'Urfen,
de faire périr le plus secrètement et le plus promptement possible l'homme que lui désignera messire
Bernard, car ce rebelle s'est rendu coupable de
haute trahison. Après quoi M. Georges se rendra
sans retard en notre palais du Louvre, où il recevra

la récompense promise. Il nous répond sur sa tête de l'exécution de son serment.

» Signé CATHERINE. »

Pendant que le jeune homme relisait avec un trouble mêlé d'horreur ce terrible billet, Duplanty le lui arracha des mains et le déchira en morceaux.

— Êtes-vous décidé? demanda-t-il avec un méchant sourire.

— Si j'ai bien compris, répliqua Georges indigné, il s'agit tout simplement d'assassiner M. de Rocheverte?

— De le tuer, répondit le vieillard avec le plus grand calme. Les puissants de la terre n'asassinent pas, ils tuent. Puisque l'ordre de la reine s'accorde avec vos propre intérêts, vous ne devez pas hésiter.

— Vous êtes un homme d'expérience, messire Bernard, dit le Suisse. Comment dois-je m'y prendre pour réussir?

— Au lieu d'aller attendre Rocheverte dans la hutte du charbonnier, où il ne manquera pas de venir demain à l'heure dite, cachez-vous dans un fourré touffu sur son chemin, guettez-le au passage, et enfoncez-lui votre poignard juste entre les deux épaules : c'est un coup infaillible.

M. d'Urfen le regardait avec une sorte de curiosité et de mépris.

— Décidément, vous me prenez pour un lâche assassin, monsieur mon hôte. Si vous n'étiez pas l'oncle de mademoiselle Suzanne, je casserais volontiers en deux morceaux votre squelette ambulant.

Quant à la reine mère, la chère dame ne vaut pas mieux que vous, puisqu'elle ne craint pas de déshonorer un bon gentilhomme en lui proposant cette tâche infâme.

— Songez, monsieur, qu'elle a votre parole, et qu'il y va de votre tête, répliqua Duplanty toujours impassible.

— Je n'obéirai pas, messire Bernard, s'écria Georges. Advienne que pourra !

— Soit, monsieur, vous êtes libre de forfaire à votre serment; mais vous avez notre secret, et mon devoir est de m'assurer de votre personne.

Georges se mit à rire et tira son épée :

— Essayez donc ! appelez vos valets, et fussent-ils une douzaine, je les défie de me barrer le passage. Quant à M. de Rocheverte, je compte bien le prévenir de se tenir sur ses gardes.

— Allez donc, et que le diable vous protége ! dit le vieillard.

M. d'Urfen fit tranquillement quelques pas vers la porte, sans que Duplanty essayât de le retenir; mais il était à peine aux deux tiers de la salle qu'il entendit le bruit d'un ressort invisible et tourna involontairement la tête.

Au même instant le plancher s'abaissa sous ses pieds, s'ouvrit comme une trappe, l'engloutit pour ainsi dire, et se referma lourdement sur sa tête.

Peu après, messire Bernard fut tiré de ses tristes réflexions par des coups précipités qui ébranlaient la porte; il essuya rapidement la sueur qui mouillait son front chauve, et dit d'une voix chevrotante :

6

— Entrez !

Le majordome parut et lui remit un message que venait d'apporter un gentilhomme du roi Henri III. Ce prince lui faisait savoir qu'il arriverait le lendemain matin, avant midi, à Nérac, où il comptait lui demander une hospitalité de quelques heures. Ce coup imprévu anéantit le courtisan; il congédia Langeac d'un geste impérieux, et se laissa tomber avec accablement sur son siége.

— Je suis perdu, murmura-t-il; le roi, qui connaît mon zèle à le servir, ne doute pas que l'ordre de madame Catherine n'ait été exécuté. Que dira-t-il en trouvant le Béarnais vivant et plus redoutable que jamais? Maudit Suisse avec ses sots scrupules! Refuser de tuer un homme qu'il regarde comme son rival, quand il y va de son bonheur et de sa destinée !

Il se leva, comprima son front brûlant entre ses mains, et se promena avec agitation dans la salle.

— Dois-je me résigner à voir s'écrouler en une minute tout l'échafaudage d'une fortune acquise par quinze années de sacrifices et de lâches complaisances? Non ! et, dussé-je tuer le Béarnais de ma propre main, il ne faut pas que le roi le trouve vivant ou libre à Nérac.

En présence du danger dont il se croyait menacé, il se sentit animé d'un courage extraordinaire; c'était le courage de la peur, qui transforme parfois le plus lâche en homme dangereux et terrible.

Le reste du jour et la nuit tout entière s'écoulèrent pour messire Bernard avec une rapidité dévorante.

Il n'en fut pas de même pour mademoiselle d'Auricourt. Indignée de la trahison de son oncle, elle
attendit son départ avec une fièvreuse impatience.
Aussi, dès qu'elle vit au point du jour le vieillard
sortir du château à la tête de tous ses gens armés, elle
revêtit un costume de page qu'elle avait préparé,
s'arma d'un flambeau de cire rose, et de clefs qu'elle
avait fort adroitement dérobées au majordome, puis
elle descendit au caveau, d'où elle croyait à tout
instant entendre s'exhaler les gémissements du
pauvre Georges.

Ne craignant pas d'être surprise, elle ouvrit la
porte du cachot avec un cliquetis de clefs capable de
réveiller un sourd dans son premier sommeil. A
peine fut-elle entrée qu'elle s'arrêta tremblante
devant le jeune homme, qui était étendu sur le sol
sablonneux du caveau. Sa première pensée fut qu'il
était mort. N'avait-il pas fait une chute d'une hauteur de quinze pieds au moins ! Elle poussa un cri
déchirant, s'élança vers lui, et interrogea avec anxiété
les battements de son cœur.

Le mort, qui n'attendait pas de visite à cette heure
indue, ronflait comme un juste, ; il ouvrit un œil
qu'il referma aussitôt, et, pour échapper à l'éblouissante clarté qui frappait son visage, il le voila de ses
bras croisés. S'apercevant alors qu'il n'était qu'endormi, mademoiselle Suzanne respira plus librement.

— Que l'enfer te berce, page du diable ! murmura
le montagnard entre deux longs bâillements. Je
faisais un si beau rêve. Suzanne me souriait ; elle

me laissait baiser à loisir sa petite main satinée; elle me jurait de me suivre à Zurich. Pourquoi Satan t'a-t-il envoyé, page maudit? *vade retro !* continua-il dans un dernier bâillement.

Et il se retourna brusquement, pour recommencer le songe interrompu.

— Souvent, monsieur Georges, là où le rêve finit la réalité commence, dit Suzanne à son tour, mais d'une voix si harmonieuse et si argentine que M. d'Urfen se sentit remuer jusqu'au fond du cœur. Il se leva d'un bond et s'écria :

— Qui donc a parlé ?

— C'est moi ! répondit la demoiselle de la reine en élevant son flambeau de façon à éclairer son charmant visage.

— Mademoiselle Suzanne sous ce costume de page ! s'écria Georges d'une voix altérée. Vous dans ce caveau ! Ah ! vous n'êtes donc pas complice de ce fourbe ?

Une larme brilla aux cils de la jeune fille.

— Avez-vous pu le croire, monsieur Georges ? Je suis venue vous délivrer pour que vous ne manquiez pas au rendez-vous de M. de Rocheverte.

— Ah ! c'est vous qui me donnez ce conseil, mademoiselle Suzanne ! dit-il avec un accent d'amertume et d'ironie. Mais savez-vous bien ce qui s'est passé entre votre digne oncle et moi ! avez-vous entendu ?...

— Je sais tout, interrompit la fille d'honneur; sans cela me verriez-vous sous cet habit de page qui vous étonne ? J'ai voulu vous rendre d'abord la liberté, et puis vous placer sous la protection du seul homme qui puisse vous sauver du ressentiment de Bernard Duplanty et de madame la reine.

— Comment le nommez-vous, demanda railleusement M. d'Urfen.

— C'est un ami fidèle qui ne vous fera pas défaut, dit mademoiselle d'Auricourt avec embarras.

— Pourquoi vous troubler? répliqua Georges avec une sourde irritation. Comment le nommez-vous ?

— Henri de Rocheverte, un brave gentilhomme à qui vous avez sauvé deux fois la vie.

— Il me suffirait d'ailleurs d'invoquer votre nom, mademoiselle, pour être assuré de sa protection.

Suzanne l'interrompit :

— Vous obtiendrez de lui un sauf-conduit, et vous pourrez retourner dans un pays, que vous n'auriez jamais dû quitter.

— Vous avez raison, dit sèchement Georges. Si j'étais resté à Zurich, je n'aurais jamais su que l'amour pût être un jeu ou un trafic. Ainsi donc vous avez hâte de me congédier comme un hôte importun; vous avez hâte de rappeler du regard et du sourire ce présomptueux galant qui n'a pas, lui, comme le gentilhomme suisse, sa fortune à faire.

6.

VII

Mademoiselle d'Auricourt devint pâle en entendant cette injuste accusation.

— Monsieur Georges, je ne veux pas chercher à
me justifier à vos yeux; votre colère est de la douleur; elle me prouve mieux que des madrigaux que
vous m'aimez sincèrement; mais, hélas! cet amour
doit s'éteindre devant la réalité, comme une torche
ardente dans l'eau glacée. Je sortirai avec vous de
ce château, et je me rendrai au couvent des Carmélites, où j'espère trouver un refuge.

M. d'Urfen tressaillit.

— Vous voulez vous enfermer dans un cloître,
vous si jeune et si belle! vous qui n'avez aucun
crime à expier! Mais, par saint Arnolph! c'est
impossible!

— Il le faut, mon ami, dit d'une voix tremblante
la demoiselle de la reine. J'ai déjà trop souffert au
milieu de cette cour brillante et corrompue. Mon

cœur s'est flétri en voyant profaner autour de moi
les plus nobles sentiments, en entendant glorifier le
vice par ceux même que je m'étais habituée à respecter. Oui, on a gâté notre vie à tous deux : vous,
honnête et loyal, ne vous a-t-on pas fait venir à Nérac
comme un instrument de mort ? Et qu'ont-ils voulu
faire de moi, enfant insouciante et rieuse ? un hame-
çon qui devait attirer sous la pointe de votre épée le
plus confiant et le plus téméraire des hommes. Ah !
j'en rougis de honte !

— Est-ce de M. de Rocheverte que vous entendez
parler ? demanda Georges avec un frémissement
involontaire. Mais pourquoi vous prêtiez-vous à ce
rôle indigne ? Pourquoi accueillir le favori avec tant
de grâce ? Vous ne deviez pas vous abuser sur ses in-
tentions. Il a dû vous avouer son amour. Et votre
oncle m'a dit lui-même...

— On vous a trompé, monsieur Georges, dit tristement mademoiselle d'Auricourt ; on m'a calomniée
pour exciter votre haine et votre jalousie contre ce
gentilhomme. Il ne peut être pour moi qu'un ami...
car il est marié.

—Marié ! s'écria le jeune Suisse, mais il est cent
fois plus coupable ; car, je le répète, vous ne pouvez
nier qu'il courtisait vos bonnes grâces, et vous étiez
certainement beaucoup moins farouche avec lui
qu'avec moi.

— Arrêtez, monsieur, répliqua fièrement Suzanne ;
je ne nie rien ; mais si vous connaissiez l'absent que
vous accusez avec tant de légèreté, au lieu de l'outrager vous l'aimeriez comme je l'aime.

— Trompe d'Uri! fit Georges exaspéré. Est-ce un si merveilleux héros? Je n'ai cependant jamais entendu parler de lui.

— Jeune homme incrédule et entêté, dit mademoiselle d'Auricourt, il faut donc tout vous révéler pour anéantir ces odieux soupçons. Eh bien! sachez que ce nom obscur de Rocheverte cache un nom bien connu de vous, celui de Henri de Navarre.

M. d'Urfen recula stupéfait.

— Le roi de Navarre, répéta-t-il, le brave Henri! Et c'est lui que ces monstres voulaient me faire assassiner. Ah! je vous jure, Suzanne, que si je tenais votre oncle entre mes mains, il passerait un méchant quart d'heure. Maintenant, je crois en vous, mademoiselle, et je ne refuse plus de vous suivre... Hâtons-nous... Le roi de Navarre, c'était lui! j'aurais dû le reconnaître à ce bon sourire, à cet air martial, à ce courage héroïque... et même, ajouta-t-il en souriant, à ce champêtre déjeuner avec mademoiselle Fleurette. Oh! j'irai au rendez-vous qu'il m'a donné et je lui révélerai cet infâme complot.

— Cependant, je vous en conjure, monsieur Georges, ne perdez pas mon oncle! dit Suzanne en fixant sur lui un regard suppliant.

— Messire Bernard Duplanty mérite la potence et la roue; il n'est pas digne de l'échafaud, répliqua le montagnard indigné.

— Mais il a pris soin de mon enfance; j'étais orpheline et sans fortune, il a cru assurer ma destinée en me plaçant sous l'égide de madame la reine-mère; il s'est trompé dans ses calculs ambitieux,

mais la reconnaissance me fait un devoir d'implorer
son pardon.

— Votre prière sera exaucée, Suzanne.

La demoiselle d'honneur le remercia par un regard
plein de tendresse.

— Maintenant que nous nous connaissons mieux,
monsieur Georges, croyez-moi, la fille du comte
d'Auricourt aurait pu épouser, même sans amour, le
dernier, le plus brave des gentilshommes plutôt que
d'être la maîtresse d'un roi.

D'Urfen lui prit la main et la serra doucement :

— Eh bien ! chère enfant, le plus pauvre des gen-
tilhommes, c'est moi ; je n'ai que la cape et l'épée.
Si je suis riche d'amour seulement, me repousserez-
vous ?

— Pourquoi nous faire illusion, monsieur Georges ? Ai-je le droit de vous condamner à une vie
stérile, misérable, indigne de votre nom ? Croyez-
vous que votre père et que messire de Brandberg
consentiraient à un mariage qui enchaînerait votre
destinée ? Ah ! si j'étais riche, si j'appartenais à une
famille puissante, dont l'influence pût vous servir,
je n'hésiterais pas un instant à devenir votre femme.

Le jeune Suisse, ému de cet aveu, étreignit mademoiselle d'Auricourt contre sa poitrine par un élan
passionné.

— Suzanne, s'écria-t-il, puisque nous nous aimons,
unissons nos deux pauvretés et allons chercher le
bonheur là où il se trouve, dans mon pays. A quoi
d'ailleurs vous servirait la richesse à Zurich ? Est-ce
que les fleurs de nos rochers, mêlées aux cheveux

de celle qu'on aime, ne rayonnent pas d'un éclat mille fois plus charmant que les feux trompeurs du diamant? Est-ce que la vie indépendante, au milieu d'amis sincères, n'est pas préférable à cette vie des cours où tout est bassesse, servilité et mensonge? Suzanne, refuserez-vous d'être tout simplement une bonne ménagère du canton de Zurich, aimée et honorée par de braves gens?

— Ne faisons pas de rêves, monsieur Georges, dit avec effort mademoiselle d'Auricourt, involontairement troublée par le transport du gentilhomme. Il faut nous séparer aujourd'hui. Ma résolution est inébranlable. Mais peut-être nous reverrons-nous un jour. Prenez du service dans l'armée du roi de Navarre; tâchez de faire votre chemin comme messire de Brandberg, à force de courage et de dévouement, et, si vous y parvenez, Dieu aidant, vous retrouverez Suzanne d'Auricourt fidèle à votre souvenir.

Le gentilhomme se jeta aux genoux du joli page.

— Relevez-vous, Georges, reprit-elle, et hâtons-nous! N'oubliez pas que vous n'êtes pas encore hors de danger. N'oubliez pas que vous avez promis de sauver le roi de Navarre.

M. d'Urfen se laissa entraîner. Ils sortirent du caveau, traversèrent les corridors silencieux et trouvèrent la grille des jardins ouverte. Ils marchaient rapidement sous les arbres pour gagner la campagne perdue dans la brume épaisse du matin, lorsque Suzanne entendit venir à sa rencontre sa chèvre aimée qui faisait tinter gaiement sa clochette d'argent en lui tendant le front. La jeune fille baisa le

charmant animal entre les deux cornes, et, prenant
la main de Georges, ils s'éloignèrent la joie dans le
cœur et le sourire aux lèvres, comme deux enfants
de Zurich qui n'auraient jamais été séparés l'un de
l'autre.

Une vapeur humide et froide rampait à quelques
pas du sol ; l'herbe qui bordait les sentiers était
inondée de rosée ; quoique l'*Angelus* fût sonné depuis
près d'une heure, on distinguait à peine la forme
des buissons et des arbres à vingt pas devant soi.

En quittant le château de messire Bernard, le
jeune Suisse et sa jolie compagne s'étaient dirigés
vers le couvent des Carmélites, mais ils avaient pris
le chemin des écoliers. Ils désiraient prolonger le
plus possible le bonheur qu'ils éprouvaient à marcher cœur à cœur. Comme le présent leur apparte-
nait, ils se berçaient dans les douces rêveries d'un
avenir qu'ils façonnaient à leur gré.

Ils furent brusquement arrachés à leurs pensées
par le reflet rougeâtre d'une lueur qui semblait se
noyer dans le brouillard. Bientôt cent étoiles flam-
boyantes trouèrent ce manteau de vapeurs, et les
deux fugitifs purent distinguer une nombreuse file
d'hommes qui portaient des torches ; à les voir s'a-
vancer en ondulant, vous eussiez dit un serpent
gigantesque, des replis duquel auraient jailli de longues traînées phosphorescentes.

Pendant que ce fantastique cortège s'approchait
lentement, des ombres qui peu à peu se transfor-
maient en êtres vivants débouchaient par tous les
carrefours, les chemins et les sentes : c'étaient des

paysans inquiets, effrayés, curieux, qui accouraient
assister au passage de cette troupe étrange armée de
torches, comme des phalènes attirées par la lumière.

Le jeune Suisse et mademoiselle d'Auricourt,
grâce à son costume de page, purent se mêler aux
groupes qui s'étaient formés de chaque côté du chemin.

— Que se passe-t-il donc là-bas, mes amis? demanda Georges.

— Mon gentilhomme, répondit un bûcheron re-
marquable par sa haute taille et sa longue barbe,
nous attendons le défilé de ces pénitents qui suivent
la route de Nérac.

— En l'honneur de quel saint entreprennent-ils
ce pèlerinage?

— Je ne sais. Peut-être à cause du 2 novembre,
qui est le jour des trépassés.

— Prions Dieu pour le salut de leurs âmes, fit le
groupe en se signant.

— Et d'où diable nous viennent tous ces hommes
encapuchonnés? continua Georges en s'adressant de
préférence au bûcheron.

— De Blois, mon gentilhomme, de Blois où se
tient la cour depuis une semaine. Hier, vers la
veillée, comme je passais par Clermont, j'ai trouvé
toutes les hôtelleries encombrées de seigneurs, de
valets et de bagages. De plus, à la tête d'une compagnie de gardes françaises, qui, faute de place en
ville, se disposait à camper à la belle étoile, j'ai
reconnu Crillon, sous qui j'ai servi autrefois.

— J'aurai pris tous ces porteurs de torches pour

une confrérie de moines, dit le Suisse en souriant.

— Non, certes; ce sont de beaux mignons de cour; et pour qu'ils marchent avec une si brillante escorte, remarqua le bûcheron, il faut qu'un personnage de grande importance se cache dans les rangs.

— Peut-être sont-ce des ligueurs? reprit Georges, qui se rappelait avec inquiétude la scène de la hutte.

— Nous saurons bien tout à l'heure s'ils ont des cuirasses sous leurs robes! murmura l'ancien soldat de Crillon.

— Viendrait-ils donc pour enlever le roi de Navarre? s'écria Suzanne toute tremblante.

— Ils ne s'en tireraient pas à leur honneur, mon beau page, ceux qui oseraient tenter un coup si hardi contre le Béarnais! dit le bûcheron en retroussant avec un geste de menace le manche de sa casaque. Vous ne savez donc pas, mon gentilhomme, continua-t-il en baissant la voix, que Rosny veille toujours au grain. Sous prétexte de passer les troupes en revue, il a mis tout son monde sur pied ce matin. Si les ligueurs osaient bouger dans la province, ils trouveraient à qui parler.

Il avait à peine achevé qu'un long murmure courut parmi la foule et que les groupes s'agitèrent en tumulte.

— Les voilà, les voilà! criait-on de toutes parts.

— Place! place à la procession!

Les pénitents, après avoir fait une station devant un reposoir improvisé pendant la nuit, venaient de se remettre en marche. Ils s'avançaient solennelle-

7

ment deux par deux, entre une double haie de cires blanches que portaient des valets vêtus de noir comme leurs maîtres.

Pieds nus, les reins ceints d'une corde, le capuchon rabattu sur le visage, ils tenaient à la main une discipline enjolivée de petites pointes d'acier dont ils se caressaient les épaules avec un art qui attestait que cet exercice avait été de leur part l'objet d'une étude spéciale. A cette époque de bizarre dévotion, on apprenait à se flageller comme on apprenait la danse, l'escrime ou l'équitation.

La flagellation était alors considérée comme une étude salutaire pour le corps et pour l'âme. Les gens mal élevés se frappaient brutalement à tour de bras et ne s'en faisaient pas plus de mal. Les brillants raffinés de cette cour singulière savaient s'attirer l'admiration des dames et celle même des simples curieux, par la grâce qu'ils déployaient en s'administrant du poignet seulement et sans précipitation de petits coups de discipline qui faisaient jaillir le sang, mais qui ne gâtaient pas les habits du patient.

Les robes noires des pénitents, ornées de têtes de mort peintes en blanc ou brodées en argent, étaient serrées à la taille; soigneusement fermées par devant, elles laissaient à nu les épaules où le sang coulait par vingt plaies; le sang ruisselait aussi de leurs pieds que rien ne protégeait contre les cailloux de la route. Les lugubres cantiques qu'ils psalmodiaient en marchant à pas comptés étaient entremêlés d'éclats de voix lamentables et de cris arrachés par la douleur.

Un des flagellants, — le chef, sans doute, — que, par respect pour son rang ou pour la ferveur de sa pénitence, ses compagnons laissaient isolé au centre même du cortége, se meurtrissait le dos avec un acharnement que les autres ne pouvaient égaler, malgré leurs contorsions exagérées.

Au fur et à mesure que s'avançaient les flagellants, la foule des curieux grossissait au point que les gardes durent intervenir pour repousser ceux qui ne s'écartaient pas assez promptement ou qui refusaient de s'agenouiller de bonne grâce sur le passage du cortége.

Des paysans, parmi lesquels se trouvaient bon nombre de huguenots, résistèrent vigoureusement aux gardes. Quelques pénitents, ravis d'avoir un prétexte pour frapper un peu sur les épaules des autres, afin d'épargner les leurs, se joignirent aux soldats.

Il y eut un instant de désordre et de lutte.

Georges et Suzanne se tenaient à distance, mais ils étaient restés debout. Un paysan passa rapidement devant eux. C'était le bûcheron.

— Vous vous trompiez, mes gentilshommes, dit-il d'une voix sourde, ce ne sont pas des ligueurs, car ils n'ont pas de cuirasses sous leurs robes. Mon couteau en sait quelque chose.

Il brandit d'un air de triomphe une sorte de coutelas tout sanglant et disparut. Suzanne détourna la tête et laissa échapper un cri d'horreur. Aussitôt un des flagellants se détacha de la cohue des combattants et s'approcha.

— Agenouillez-vous donc, monsieur, dit-il à Georges avec un accent italien qui frappa le jeune homme.

— Par saint Arnolph! c'est le parfumeur du Louvre, le confident de madame Catherine! pensa-t-il. Viendrait-il de la part de la reine-mère me demander compte de la mission dont elle a osé me charger? Malheur à lui, si j'ai deviné juste!

Mais pendant que le neveu de messire de Brandberg s'adressait à lui-même cette question, le flagellant, qui n'était autre en effet que maître René, avait regardé fixement mademoiselle d'Auricourt et la saisissait par le bras.

— Quant à vous, jeune page, à genoux et chapeau bas, dit-il en faisant sauter à trois pas le petit toquet de Suzanne dont les beaux cheveux en se dénouant inondèrent ses épaules.

— Lâche! s'écria la jeune fille pourpre de honte et d'indignation, pourquoi fuyez-vous devant les épées tirées, et pourquoi ne savez-vous insulter que les femmes?

Georges avait tressailli et s'avançait, blême de colère, vers l'insolent parfumeur. René venait de reconnaître en même temps la demoiselle de la reine et le gentilhomme de Zurich; il eut presque regret de sa brutalité, mais il était déjà trop tard. Georges avait oublié la puissance de madame Catherine, l'influence redoutée du Florentin, le respect du costume des flagellants; il saisit le malheureux parfumeur, le dépouilla de sa robe jusqu'à la ceinture, et, lui arrachant sa discipline, il en brisa toutes les lanières

sur son dos, car il n'y allait pas du poignet seulement selon les règles admises, mais bien à tour de
bras, comme un sauvage montagnard.

Maître René, qui ne se sentait pas de force à lutter
contre un si terrible adversaire, poussait des hurlements lamentables, et, pour presser le zèle de ses
compagnons, il criait à tue-tête :

— A l'aide ! au rapt ! un larron d'honneur enlève
mademoiselle d'Auricourt, qui est à madame la reine-
mère !

Cet appel eut un écho rapide parmi la foule. Quelques flagellants accoururent, se ruèrent à l'improviste sur le prétendu ravisseur et le désarmèrent
avant qu'il eût eu le temps de se mettre en défense.

— Je demande justice et réparation ! s'écria aussitôt le parfumeur éclopé ; que chaque coup que tu
m'as donné te soit compté double, infernal Suisse !

— Calmez-vous, maître René, lui disaient ses amis
en s'efforçant vainement de le mettre sur ses jambes.
Justice vous sera faite.

Georges souriait dédaigneusement.

— Je lui conseille de se plaindre ! ce dróguiste, qui
est à moitié sorcier, ne sait-il pas composer, dit-on,
de merveilleux onguents pour les blessures des autres. Que ne fera-t-il pas pour lui-même?

Cependant le cortége s'était arrêté dans sa marche,
et le chef des flagellants, impatient de connaître la
cause de ce tumulte, avait ordonné d'en arrêter les
auteurs et de les amener devant lui, comme coupables de profanation.

Georges ne se fit pas attendre. Il prit mademoiselle

d'Auricourt par la main, et suivit sans hésiter les pénitents qui l'avaient désarmé. Cependant lorsqu'il vit les yeux brillants du chef de la bande se fixer sur lui à travers les trous d'un capuchon soigneusement rabattu, il ressentit une sorte d'émotion involontaire.

— C'est donc vous, monsieur, lui dit le flagellant, qui vous permettez de troubler dans leurs pieuses pratiques une procession de pénitents qui ne songent qu'à implorer de Dieu le pardon de leurs erreurs et de leurs fautes.

M. d'Urfen, répondit d'une voix ferme :

— C'est-à-dire, monsieur, que, sans aucune provocation de notre part, nous avons été brutalement insulté par l'un des vôtres.

— Confessez que vous enleviez cette jeune fille, téméraire ! Nos amis, qui ont reconnu sous ce costume de page mademoiselle d'Auricourt courant les champs en compagnie d'un gentilhomme étranger, ont naturellement tenté de s'opposer à ce rapt.

Georges haussa les épaules.

— Mademoiselle Suzanne s'est placée volontairement sous ma protection, monsieur. Outragée en ma présence, mon devoir était de la défendre.

— Votre protection, jeune homme, n'était, pour cette noble demoiselle, qu'une insulte de plus.

— Je ne sais vraiment, monsieur, de quel droit vous me faites subir cet irritant interrogatoire, répliqua le Suisse avec impatience ; mais j'ai hâte d'en finir. Sachez donc que messire Bernard Duplanty, tuteur de mademoiselle Suzanne, abusait indigne-

ment de son autorité sur cette pauvre fille; il voulait la forcer à servir ses projets ambitieux. Révoltée
du rôle odieux qu'on lui imposait, elle s'est enfuie
du château de son oncle pour aller se réfugier aux
carmélites.

Le flagellant fit un geste de surprise.

— Vous êtes bien hardi, monsieur l'écuyer des
belles fugitives, d'oser accuser un de nos plus fidèles
amis.

— Ce gentilhomme vous a cependant dit la vérité,
monsieur, s'écria mademoiselle d'Auricourt en baissant les yeux.

— Vous êtes généreuse, mademoiselle, reprit le
flagellant d'un ton ironique; vous ne craignez pas
de vous compromettre pour défendre votre compagnon de fuite; mais ce dévouement ne le sauvera
pas de la peine qu'il a méritée. Ce mécréant a troublé notre procession, interrompu nos psalmodies,
suspendu le cours de nos pénitences si agréables à
Dieu.

— C'est singulier, pensa le jeune Suisse, il
me semble avoir entendu cette voix-là quelque
part.

— Nous ne sommes pourtant pas inexorables!
continua le chef après un instant de silence. Veux-tu
racheter ton crime, mon ami? demanda-t-il avec un
accent persuasif : accepte de mes mains cette discipline et flagelle-toi jusqu'à ce que le sang jaillisse
de tes robustes épaules comme il jaillit des miennes :
regarde !

Georges faillit éclater de rire à cette étrange proposition ; mais il se contint et répondit d'un air parfaitement sérieux :

— Je ne consentirais à suivre votre charitable conseil, monsieur, que si j'avais une bonne cuirasse sur le dos.

Le pénitent frappa la terre du pied.

— Il paraît cependant que tu n'y allais pas de main morte tout-à-l'heure, quand tu fustigeais notre infortuné confrère.

Puis il ajouta, comme si une réflexion subite traversait son esprit :

— Seriez-vous huguenot, jeune homme ?

— Non, monsieur ; je suis bon catholique ; mais je méprise ces mascarades et ces ridicules momeries qui font tant de tort à notre sainte Église.

— Rétracte ces horribles paroles, païen ! s'écria d'une voix tremblante de colère le chef des flagellants. Je vois bien que tu ne sais pas devant qui tu oses ainsi blasphémer !

En même temps il rejeta son capuchon en arrière et s'empara d'une torche dont il approcha la flamme de son visage avec un geste de fierté souveraine.

— C'était le roi ! murmura M. d'Urfen, qui reconnut Henri III. Que vient-il faire à Nérac ?

Le prince avait cru que le gentilhomme allait reculer ébloui et tomber à ses pieds. Le calme de Georges l'irrita.

— Mon visage te serait-il inconnu ? demanda-t-il avec une sorte d'emportement. Ta compagne pourrait te dire mon nom.

— Pardonnez-moi, sire, répondit Georges en ôtant respectueusement sa barrette. Je vous reconnais bien. Je me disais aussi : voilà une voix flûtée qui ne m'est pas étrangère.

Henri III parut surpris de cette réflexion naïve.

— Ah ! tu m'as reconnu à la voix ! où donc nous sommes-nous déjà rencontrés ?

— Au Louvre, sire. Le 15 septembre dernier, à l'heure de midi, j'avais l'honneur de causer avec Votre Majesté.

— Tu cherches à me tromper ! Une preuve de ce que tu avances, car ma mémoire me fait défaut à ton endroit.

Georges baissa la voix.

— Vous étiez vêtu d'une simple chemise de lin, sire.

Le roi rougit et répliqua vivement :

— Ce n'est pas là une preuve suffisante.

Georges baissa la voix davantage.

— Vous portiez dans une corbeille une affreuse nichée de petits chiens, dont vous appeliez la mère Coquette.

— Toute la cour connaît Coquette ? Ce n'est pas une preuve.

— Vous avez la mémoire bien rebelle, sire, mais je vais ajouter un détail qui vous convaincra de ma véracité. Je vous ai promis ce jour-là, sire, qu'au retour du voyage que j'allais entreprendre par votre ordre, je montrerais à votre grand veneur comment on tord les oreilles aux jeunes chiens...

— En effet, je me souviens, je me souviens, mur-

7.

mura le royal flagellant en passant la main sur son front.

— Et cela, ajouta avec calme M. d'Urfen en le regardant fixement, parce que, me disiez-vous, sire, vous n'aimiez pas à voir couler le sang.

Henri III devint d'une pâleur livide, un pressentiment sinistre troubla sa pensée. Comme chez lui la prudence était instinctive, presque héréditaire, et qu'il voyait les pénitents se grouper en tumulte autour de lui, d'un geste impérieux il les éloigna de quelques pas. Il craignait sans doute qu'ils ne fussent témoins d'une révélation que la brusque franchise du jeune Suisse lui faisait redouter.

VIII

Les flagellants, qui s'étaient approchés par curiosité s'écartèrent par obéissance, en emmenant mademoiselle d'Auricourt, que la plupart d'entre eux connaissaient comme fille d'honneur de la reine-mère ; l'extrême embarras de Suzanne méritait bien, en effet, qu'on la prît en pitié. Ces courtisans formèrent donc un large cercle, au centre duquel restèrent seuls Henri III et Georges d'Urfeu.

— Eh bien, sire, demanda le montagnard impassible, trouvez-vous mes preuves suffisantes?

Le roi regardait son interlocuteur d'un œil hagard, avec un expression d'effarement, et ses lèvres décolorées étaient agitées d'un frisson convulsif.

— Oui, je te reconnais maintenant, articula-t-il avec lenteur : tu es le démon qu'on m'avait envoyé pour me tenter; tu es l'homme dont chaque nuit je voyais la figure en rêve.

— Pourquoi donc, sire, avez-vous eu tant de peine à me reconnaître? répondit M. d'Urfen, si mon visage troublait si souvent votre sommeil. Laissez-là ces chimères, bonnes pour les vieilles femmes ou les enfants. Je suis un honnête gentilhomme suisse, et non pas un démon. Seulement, vous avez eu le tort de m'envoyer secrètement à Nérac pour...

— Tais-toi malheureux! interrompit Henri III en jetant autour de lui des regards éperdus. Ne m'accuse pas... Tu sais bien que je ne voulais pas... Rappelle-toi mes dernières paroles... C'était ma mère qui m'entraînait, et elle m'avait si bien habitué à lui obéir...

— A dire vrai, hasarda Georges, elle avait encore plus que vous hâte de me voir en route pour Nérac, la chère dame!

— Dieu l'en a bien cruellement punie, monsieur, dit Henri III, dont le visage redevint sérieux et triste ma mère est morte.

— Morte! madame Catherine! s'écria le montagnard. Morte! celle qui avait signé la lettre que m'a fait lire messire Bernard! celle qui me prenait pour un assassin à gages! celle qui désignait à la pointe de ma dague le cœur d'un gentilhomme dont le nom obscur ne devait pas m'émouvoir!

— Tais-toi, malheureux, murmura Henri III, saisi tout à coup d'un tremblement nerveux. Aurais-tu commis ce crime abominable? Si j'ai entrepris le voyage de Clermont à Nérac, pieds nus, en robe de pénitent, c'était dans l'espoir d'expier le projet im-

pie de ma mère... Mais Dieu m'a exaucé, n'est-ce
pas ? J'arrive à temps pour serrer mon frère de Na-
vare dans mes bras.

— Ma foi ! pensa Georges, j'aurais peu de chances
d'obtenir mon commandement de dix mille livres
tournois, si j'avais écouté les arguments de ce vieux
fourbe de Duplanty.

Le roi regardait M. d'Urfen avec une anxiété
profonde, les pommettes de ses joues étaient rouges
de fièvre ; il n'osait plus interroger, et cependant il
s'irritait de plus en plus du silence opiniâtre de ce
jeune homme.

— Répondras-tu ! enfin. Je veux savoir toute la
vérité. Aurais-tu tué mon frère, mon parent, mon
allié, celui qui peut seul affermir la couronne sur
ma tête et lutter avec avantage contre la ligue
et les guisards !... Oh ! pourquoi es-tu venu me
tenter ?

Georges sourit.

— Vous ne me teniez pas au Louvre un langage
si sévère, sire. Alors j'étais un homme précieux par
mon courage et par ma rare intelligence. Le crime
était nécessaire au salut du roi et du pays comme
celui du duc de Guise à Blois...

Henri tressaillit ; le jeune homme continua :

— Mais, comme vos quarante-cinq Gascons auraient refusé de tremper leurs dagues dans le sang
royal, il vous a semblé plus commode de tromper
un pauvre Suisse candide et simple, et de vous en
servir comme d'un instrument.

Aux yeux du roi, l'accusation que formulait

M. d'Urfen semblait tendre à établir entre eux un lien de complicité. A cette pensée, une folle colère s'empara de lui, et sa raison l'abandonna au point qu'il leva d'une main frémissante la discipline dont il était armé.

— Tu mens, traître ! s'écria-t-il; rétracte cette horrible calomnie, ou je te châtie de ton audacieuse imposture.

Georges d'Urfen releva fièrement la tête.

— Je suis gentilhomme, sire, répliqua-t-il, et si, sans respect pour votre propre dignité, votre main effleure seulement mon épaule, je n'hésiterai pas à révéler à tous ceux qui nous entourent l'ordre que j'ai reçu de votre bouche.

Henri III jeta autour de lui des regards efffarés.

— Ne fais pas cela ! murmura-t-il d'un voix étranglée par l'épouvante. Dieu sait que je ne voulais pas obéir à ma mère. Tu n'as pas d'ordre écrit par moi. Le Guise, lui, n'était pas un parent, mais un ennemi qui voulait ma couronne. Tu seras puni, maudit Suisse, si tu as tué mon frère de Navarre. On verra bien que j'ai horreur de ton crime. O ma mère ! ma mère, vous m'avez perdu !

Tout chancelant, il cacha sa tête dans ses mains et se mit à sangloter d'une façon si lamentable que le montagnard se sentit ému de ces terreurs qu'il pouvait calmer d'un seul mot.

— Sire, dit-il, vous n'êtes pas perdu et je ne serai pas puni, car j'ai heureusement refusé à votre ami Bernard Duplanty d'obéir; aussi m'a-t-il jeté par trahison dans un caveau où je dormirais probablement encore si mademoiselle d'Auricourt ne m'en avait ouvert la porte.

Henri III avait eu si grand peur qu'il ne pouvait en croire ses oreilles. Il regarda le gentilhomme avec défiance,

— Dois-je m'en rapporter à toi, reprit-il, et te laisser partir en liberté?... Si tu me trompais? Si tu voulais gagner du temps pour tout révéler à mes ennemis?... Ils pourraient te croire... Non, vous ne vous éloignerez pas, monsieur. Maintenant, dites-moi, dans quel but mademoiselle d'Auricourt a-t-elle favorisé votre évasion?

— Sire, nous nous aimons, répondit gravement le jeune Suisse.

Le roi, qui un instant auparavant se lamentait et pleurait, éclata de rire tout à coup, ce qui surprit singulièrement M. d'Urfen.

— Ah! je ne doute pas que la belle Suzanne ne consente à vous accorder sa main, monsieur, surtout si vous avez quelque fortune, car la pauvre fille est sans bien. Mais c'est tout ce qu'elle vous donnera, car son cœur appartient à un autre.

Georges sentit le sang affluer à son front et bourdonner bruyamment à ses oreilles.

— Quel est donc l'indigne gentilhomme qui a pu offenser ainsi devant vous, sire, l'honneur d'une demoiselle de la reine? demanda-t-il brusquement.

— Ah! on voit bien que vous arrivez de Zurich, monsieur d'Urfen! dit le roi en riant toujours. Que voulez-vous ? A tort ou à raison, mademoiselle Suzanne passait à la cour pour être une des belles que courtisait secrètement mon frère de Navarre. Peut-être les médisants se trompaient-ils?...

— Sire, dit Georges, elle m'a affirmé qu'elle ne ressent pour votre noble parent que l'estime et l'admiration dues à ses grandes qualités.

Mais, malgré lui, tout en défendant sa bien-aimée, le soupçon traversait son cerveau comme une flèche ardente.

— C'est possible ! reprit nonchalamment Henri. Du reste, vous avez cru ce qu'elle vous disait; c'est l'essentiel. Décidément, vous êtes doué d'une franche et loyale nature, monsieur d'Urfen, continua-t-il avec un sourire qui perça le cœur du jeune Suisse.

Les défiances de ce dernier se réveillèrent comme le feu qu'on croit étouffé sous la cendre et que ravive un vent léger. L'ardeur de son regard s'éteignit, et il devint aussi pâle que le roi.

— Sire, dit-il d'une voix altérée, ayez pitié de moi. J'aime mademoiselle Suzane d'un de ces amours sérieux et profonds qui engagent toute la vie. Si elle me trompe, si je la perds, il ne me reste plus qu'à me faire tuer à votre service le plus tôt possible. Ne vous moquez donc pas d'un gentilhomme qui vous demande en grâce si vous ajoutez foi à la cruelle révélation que vous venez de lui faire?

— Pauvre garçon ! dit le royal flagellant, je ne veux ni vous abuser par de fausses consolations, ni vous

désespérer. Mon aïeul François Iᵉʳ a dit avant nous :
Souvent femme varie ! Eh bien ! voulez-vous savoir
à quoi vous en tenir sérieusement sur le compte de
mademoiselle d'Auricourt? Demandez sa main à
Henri de Navarre. S'il vous l'accorde de bonne grâce,
je me rétracte, l'honneur est sauf, et je me charge
alors de la dot de mademoiselle Suzanne, qui, je vous
l'ai dit, est sans patrimoine.

— Ah ! sire, vous me comblez ! murmura Georges
en s'inclinant.

— Par la mordieu ! je t'en donne ma parole royale,
reprit Henri III, je la doterai, ne fût-ce que pour être
assuré de ton silence.

Georges devint rouge d'indignation.

— Sire, dit-il amèrement, nous autres gentilshommes suisses, nous pouvons bien vendre notre
sang, mais non trafiquer de notre conscience.

Au même instant un grande rumeur s'éleva parmi
la foule.

— Vive Henri III ! criaient les catholiques.

— Vive le roi de Navarre ! criaient les huguenots.

Le noble flagellant tressaillit.

— Harnibieu ! monsieur le Suisse, avec vos dolé-
ances d'amoureux vous m'avez fait manquer au cé-
rémonial que j'avais arrêté. Je voulais aller surprendre mon frère à Nérac, et je lui ai laissé le temps de
venir à ma rencontre.

Le Béarnais arrivait en effet avec une escorte de
gentilshommes huguenots qui trainaient au milieu

d'eux messire Bernard Duplanty se soutenant à peine et plus pâle qu'un déterré. Il se jeta avec effusion dans les bras de Henri III qui, les larmes aux yeux, le couvrit littéralement de fraternels baisers.

Après un échange de mutuelles caresses et de témoignages d'amitié plus ou moins sincères, le roi de Navarre se tourna du côté de son escorte et fit signe à ses amis d'avancer.

— Sire, dit-il, je vous présente un prisonnier.

Messire Bernard, dans son trouble, ne savait pas au juste si c'était lui qui s'était emparé du prince, ou si c'était le prince qui s'était emparé de lui. Ce point douteux ne devait pas tarder à s'éclaircir à son désavantage.

Le Béarnais continua.

— Mon frère, dès que j'ai appris que vous veniez me visiter, à bras et cœur ouverts, j'ai voulu vous épargner une partie du chemin. Je devais cette preuve d'affection à mon parent et de fidélité à mon roi.

Henri III se jeta avec une nouvelle effusion dans les bras de son allié, lui caressa tendrement la barbe et recommença ses accolades.

Dès que le Béarnais put respirer, il poursuivit :

— J'accourais donc au devant de Votre Majesté sans suite, car j'étais sans défiance, lorsque je suis tombé dans une embuscade commandée par messire Bernard que je croyais mon loyal serviteur.

— Voilà notre sort, à nous autres pauvres princes! soupira Henri III en secouant mélancoliquement la tête.

— Heureusement Rosny veille sur moi avec un dévouement aussi infatigable qu'incommode. Il fit charger les gens de messire Bernard et s'assura de sa personne au moment où ce traître venait de me déclarer qu'il était forcé de m'enlever pour se ménager les bonnes grâces de madame Catherine.

Henri III frissonna de la tête aux pieds. Le Béarnais ajouta sans paraître prendre garde à l'émotion de l'illustre flagellant :

— Croiriez-vous, sire, que ce vieux fourbe a prétendu se justifier en me révélant que Georges d'Urfen, le neveu du brave Brandberg, avait été expédié du Louvre à Nérac par la reine-mère, tout exprès pour me tuer. Il avoue du reste que cet honnête gentilhomme aurait refusé obstinément d'obéir à cet ordre compromettant.

— Par le Christ ! s'écria Henri III en se tournant vers messire Bernard, vous êtes un abominable menteur, monsieur. Il est facile d'ailleurs de calomnier les morts pour se tirer d'une méchante affaire.

— Que dites-vous, sire ! interrompit le Béarnais étonné.

— Madame la reine-mère est morte, mon cher Henri, et devant sa tombe à peine fermée nous devons oublier toutes les querelles qui nous ont divisés. Je veux être pour vous désormais un bon parent, et vous serez pour moi un bouclier contre ces insolents Lorrains qui prétendent m'enfermer dans un cloître.

— La reine est morte ! soupira Duplanty, je suis un homme perdu.

Dans sa stupeur, il enveloppa les deux rois d'un seul regard. Son œil droit implorait avec une muette éloquence la protection de Henri III, tandis que son œil gauche se tournait en suppliant vers le roi de Navarre et lui demandait humblement grâce.

— Mort au traître! cria le groupe de huguenots.

— Vous les entendez, sire! dit le Béarnais en s'inclinant.

— Qu'il soit fait suivant votre volonté, mon frère, repartit le roi sans hésiter.

— Vive Henri III! crièrent en chœur les huguenots, en se disposant à brancher le coupable sans autre forme de procès.

Mais un cri de femme aigu, déchirant, domina les clameurs qui s'élevaient de la foule; messire Bernard l'entendit, et un rayon d'espoir pénétra jusqu'à son cœur. Il s'élança brusquement, écarta d'une main frémissante les flagellants qui entouraient mademoiselle d'Auricourt et s'approcha d'elle.

— Ma chère nièce, murmura-t-il, ma vie est entre les mains de Henri de Navarre. Il t'aime, implore à genoux mon pardon. Toi seule peux me sauver!

Au même instant le jeune Suisse, qui avait suivi messire Bernard et qui l'avait entendu, s'arrêta devant la jeune fille et lui dit d'une voix tremblante:

— C'est donc la vérité, Suzanne, le Béarnais vous aime, et cet amour est une tache pour votre honneur. Tout le monde le dit, tout le monde le croit, tout le monde vous soupçonne d'être flattée des hommages d'un si grand prince. Moi seul, je ne voulais pas croire à ce méchant bruit, et je répondais que c'était

un mensonge. Le roi lui-même se moquait tout à
'l'heure de ma sotte crédulité.

Mademoiselle d'Auricourt l'écoutait d'un air calme
et fier, mais ses mains crispées tordaient son toquet
de page.

— Qu'exigez-vous donc de moi, monsieur Georges,
pour vous décider à défendre encore une réputation
si compromise? demanda-t-elle, tandis que des larmes
tremblaient au bord de ses cils.

— Suzanne! suppliait Duplanty, aie pitié de ton
vieil oncle! pardonne-lui ses torts envers toi! sois
miséricordieuse.

— Suzanne! reprit Georges d'Urfen en faisant un
violent effort sur lui-même pour ne pas se laisser
émouvoir par ces supplications, si vous voulez que
je croie encore en vous, je vous conjure de ne pas
solliciter du roi de Navarre la grâce de ce scélérat!

Mademoiselle d'Auricourt ne parut pas l'avoir entendu. Elle ne répondit ni du geste ni du regard.
Elle s'avança avec la dignité d'une reine vers le
Béarnais et s'agenouilla devant lui en joignant
les mains.

— Grâce pour messire Bernard! dit-elle doucement.
Il est coupable de trahison, je le confesse; mais dans
ces temps de guerres civiles qui donc n'a pas été
traître à son jour et à son heure! Pardonnez, sire, et
vous gagnerez bien des partisans à votre cause. Pardonnez, et ces traîtres dont l'intérêt ou la conscience
hésitent entre deux camps, deviendront de fidèles serviteurs. Pardonnez, et les épées qui menaçaient votre
poitrine se tourneront contre vos ennemis.

— Ventre saint-gris ! dit le Béarnais, messire Bernard nous envoie une bien jolie prêcheuse ! Il sait choisir ses avocats.

M. d'Urfen, blêmé de colère, s'était attaché aux pas de la demoiselle de la reine. Henri de Navarre, de ce coup d'œil fin et narquois qui ne le trompait jamais, avait deviné l'amour du montagnard pour cette charmante fille ; il le comprit surtout en observant sa pâleur et ses regards jaloux qui étincelaient d'un feu sombre.

Il fronça les sourcils, se mordit les lèvres avec une moue de désappointement, puis il tendit, par un geste plein de franchise, ses deux mains, l'une à Suzanne et l'autre à Georges, en disant :

— Je ne puis pardonner à messire Bernard qu'à une seule condition !

— Laquelle, sire ! s'écria Duplanty ; d'avance je les accepte toutes.

— Messire Bernard, vous connaissez bien ce gentilhomme, dit ironiquement le Béarnais en attirant à lui M. d'Urfen.

— Oui, sire, balbutia le traître en clignant de l'œil, c'est un brave Suisse qui, sous des dehors naïfs, pourrait en remontrer au plus profond diplomate. En fait de politique, sire, je ne suis qu'un clerc auprès de lui !

Henri mit la main de mademoiselle d'Auricourt dans celle de Georges.

— Je suis charmé de connaître votre opinion à l'endroit du neveu de Brandberg. Eh bien ! il faut songer à marier ces deux enfants qui s'aiment !

Duplanty tressallit de joie.

— Si ma grâce ne dépend que de mon consente-
ment à cette union, sire, je suis tout pardonné. Seulement, je ferai observer à Votre Majesté que ma
nièce ne peut apporter en dot à son mari le moindre
patrimoine.

— Bah ! interrompit Henri III, on peut lui en
tailler un dans les domaines confisqués aux traîtres.

Cette consolante observation fit faire une affreuse
grimace à messire Bernard, mais il n'osa pas répli-
quer.

— Suzanne! dit à voix basse le Béarnais en se
penchant vers mademoiselle d'Auricourt, vous le
voyez, j'ai le courage de ne pas reculer devant le
plus cruel sacrifice, quand il s'agit du bonheur de
ceux que j'aime.

— Aussi comment ne pas aimer un roi qui sait si
bien conquérir les cœurs, répondit la jolie demoiselle
de la reine en baissant les yeux devant le regard un
peu trop vif du héros.

M. d'Urfen les observait avec une vague inquiétude. Henri voulut le rassurer.

— Et vous, mon jeune et vaillant ami, êtes-vous
content du braconnier de la hutte? Si vous m'avez
sauvé deux fois la vie, j'espère que vous devez trouver la récompense digne de vous?

Georges s'aperçut que le royal flagellant et plu-
sieurs de ses compagnons souriaient malignement.
La cour de Henri III croyait peu à la vertu des dames.
Il chercha donc à dégager sa main que serrait affec-

tueusement le Béarnais, et répondit avec une froideur qui ressemblait à une bravade :

— Sire, le bonheur que vous m'offrez me ferait trop d'envieux.

Mais Henri, impassible, ne lâchait pas la main du jeune Suisse.

— Croyez-moi, mes enfants, poursuivit-il sans avoir l'air de comprendre le sens de la réponse de Georges, vous n'êtes nés ni l'un ni l'autre pour vivre au milieu des intrigues et des perfidies de cour. Monsieur d'Urfen, emmenez votre femme à Zurich. Je vous regretterai souvent tous les deux... Je perdrai en vous un loyal et dévoué serviteur, un cœur intrépide et une épée formidable... mais c'est là seulement que vous serez heureux.

En entendant le Béarnais parler ainsi, le gentilhomme suisse respira plus librement. Uu éclair de joie brilla dans son regard.

— Nous suivrons votre conseil, sire! s'écria-t-il avec un empressement si sincère, qu'Henri III, les flagellants et les huguenots éclatèrent de rire, et que la belle Suzanne devint rouge comme une cerise.

Le roi de Navarre seul était parvenu à garder son sérieux et il ajouta :

— Vous ne partirez pas, monsieur Georges, sans avoir touché sur notre cassette royale la dot que nous avons promise à votre fiancée.

— Oh! mille fois merci, généreux prince! s'écria messire Bernard, pendant que Georges et Suzanne s'inclinaient avec reconnaissance.

Il pensait que cette nouvelle faveur allait l'exempter de la confiscation dont Henri III l'avait menacé.

— Un dernier conseil, mon cher d'Urfen, dit le Béarnais, mais un conseil d'ami qui vaut son pesant d'or. Quand on a une jeune et jolie femme, il faut se défier de tout le monde... même en Suisse.

— Et surtout de ses amis, n'est-ce pas, sire?

8

LA MIGNONNE DU ROI

LA MIGNONNE DU ROI

I

Le 25 octobre 1463, à sept heures du soir, la place
de l'Alcazar, de Tolède, était encombrée d'une foule
de curieux qui semblaient attendre le retour de la
reine Jeanne de Portugal, femme du roi Henri IV
de Castille, et de l'infante doña Juana, sa fille, pour
les saluer au passage.

Cependant tous ces oisifs, tous ces bons bourgeois
inoffensifs en apparence, se croisaient en échangeant
des signes d'intelligence ou quelques mystérieuses
paroles à voix basse. — Le calme étrange qui planait
au-dessus de ces groupes silencieux semblait inquiétant et sinistre, comme ces nuées blafardes qui ram-
pent sur un ciel d'azur et sont les éclaireurs de la
tempête.

8.

A l'extrémité de la place, le long des murs d'un couvent, une bande immonde de gueux et de mendiants s'étendait couchée ou accroupie, dans l'attente de la distribution de soupe que les moines leur octroyaient tous les soirs.

La plupart de ces affamés, dont l'estomac avançait régulièrement sur l'horloge du couvent, grignotaient des croûtes sèches pour tromper leur appétit. Ceux à qui ce luxe était interdit se contentaient de réchauffer, aux derniers rayons du soleil couchant et à travers les trous de leurs guenilles, les plaies plus ou moins apocryphes dont ils vivaient.

Au premier tintement de la cloche, cette tourbe famélique se redressa tant bien que mal et alla s'entasser à la porte du couvent pour y recevoir des écuellées de soupe en échange de quelques *oremus* hypocrites. Ce maigre repas terminé, les gueux se traînèrent clopin-clopant au milieu des groupes et allèrent s'adosser aux murailles de l'Alcazar.

— Eh bien ! compère, dit un homme que son tablier de cuir et son couteau à gaîne de bois faisaient reconnaître pour un tanneur, il paraît que la grande chasse va commencer ce soir.

Celui à qui s'adressaient ces paroles était un honnête bourgeois d'une physionomie à la fois niaise et gonflée d'importance.

— Que Dieu vous entende, voisin ! répondit-il ; mais, hélas ! je ne puis croire encore à tant de bonheur.

Un troisième s'approcha. C'était le sonneur de la cathédrale, maître Diego Melampo, petit homme sec et cassant comme les cloches de son carillon. Il circulait de groupe en groupe, excitant l'ardeur des mécontents.

— Eh ! très-haut et très-puissant seigneur, lui demanda le tanneur, ce qu'on nous apprend est-il vrai ?

— Si la nouvelle est bonne, il faut y croire.

— On assure que l'archevêque de Tolède entre dans les rangs de la Ligue.

— Dites qu'il se met résolûment à votre tête, reprit Diego ; — et posant un doigt sur sa bouche en signe de mystère, — vous pourrez encore compter, rangés à ses côtés, bon nombre de prélats.

— Si les prélats s'en mêlent, observa le bourgeois rubicond, cela prouve que la poire est mûre ; alors je n'hésite plus à exprimer mon opinion.

— Ainsi la lutte peut s'engager, dit le tanneur. On s'est compté : nous sommes en force.

— Je suis certain du succès, répliqua maître Diego, au point que je parierais ta tête contre un maravédis.

— Ah ! diable ! fit l'homme au tablier de cuir avec une légère grimace, il faut en effet que vous en soyez bien sûr. Ainsi donc nous allons demander au roi..,

— Ne te l'a-t on pas dit et répété ?

— Oui, hier, à l'hôtellerie des *Armes de Tolède*, entre deux outres de vin de la Manche ; mais j'ai la tête aussi dure que mes poignets, et les détails sont restés un peu confus dans ma mémoire.

— Et puis, ajouta le sonneur, qui n'entend qu'une cloche n'entend qu'un son. Je vais donc vous expliquer de nouveau tous les motifs de votre noble indignation et les horribles griefs dont vous exigez ample et entière justice.

Il s'insinua aussitôt dans le cœur du groupe, et continua :

— La nation demande que le roi don Henri quatrième ne puisse reconnaître solennellement l'infante doña Juana pour héritière de la couronne de Castille.

— Oui ! oui ! telle est notre volonté, cria le groupe.

— Doña Juana est une bâtarde, ajouta le sonneur ; aussi les bons Castillans l'appellent-ils dans leur sagesse la Beltraneja.

— Ce qui pourrait faire soupçonner aux gens perspicaces, répliqua le bourgeois, que cette princesse est la fille de don Beltran de la Cueva, le favori de la reine.

Le sonneur sourit agréablement à son naïf complice et continua :

— Le cri de ralliement sera donc : A bas la Beltraneja !

— A bas la Beltraneja ! hurla le petit groupe.

— L'instant n'est pas encore venu, dit vivement maître Diego en arrêtant d'un geste l'élan des mécontents ; attendez l'heure à laquelle chaque soir la bâtarde vient faire son hypocrite aumône aux pauvres, à la porte de l'Alcazar.

— Elle ne tardera pas, grommela le tanneur en serrant les poings. Cependant, j'aurais aimé à combattre d'autres adversaires qu'une enfant.

Maître Diégo lui lança un coup d'œil oblique mêlé de colère et de mépris ; mais il se contint et poursuivit :

— Sois satisfait, brave ligueur, car le peuple de
Castille veut aussi la disgrâce et l'exil de cet indigne
favori du roi, don Beltran de la Cueva, qui a fait
chasser l'archevêque de Tolède et le grand marquis
de Villena pour leur voler leur charge de ministre;
— qui s'est fait récemment doter du comté de Ledesma; — qui dépense en fêtes et en festins les re-
venus du royaume, — et qui porte sur ses habits,
en diamants, en perles et en joyaux, le trésor de son
maître. Puisque le roi don Henri est aveugle, c'est
à nous de lui dessiller les yeux. Puisque le roi ne
sait pas se venger de l'impudent courtisan qui l'outrage dans son honneur, c'est à nous, fidèles Castillans, de le venger malgré lui.

— Il faut que don Beltran soit dépouillé de tous
ses biens, titres et dignités, dit le bourgeois à l'air
important.

— Exilé du royaume comme un traître, reprit
maître Diego.

— Ou plutôt mis à mort, ajouta d'une voix rude
le tanneur, comme l'a été sous le règne précédent le
connétable Alvaro de Luna, qui, certes, l'avait
moins mérité que lui.

— A bas don Beltran! hurlèrent les séditieux.

— Mort au comte de Ledesma! ajoutèrent quelques voix sinistres au milieu desquelles glapissait le
fausset du bourgeois rubicond.

Le sonneur n'était déjà plus là; il pérorait à vingt
pas plus loin.

— Ah ça! digne Balthasar, reprit le robuste tanneur, surpris de voir en proie à cette ardeur sangui-

naire le bon bourgeois qui était renommé pour la mansuétude de son caractère, il paraît que don Beltran de la Cueva n'est pas de vos amis. Il vous a sans doute joué quelque mauvais tour ?

— A moi ? dit Balthazar d'un air étonné. Je ne le connais seulement pas. C'est pour ma femme et pour ma fille surtout que je m'égosille à crier si fort.

— Comment, ce misérable, cet infâme don Beltran aurait-il essayé d'escalader votre balcon et d'enfoncer vos fenêtres pour enlever la respectable dame Jacinthe ?

— Non pas ! non pas ! il n'aurait pas osé affronter une vertu si bien cuirassée !

— Aurait-il donc offert une sérénade à votre fille Léonor ?

— Ce n'est pas cela, répondit Balthazar d'un ton glorieux ; mais j'ai deux fenêtres qui donnent sur la place, de sorte que si, par bonheur, on tranchait la tête au favori, il y aurait grande affluence, et nous aurions chance de louer nos fenêtres un bon prix.

— Eh bien ?

— Eh bien ! continua le bourgeois rubicond avec une bonhomie parfaite, ma femme et ma fille attendent cet événement avec la plus vive impatience. Vous comprenez, ce petit bénéfice est destiné à leur acheter une mantille neuve.

— Que Dieu exauce vos vœux, compère Balthazar ! dit le tanneur en tournant les talons, très-surpris de cette conclusion.

Bientôt une sourde rumeur s'éleva sur la place ; les groupes s'ébranlèrent et s'allongèrent en une double haie qui alla aboutir à la porte de l'Alcazar.

C'était la reine Jeanne de Portugal, qui, entourée d'un brillant cortége de pages et d'officiers de sa maison, rentrait au palais avec l'infante doña Juana.

La jeune princesse, dont la vie devait être si singulièrement agitée, montait une petite mule noire dont le harnais étincelait de pierreries et que couvrait un long réseau de soie rouge à houppes d'or, qui, selon la mode du temps, descendait presque jusqu'à terre. Son pâle visage aux yeux bleus, au sourire doux et triste, affadi par des cheveux blonds, accusait une âme timide, inquiète, craintive, plus avide de contemplations ascétiques que d'éclat et de bruit. Il était difficile, en la voyant, de comprendre pourquoi cette mièvre créature, à l'aspect séraphique, attirait sur elle un formidable orage populaire; au fond, nul ne la haïssait sérieusement, mais elle servait de bélier pour frapper au cœur du favori.

Dès que l'escorte parut, quelques voix imprudentes se mirent à crier : « Vive la reine ! vive l'infante ! » mais ces voix ne trouvèrent pas d'écho et se perdirent honteusement dans la foule, dont le silence seul insultait la reine plus violemment que des huées. Jeanne de Portugal jeta autour d'elle un regard irrité, et lançant au galop sa haquenée qui allait l'amble, elle disparut bientôt dans le *patio* de l'Alcazar.

Doña Juana avait hâte aussi d'être rentrée, non pour rêver comme sa mère aux moyens de se venger de l'affront qu'elle avait reçu, — la pauvre enfant n'avait pas même conscience de ce qui s'était passé

— mais pour partager plus tôt son aumône entre ses pauvres, qui, le visage collé aux carreaux des salles basses, semblaient l'appeler du regard.

Elle sauta donc légère et joyeuse en bas de sa mule qu'un page tenait par la corde, et fit signe à son majordome de s'avancer, avec une impatience tout enfantine. Celui-ci s'empressa d'obéir et lui présenta une lourde bourse placée sur un coussin de velours. Chaque soir cette aumônière était remplie de petites pièces d'argent nouvellement frappées, qu'elle distribuait généreusement aux enfants et aux pauvres ; chaque matin on lui apportait aussi une corbeille de menues graines qu'elle s'amusait à jeter aux oiseaux en les nommant ses petits mendiants du ciel.

L'infante accourut radieuse, soulevant avec effort la bourse pleine, d'une de ses mains blanches et frêles, tandis que de l'autre elle y puisait par poignées les petites pièces d'argent que les gueux se disputaient avec une cupidité féroce, en se menaçant les uns les autres au lieu de bénir leur bienfaitrice.

Mais, dès que la jeune princesse eut épuisé son trésor, d'autres mains, plus nombreuses et plus avides encore que les premières, se tendirent vers elle.

Doña Juana resta presque honteuse de n'avoir plus rien à donner lorsque tant de misères gémissaient encore autour d'elle.

— Hélas ! murmura-t-elle en secouant son aumônière vide, me voilà maintenant aussi pauvre que vous. Puis elle ajouta avec un sourire mouillé de larmes : Heureusement demain n'est pas loin, mes amis.

— Pas loin pour vous, à qui rien ne manque, répondit un mendiant; mais pour nous qui avons faim ?

— Tout un jour à attendre ! répartit un second. Ah ! vous n'avez pas appris, doña Juana, dans votre Alcazar, que rien n'est long comme un jour sans pain !

— Tenez, bonnes gens, dit l'infante toute émue en leur offrant une bague qu'elle tira de son doigt, faute de mieux, partagez-vous ceci.

Le premier des deux mendiants, qui était un pauvre paralytique, s'empara de la bague et disparut à toutes jambes sans que son compagnon pût le rejoindre.

La foule se mit à rire.

Ce rire, qui répondait brutalement à la naïve douleur que venait d'éprouver l'infante, avait quelque chose de lâche et de cruel. Doña Juana sentit son cœur se gonfler, et des larmes amères remplirent ses yeux. Les bénédictions s'étaient déjà changées en demandes effrontés; à ces demandes devait bientôt succéder la menace.

Le second mendiant s'aperçut que la pauvre enfant voulait rentrer dans l'Alcazar, et, lui barrant brusquement le passage.

— Il parait, s'écria-t-il, qu'il n'y a que les honteux qui perdent. Ne me donneras-tu rien à moi, la Beltraneja?

— Je me nomme Juana, reprit-elle avec autant de

9

de dignité que le comportaient son âge et son naturel timide.

— Toi, Juana? riposta le sonneur qui jusqu'alors
s'était tenu prudemment à l'écart, tu n'es pas plus
Juana que tu n'es l'infante de Castille!

— Que suis-je donc? demanda-t-elle, tandis que
la pâleur habituelle de son visage faisait place à une
teinte livide.

— Tu es Beltraneja la bâtarde, à qui notre pauvre
roi veut en vain mettre une couronne au front,
s'écria maître Diego, dont le courage s'exaltait outre
mesure en face d'un si frêle ennemi.

— Est-ce parce que je n'ai plus rien à donner que
vous parlez ainsi?... Ce n'est pourtant pas ma faute,
dit la princesse d'une voix entrecoupée de sanglots.

Elle était vraiment belle à cet instant suprême
d'angoisse et de martyre. L'effroi qui dilatait ses
grands yeux bleus, ses lèvres blanches et frémis-
santes, ses mains qui se rejoignaient en tremblant
comme pour invoquer Dieu, ses cheveux blonds dé-
noués qui flottaient comme des ailes d'ange sur ses
épaules, tout en elle semblait devoir attendrir les
cœurs et désarmer les haines. Elle n'accusait personne, elle ne se défendait pas, elle n'implorait
même pas la pitié, elle se demandait seulement ce
qu'elle avait fait à ces hommes pour être ainsi insultée. Mais les lâches n'ont peur que des épées, et le
sonneur reprit :

— Garde tes aumônes pour t'en faire une dot, si
tu veux un jour trouver un mari, fille sans père.

Doña Juana éperdue sentit un frisson parcourir tout son corps et tomba à genoux, croyant faire un mauvais rêve ; habituée aux hommages et aux courtoisies des seigneurs, aux bénédictions des mendiants aux saluts et aux sourires de la foule, elle ne comprenait pas le but de tous ces outrages. Elle pensa tout à coup être tombée aux mains d'une troupe d'assassins qui voulaient tuer le roi don Henri, et alors elle cria d'une voix éteinte :

— Au secours ! au secours !

Le timbre de cette plainte était si doux et si déchirant néanmoins que la foule recula, saisie d'une sorte de honte et de remords.

— Après tout, l'enfant est généreuse ! dit le tanneur.

— Bah ! répartit l'impitoyable Diego, quand elle donnerait un peu, ce serait une restitution et non pas une aumône. Don Beltran de la Cueva n'avait-il pas assez volé le bon peuple de Castille ? Allons, relève-toi, belle Beltraneja, ajouta-t-il en lui saisissant le bras, et crie avec nous : A bas le favori ! à mort le comte de Ledesma !

— Jamais ! jamais ! murmura-t-elle.

— Maudis avec nous ce valet enrichi et nous te laisserons rentrer à l'Alcazar.

— Tuez-moi si vous voulez, dit-elle à voix basse, mais je ne maudirai pas don Beltran !

— Pourquoi cela ? demanda le sonneur en ricanant.

— Parce qu'il a toujours été bon et tendre pour moi, et que Dieu ne me pardonnerait pas mon in-

gratitude ; — parce qu'il est le serviteur dévoué de
ma mère, et qu'elle ne me pardonerait pas ma lâcheté ; — parce qu'il est le conseiller du roi mon
père et que le roi ne me pardonnerait pas cette offense.

— Bien, la Beltraneja ! s'écria Diego d'un air de
triomphe ; sans t'en douter, tu viens de condamner
le favori, en avouant ainsi les liens honteux par lesquels ce comte arrogant a fait du roi de Castille, de
la reine et de l'infante, trois esclaves soumis à ses
caprices.

Cependant doña Juana, presque folle de terreur,
tournait au milieu du cercle qui l'enfermait comme
une muraille , sans rencontrer une main amie
ni un regard de compassion. Cherchant alors un
refuge en elle-même, elle cacha sa tête entre ses
mains, espérant ainsi échapper à cette foule, qui,
avec la cruelle sauvagerie des masses, hurlait des
cris de mort à ses oreilles.

Tout à coup le tanneur frappa sur l'épaule de
Diego et lui dit :

— Voyons, compère, quel est ton avis ? le temps
presse ; veux-tu chasser ou tuer don Beltran ?

— Le chasser ! observa le bourgeois Balthazar,
pour qu'il aille voyager tranquillement, les mains
dans ses poches.

— Dans ses poches ? répliqua aigrement le sonneur, pas si sot ! Il préfère les fourrer dans les
nôtres.

Un bruyant éclat de rire accueillit cette plaisanterie.

— Eh bien ! maître Diego, puisque tu es d'humeur si martiale, je crois que l'instant de se mettre à la besogne est venu, dit gravement le tanneur en retroussant ses manches et en brandissant son large couteau.

— Que veux-tu dire ? s'écria le sonneur devenant blême.

— Qu'il ne s'agit plus de martyriser une enfant, mais de combattre des hommes. Tourne la tête, Diego, si tu veux voir le diable.

Le petit homme obéit machinalement et frissonna en voyant déboucher sur la place un jeune cavalier monté sur un cheval de pure race arabe, couvert d'un grand manteau blanc semblable au burnous moresque, le front ombragé d'un sombrero dont le panache était agrafé de diamants, et qui fouettait insouciamment l'air de sa houssine au pommeau d'or massif.

Un silence profond accueillit l'apparition inattendue de ce seigneur, dont l'air altier et dédaigneux constrastait avec une physionomie presque efféminée. Il était grand et mince, mais ses épaules larges annonçaient une grande vigueur musculaire ; ses mains mignonnes et ses petits pieds de femme pouvaient tromper un observateur superficiel qui ne se fût pas défié de la souplesse des nerfs d'acier cachés sous le satin de sa chair. Ses cheveux blonds prouvaient qu'il descendait de la race visigothe ; et ses yeux d'un bleu clair et brillant dardaient parfois, sous leurs cils dorés et recourbés, de fauves éclairs comme la prunelle du lion. L'ambition avait sans doute enivré ce courtisan et desséché son cœur; il aspirait à monter toujours, et méprisait trop les hommes pour regarder le sol qui s'éboulait sous ses pas.

En effet, don Beltran de la Cueva poursuivait son chemin sans prendre souci de cette foule qui couvrait la place.

— Allons en avant, Diego! dit le tanneur. Tu sais parler, toi! Va sonner ton carillon aux oreilles du favori!

En un clin d'œil le petit orateur fut entraîné, soulevé, poussé de mains en mains jusqu'au poitrail du cheval de don Beltran, qui vit luire au même instant des couteaux sous les manteaux entr'ouverts, des pierres se balancer dans les mains noires des mendiants, et de sinistres sourires contracter les visages des vieilles femmes. Il comprit le danger et arrêta son cheval juste à temps pour ne pas écraser Diego, qui, loin de saisir héroïquement la bride, semblait s'affaisser sur lui-même.

— Arrêtez! arrêtez! seigneur comte! cria-t-il d'une voix haletante.

La Cueva éclata de rire en voyant l'effroi grotesque de son adversaire. Ce dernier, déconcerté, eût désiré s'enfoncer sous terre.

— Que veux-tu, bonhomme? lui demanda froidement le comte. Est-ce pour me haranguer, me tenir l'étrier ou solliciter une grâce, que tu es venu te jeter aux genoux de mon cheval?

Le sonneur, voyant tous les regards fixés sur lui, et se sentant soutenu par la foule séditieuse qui entourait le favori, reprit un peu de courage, et répliqua insolemment :

— C'est une grâce en effet que je sollicite de notre bon roi, don Beltran, au nom de ces braves gens et de tous les fidèles Castillans.

— Et quelle est cette grâce? dit le comte d'un air doux.

— C'est de disgracier et d'exiler son favori, seigneur, répliqua Diego presque rassuré par la contenance molle et indifférente de Ledesma.

Alors le visage de celui-ci devint tout à fait souriant : il se courba avec calme sur la crinière de son cheval, étendit la main, saisit l'orateur par le collet de son pourpoint, le souleva comme une plume jusqu'à la hauteur de son visage, et, le regardant jusqu'au fond des yeux :

— Ton nom? lui demanda-t-il.

— Diego Melampo, monseigneur, balbutia le sonneur devenu pourpre et tremblant. Grâce! grâce!

— Ton métier, Diego?

— Sonneur de la cathédrale, monseigneur; mais grâce! grâce! j'étouffe.

Les yeux lui sortaient de la tête.

— Sonneur! répéta don Beltran. Eh bien! tu as manqué ta vocation, ami Diego; si tu veux me suivre, je te couronnerai la tête de grelots, j'armerai ta main d'une marotte, et tu remplaceras admirablement le défunt fou du roi. Acceptes-tu?

— Mais que dira l'archevêque de Tolède, monseigneur? Grâce! grâce! je suffoque.

— L'archevêque ne voudra pas se compromettre en réclamant un aussi maladroit serviteur, reprit le favori en promenant autour de lui un regard impépérieux. Du reste, tu peux aller lui dire de profiter de la leçon, car je traiterai le maître au besoin comme j'ai traité le valet.

Puis, ouvrant la main, il laissa retomber à terre maître Diego, qui s'enfuit à toutes jambes au milieu des huées.

La contenance intrépide du comte de Ledesma avait singulièrement modifié les dispositions des séditieux : cependant, tandis qu'ils s'écartaient silencieusement sur son passage, une voix chevrotante laissa échapper derrière lui le cri de ralliement :

— Mort à don Beltran de la Cueva!

A ce cri le courtisan enleva son cheval d'une main habile, et, le faisant pivoter sur ses jambes de derrière, il se trouva face à face avec le groupe d'où la provocation était partie; les hommes qui le composaient s'enfuirent. Un seul resta cloué au sol. L'éclair qui avait jailli des yeux du cavalier foudroyait le coupable, qui, se dénonçant lui-même, se laissa glisser sur les genoux en demandant merci.

— Comment, c'est vous, maître Balthazar, qui voulez me faire assassiner? dit le comte en riant de tout son cœur; vous le plus pacifique des orfèvres! Mais vous n'entendez pas le commerce, mon féroce ami! Si j'étais mort, croyez-vous donc que le vertueux marquis de Villena vous achèterait autant de colliers et de bracelets que le prodigue comte de Ledesma?

Puis se contentant de fouetter doucement du bout de sa houssine l'épaule du bourgeois, dont les joues rubicondes étaient devenues violettes, il lança son cheval vers la porte de l'Alcazar, qu'obstruait une troupe d'hommes armés de couteaux, de pieux et de broches de fer.

— Çà, compère, dit un gueux à l'orfévre en le relevant, je crois que votre femme et votre fille n'auront pas leurs mantilles neuves aujourd'hui.

Balthazar se glissa, confus et penaud, dans la foule, qui avait ri à ses dépens comme à ceux du sonneur. Néanmoins le comte n'était pas encore sorti d'embarras, et une malveillante curiosité suivait tous ses mouvements. Les sombres gardiens de la porte avaient l'air résolu et déterminé, et ne paraissaient pas devoir être d'aussi facile composition que les autres mécontents. Au milieu d'eux se dressait comme une statue de la Force le terrible tanneur, qni d'une main serrait le bras de l'infante et de l'autre son couteau à gaîne de bois.

— Allons, place, canaille! place! leur cria la Cueva, si vous ne voulez pas que je fasse sauter mon cheval par-dessus vos tête de mule.

Pas un ne bougea; mais doña Juana, qui se vit entourée d'armes dirigées contre le malheureux comte, s'écria malgré les menaces sourdes et les poings crispés de ses gardiens.

— Prenez garde, don Beltran! prenez garde!

Au son de cette voix douce et tremblante, le favori, qui jusqu'alors était resté souriant, impassible, maître de lui-même, tressaillit, frappé d'effroi. Ses

9.

yeux s'ouvrirent hagards, comme si un éclair l'eût ébloui, il écouta comme s'il doutait d'avoir bien entendu : ses mains retombèrent inertes sur le cou de son cheval; puis il se haussa soudain sur ses larges étriers mauresques, plongea un regard avide et désespéré sur le groupe armé, et reconnut l'infante, prisonnière de ces hommes, tendant ses mains vers lui.

Le visage du comte de Ledesma devint pâle comme la mort. Il ne poussa pas un cri, mais il chercha la garde de son épée ; cette arme venait de lui être enlevée. Frémissant de rage, il força son cheval à s'avancer sur la pointe des couteaux et des piques, le rassembla avec une adresse et une vigueur incomparables, puis le fit bondir jusqu'au milieu des ligueurs qui s'écartèrent involontairement, et alors, saisissant avec transport l'infante, il la pressa contre sa poitrine, tandis que deux grosses larmes tremblaient au bord de ses paupières.

Mais déjà le groupe s'était reformé plus menaçant autour de lui.

— Oh ! vous ne me l'arracherez pas, misérables ! s'écria-t-il d'une voix éperdue. Doña Juana dans vos mains viles ! Qui donc parmi vous a osé toucher à l'infante? C'est un crime de lèse-majesté, ne le savez-vous pas? Oh ! n'espérez pas fuir et échapper à la justice du roi ! A moi les massiers de l'Alcazar ! ne laissez pas ces bourreaux d'enfants se sauver ! Oh ! je vous ferai payer cher chaque sanglot de doña Juana !

Mais pendant que don Beltran exhalait sa douleur

en paroles incohérentes, les mécontents venaient de couper par derrière les jarrets à son cheval. La pauvre bête s'abattit, et le comte, dont le pied était engagé dans l'étrier, tomba lourdement sur elle, mais tenant toujours l'infante étroitement serrée contre son sein. Il était perdu, et déjà les broches de fer, les pieux et les couteaux s'abaissaient sur lui, lorsque le tanneur les écarta brusquement de la main et s'écria d'une voix tonnante :

— Relevez-vous, don Beltran ! Je n'ai pas l'habitude de frapper un ennemi à terre. C'est bon pour des lâches comme cette pie venimeuse de Diego Melampo.

La Cueva essaya de se dégager par un effort convulsif, mais il ne voulait pas lâcher l'infante, qui paralysait ses mouvements. Alors doña Juana tourna son visage pâle et bouleversé par l'épouvante vers le tanneur comme pour l'implorer, et lui dit doucement :

— Aidez-nous donc, mon ami. Vous n'êtes pas un méchant homme : vous ne voudriez pas faire de mal à une enfant.

L'homme au tablier de cuir tressaillit, et, tendant sa grosse main noire au brillant favori étendu à ses pieds, le releva, puis il lui montra la porte de l'Alcazar.

— Allez, seigneur comte, dit-il ; c'est la prière de doña Juana qui vous sauve. Cette enfant est innocente et bonne : qu'elle soit votre bouclier ! Je ne puis vous tuer sans la frapper, et je ne veux pas porter la main sur elle. Le marquis de Villena serait peut-être moins scrupuleux que moi, mais j'ai une fille un peu moins jeune que l'infante, et je ne veux pas que Dieu me punisse dans ma fille.

Don Beltran ne répliqua pas une parole et rentra dans le palais, emportant son précieux fardeau.

A l'époque où se passaient les événements que
nous racontons, le célèbre favori du roi de Castille
était sans contredit un des plus séduisants cavaliers
de la cour. Entré fort jeune au service de ce maître
indolent en qualité de page, quoique issu d'une famille pauvre et obscure, il avait fait en moins de
douze ans un chemin si rapide, il était arrivé à un
degré de faveur si extraordinaire, qu'il était presque
ébloui lui-même de sa propre fortune.

Sous le règne précédent, don Alvaro de Luna, qui
était puissamment riche et de bonne noblesse, avant
de devenir grand connétable et favori du roi, avait
conquis tous ses titres lentement, un à un. Derrière
chaque dignité nouvelle, il y avait un service rendu.
Habile et prudent au conseil, intrépide à la bataille,
il sauva dix fois le royaume, qui menaçait de crouler
entre les mains débiles de Jean II. La fortune personnelle de cet homme intègre marcha toujours en
raison inverse de la fortune publique : le lendemain

de son exécution, ses serviteurs ne trouvèrent pas chez lui l'argent nécessaire pour le faire enterrer. Son orgueil et son inflexibilité lui avaient attiré la haine publique pendant sa vie; mort, il fut pleuré.

Quant à don Beltran de la Cueva, à quelle cause politique, à quelle action d'éclat, à quel signalé service devait-il sa grandeur nouvelle? Nul n'eût pu le dire, car il n'avait ni le génie d'un homme d'État, ni l'intelligent courage d'un homme de guerre. C'était un brillant et adroit courtisan, voilà tout. Il était possédé d'une soif ardente d'honneurs et de gloire, mais cette ambition stérile eût avorté dans son germe si elle n'eût été servie par un de ces hasards singuliers que les historiens consignent dans leurs annales, et qu'un romancier n'oserait inventer.

Jeanne de Portugal était une des plus belles princesses de l'Europe : cependant sa beauté avait une tache qui la désespérait : ses cheveux étaient d'une couleur douteuse. Pour remédier à ce grave inconvénient, elle prit le parti de les enduire d'une essence qui avait la dangereuse propriété d'être inflammable. Un jour qu'elle se promenait dans les jardins de l'Alcazar, sous un soleil ardent, sa chevelure prit feu tout à coup. En ce moment, un jeune page, qui venait de lui apporter un message du roi, se trouvait seul près d'elle. Il n'hésita pas, et bravant la coutume qui défendait à tout homme de toucher à une reine de Castille, il détacha vivement son manteau de velours et en enveloppa la tête de Jeanne de Portugal.

La flamme fut aussitôt étouffée, mais la reine ne
put remercier son sauveur de tant de présence d'esprit sans admirer son élégance et sa beauté, trop
parfaites peut-être pour un homme. Prise par les
yeux, elle ne tarda pas à être prise par le cœur. Le
caprice d'un instant devint l'ardente passion de sa
vie, et, se croyant autorisée à l'inconstance par l'a-
bandon de son époux, elle fit de cet amour, d'abord
mystérieux et timide, un scandale qui étonna le
monde et qui devait laisser dans l'histoire une trace
flétrissante pour son nom.

De ce jour la fortune de don Beltran de la Cueva,
car tel était le nom de l'heureux page, monta d'un
pas rapide. Il occupa successivement divers emplois
importants, et devint enfin un des familiers du roi;
mais insatiable dans ses désirs, il voulut atteindre
aux premières dignités du royaume. Deux hommes
puissants et énergiques lui barraient le chemin.

C'étaient l'archevêque de Tolède et le marquis de
Villena, conseillers et ministres de l'indolent Henri
quatrième.

Le favori se promit de briser cet obstacle avec
l'aide de la reine, qui exerçait sur son mari un empire absolu. Henri était en effet une de ces natures
nulles et insouciantes qui n'ont ni l'énergie du vice,
ni celle de la vertu; s'il oubliait souvent les injures,
il oubliait avec la même facilité les services rendus,
et l'ennemi de la veille devenait tout à coup son ami
du lendemain.

La volonté de don Beltran de la Cueva s'incrusta
dans l'esprit de Jeanne de Portugal; avec cet instinct

astucieux et inventif qui est propre à la femme, elle enveloppa les deux hommes d'État dans une intrigue si adroitement ourdie qu'un jour, sans que rien ne pût leur faire présager l'orage éclatant sur leur tête, ils virent s'écrouler soudainement l'échafaudage de leur fortune et de leur crédit si laborieusement édifié.

Tandis qu'ils restaient étourdis de leur chute, don Beltran de la Cueva acceptait leurs charges, prenait la direction des affaires, et recevait les félicitations de la cour.

A cette nouvelle, le parti des mécontents releva la tête; une adresse fut envoyée sur-le-champ à l'archevêque de Tolède et au marquis de Villena.

Leurs noms, célèbres dans toute l'Espagne, leur connaissance approfondie du gouvernement; la haine personnelle qu'ils avaient à exercer contre le favori, étaient autant de garanties certaines pour ce parti qui, la veille, désespérait de sa cause.

Après quelques conférences, les deux illustres disgraciés, transfuges politiques, furent unanimement proclamés chefs de la Ligue.

Les premiers actes de la Cueva, que les mécontents attendaient à l'œuvre, ne manquèrent pas de soulever l'indignation générale; elle ne demandait qu'un prétexte.

D'abord, il se fit créer comte de Ledesma, ce qui était impolitique et complétement inutile pour sa puissance, si ce n'est pour sa vanité. Ensuite il fit ordonner par le roi aux états de reconnaître solennel-

lement doña Juana comme héritière de la couronne
de Castille, ce qui était souverainement imprudent,
car l'infante passait dans l'opinion publique pour
le fruit adultérin des amours de la reine et de don
Beltran.

Les nobles protestèrent énergiquement contre
cette décision, et résolurent de s'opposer à ce qu'elle
fût exécutée. Des conférences clandestines s'organi-
sèrent dans la capitale et furent présidées par l'archevêque de Tolède, le marquis de Villena, son frère
don Pedro Giron, grand-maître de Calatrava, le seigneur de Benavente et le comte de Palencia.

Le marquis de Villena, qui ne voulait pas rompre
ouvertement avec le roi, qui désirait surtout se ménager les chances les plus favorables pour rentrer au
pouvoir, avait persuadé à ses impétueux alliés de ne
pas se mettre en avant, et de fomenter d'abord une
sédition populaire pour intimider l'esprit léger et
capricieux de don Henri.

Aussi, pendant que l'orage grondait sur la place
de l'Alcazar, qui s'étend, comme on sait, sur le plateau d'un immense rocher dominant la ville de Tolède, les chefs de la Ligue en attendaient-ils l'issue
avec une anxiété profonde, dans une retraite où,
certes, aucun de leurs ennemis n'eût songé à les aller
chercher.

Affublés de robes de moines, ils étaient agenouillés
dans la chapelle du connétable de Luna, une des
plus belles de la magnifique cathédrale de Tolède.
L'obscurité envahissait l'église, et la lueur douteuse
d'une petite lampe d'argent ne pouvait trahir leur

présence, car ils s'étaient placés hors de la portée de
ses rayons.

Pas un geste, pas une parole, pas un regard ne
leur échappaient. Absorbés dans leurs prières ou
leurs méditations politiques, ils attendaient l'annonce du succès ou le signal de la fuite, car si l'é-
meute avortait, ils devaient aussitôt monter à
cheval, sortir de la ville, rallier les confédérés et
leurs vassaux, puis engager la guerre civile.

Tout à coup, un pas précipité retentit sur les
dalles de l'église. Les faux moines ne purent s'empêcher de tressaillir, mais ils ne retournèrent pas
la tête.

Le nouveau venu arriva jusqu'à la grille de la
chapelle du connétable, et s'y appuya la respiration
haletante. Il jeta des regards effrayés autour de lui,
mais la grande cathédrale obscure et déserte semblait
dormir paisiblement sous la garde de ses saints et de
ses anges.

— Tout est perdu, messeigneurs, dit alors l'homme
d'une voix sifflante.

Les cinq ligueurs se relevèrent.

— Quand je vous disais, mon f ère, que le peuple
nous trahirait si nous ne marchions pas à sa tête
l'épée à la main, fit observer don Pedro Giron avec
un accent de reproche au marquis de Villena.

— Les ballesteros de maça n'ont donc point tenu
la parole que m'avait donnée leur chef de ne pas
bouger? demanda l'archevêque de Tolède. Voyons!
raconte-nous brièvement comment cela s'est passé,
maître Diego.

Le sonneur respira bruyamment.

— Les massiers n'ont pas paru, monseigneur;
l'Alcazar est resté muet; l'infante est tombée dix
minutes dans nos mains, mais don Beltran, seul et
sans armes, est parvenu à la sauver.

— C'est impossible! dit froidement Villena, qui
cherchait à comprimer sa colère. La Cueva n'est pas
un magicien. La Cueva n'est pas un de ces chevaliers
terribles qui font reculer des armées. La Cueva aura
trouvé dans la populace ameutée des lâches ou des
traîtres. N'est-il pas vrai, Diego?

Le sonneur frissonna et répondit d'une voix altérée :

— Oui, la populace a été lâche, car elle a reculé
devant la houssine du favori; oui, il y a eu un
traître, car le tanneur Peregil, qui paraissait si
acharné contre don Beltran, l'a vu tomber à ses
pieds; mais il l'a généreusement relevé et laissé
rentrer à l'Alcazar, parce que l'infante pleurait, et
que ce bon père de famille n'aime pas voir pleurer
les enfants.

— Ces gens de la plèbe! murmura le marquis en
haussant les épaules! et cela se mêle de politique!
Que voulez-vous, messeigneurs, la populace ne hait
pas toujours les rois fainéants et les favoris pro-
digues. J'ai eu tort de compter sur de si méprisables
alliés.

— Allons! il faut partir, s'écria don Pedro Giron,
et faire sonner le clairon de la Ligue aux portes de
toutes les villes, de tous les châteaux, de toutes les
forteresses de Castille et de Léon.

— Attendez, mon frère, dit Villena. Avant tout, il faut savoir si nos noms ont été prononcées dans cette sédition manquée, ou si la Cueva n'y a vu qu'un tumulte de hasard et ne nous soupçonne pas d'avoir soufflé le feu. Parle, Diego.

— Hélas! messeigneurs, répliqua en tremblant le petit homme, ce scélérat m'a reconnu; il a failli m'étrangler, et il a osé me charger pour l'illustre archevêque de Tolède d'un message si injurieux, que je n'oserai jamais le répéter.

— Je t'ordonne de remplir ta mission, Diego, dit en souriant l'archevêque.

— Eh bien! monseigneur, cet insensé m'a crié devant tous de vous prévenir que, si vous ne profitiez pas de la leçon, il traiterait le maître comme il avait traité le valet.

Un murmure d'indignation s'échappa des lèvres des nobles confédérés.

— Il n'y a plus de ménagements à garder, dit vivement le marquis de Villena. Il faut armer tous nos amis et soulever la Castille contre ce parvenu qu'un orgueil puéril et vulgaire a rendu insensé. Ah! qui donc nous délivrera de ce beau mignon et de cette reine criminelle qui livre à la fois à son amant l'honneur et le sceptre de son mari!

Au même instant, un sanglot déchirant, qui semblait provenir d'un des confessionnaux de la chapelle du connétable, frappa les oreilles des ligueurs. Ces hommes si braves pâlirent. Ils avaient peur d'être surpris et vaincus par cet ennemi qu'ils méprisaient

tant, avant d'avoir pu même tirer l'épée du fourreau.

— On nous écoutait, dit Villena. Don Beltran aurait-il peuplé la cathédrale de Tolède de ses espions?
Fouillons l'église, señores; mais aux portes d'abord,
car ceux qui nous ont entendus ne doivent pas s'é-
loigner d'ici vivants!

— C'est inutile, dit aussitôt une voix sonore, et
ils virent sortir du confessionnal de droite une
femme de petite taille, enveloppée dans sa mante, et
dont une émotion violente altérait les traits charmants. Ses sourcils noirs couronnaient des yeux
étincelants de colère et de passion; ses joues pâles
étaient marbrées de plaques violettes, ce qui rendait
étrange l'expression de ses lèvres crispées, rouges
comme des grenades en fleur.

En l'apercevant, le marquis de Villena recula de
surprise.

— Doña Mencia de Padilla! Vous ici, señora! s'é-
cria-t-il; vous, la gardienne de la chambre de l'infante. Par quel hasard!... Mais non, je comprends...
la reine Jeanne se défie de l'archevêque de Tolède,
et a voulu faire surveiller sans bruit sa vieille cathédrale, qui pouvait devenir un repaire de révoltés;
et comme vous aimez la reine, señora, comme vous
avez pensé qu'une femme n'avait rien à craindre de
ces séditieux qui sont des gentilshommes, vous êtes
venue épier nos secrets, et vous allez les vendre en
même temps que notre sang! Ah! ce n'est pas là un
beau rôle pour vous, señora! Il fallait le laisser aux
gitanas du carrefour. Était-ce ainsi que vous deviez

vous venger des sérénades dont quelques-uns de nos amis vous ont poursuivie, et que votre vertu sévère s'obstinait à regarder comme un outrage!

Doña Mencia resta impassible, mais ses joues pâles semblèrent un instant rougir de confusion et de honte.

— Vous vous trompez, marquis de Villena, dit-elle froidement; je ne suis pas ici l'espionne de la reine Jeanne.

— Je réponds de la loyauté de doña Mencia, ajouta don Pedro Giron avec un entraînement chevaleresque.

— Don Pedro a raison! dirent à leur tour Benavente et Palencia, qui avaient compté au nombre des courtisans dédaignés de cette beauté célèbre.

Mais doña Mencia, immobile comme une statue, ne les remercia ni d'un regard ni d'un sourire. Elle semblait dominée par une exaltation bien supérieure aux suggestions de la coquetterie et de la vanité vulgaires.

— Prenez garde, compagnons, reprit l'ancien ministre; il ne s'agit pas maintenant de faire assaut de courtoisie ou de galanterie, comme si nous assistions tous à une fête royale de l'Alcazar. Notre vie et nos biens ne sont pas seuls mis en jeu ici, et vous ne pouvez disposer si légèrement de la vie et de la fortune de tous les bons Castillans, nobles ou bourgeois, qui ont prêté serment à la Ligue! Vous ne pouvez faire dépendre de la parole d'une femme, si haut placée qu'elle soit par sa beauté et sa vertu rigide, le sort même du royaume!

— Le sort du royaume! répéta d'un ton sardonique la jeune femme; dites plutôt le sort de vos
charges et de ves honneurs.

— Ne me bravez point, señora, reprit le marquis
blessé; l'homme qui aurait osé nous épier serait
déjà couché à côté des illustres morts qui dorment
dans les caveaux de la cathédrale. Je respecte en
vous la femme, mais l'espionne doit être mise hors
d'état de nuire, et ce soir même vous serez enfermée dans un couvent.

— Je ne le crois pas, répliqua-t-elle avec un calme
étrange. Je m'attends, au contraire, à ce que vous
me remercierez tous de vous avoir écoutés. Tout à
l'heure, vous me laisserez sortir de la cathédrale
seule et libre.

Surpris de cette assurance inexplicable, l'archevêque de Tolède lui dit :

— Cependant, ma fille, vous ne niez pas avoir
entendu les paroles de ces illustres seigneurs?

— Non, mon père, mais le hasard a tout fait, je
vous le jure par mon salut éternel! s'écria doña
Mencia avec une exaltation extraordinaire, et vous
savez si je suis capable de me parjurer.

— Ainsi, doña Mencia, insista sévèrement l'archevêque, vous prenez Dieu à témoin que vous êtes
innocente de toute trahison?

La jeune femme regarda ses juges avec angoisse,
et reprit d'une voix sourde :

— La malheureuse qui comparaît devant vous,
mon père, ne mérite aucune pitié. Innocente de toute

trahison? oh! non pas : la trahison est dans mon
cœur et le dévore.

Les chefs de la Ligue s'attendaient si peu à cette
singulière réponse, que cette fois encore ils crurent à
un piége, tirèrent leurs dagues et promenèrent des
yeux inquiets dans les profondeurs obscures de la
cathédrale; mais tout restait silencieux, et leur attention fut bientôt ramenée sur la jeune femme,
dont les sanglots étouffés soulevaient la poitrine.

— Rassurez-vous, señores, dit enfin doña Mencia
avec une sorte de fierté dédaigneuse. Je trahirai,
mais non pas vous, quoique vous soyez les ennemis
de tous ceux que j'aime. Tout le monde aura le droit
de me mépriser, excepté vous, car je pouvais vous
perdre et je vais vous sauver. Oh! ne croyez pas que
cette lâcheté me soit inspirée par le désir de racheter
ma vie ou ma liberté! Non, j'étais venue ici avec la
volonté de ma trahison. J'étais venue prier Dieu et
lui demander grâce, car je n'en attends pas des
hommes. Ce sera un lourd fardeau pour mon âme
que ce crime, et il n'est pas de martyre qui puisse
l'expier. Mais qu'importe?

Le marquis de Villena se demandait si la terreur
n'avait pas rendu folle la belle Padilla, ou si elle ne
jouait pas quelque comédie perfide, et il se hâta de
lui dire d'un ton presque menaçant :

— Expliquez-vous, señora; le temps presse; nous
avons hâte de partir, si nous ne voulons pas nous ex-
poser à être surpris par les soldats du favori.

— Avez-vous peur à ce point de don Beltran? demanda-t-elle toujours railleuse. Pourquoi donc fein-

dre de le mépriser et de le regarder comme un indigne adversaire, si son nom vous fait trembler, si son ombre vous force à fuir comme le daim devant le chasseur?

— Señora, vous abusez de notre patience, répliqua le marquis. Vous l'avez entendu, le peuple de Tolède a mordu son collier dans un instant de colère, mais il n'a pas eu la force de le briser. Eh bien! nous quittons Tolède pour y revenir à la tête d'une armée.

— Vous avez tort, braves confédérés, dit doña Mencia avec son sourire douloureux. Il faut rester et frapper le coup décisif. Jamais l'occasion n'a été si belle. Là où a échoué la force, sachez employer la ruse. Don Beltran de la Cueva, — et sa voix trembla en pronçant ce nom, — est rentré à l'Alcazar et s'y croit en sûreté. Jusqu'à demain il ne songera pas à vous attaquer. Allez à lui.

Ces paroles saccadées lui semblaient arrachées par un sentiment mystérieux et involontaire du cœur, comme les prophéties inspirées d'une sibylle.

Le marquis de Villena ne put s'empêcher de hausser les épaules :

— Vous raisonnez avec la légéreté de votre sexe, doña Mencia. Les femmes ne voient pas les abîmes. A cette heure don Beltran se tient sur ses gardes. L'Alcazar, la ville et les tours sont remplis de soldats. Nous avons déjà perdu trop de temps à vous écouter. Venez, compagnons.

Doña Mencia de Padilla s'avança, et posant sa petite main blanche sur le bras de l'homme d'État :

— Señor, dit-elle, serez-vous moins courageux

10

qu'une femme? Vraiment, on dirait d'une nuée de papillons éblouis par la lueur d'une torche et non d'une troupe de gentilshommes renommés comme les plus braves du royaume! Ne vous défiez pas de moi, señores. Je suis au milieu de vous, et ma vie vous appartient. Eh bien! sous la pointe de vos épées, je vous dis : Il faut pénétrer cette nuit même dans l'Alcazar et y surprendre votre ennemi.

A cette audacieuse proposition, les confédérés restèrent saisis d'étonnement.

— Rêve et chimère! s'écria le marquis de Villena; les murs du palais ne vont pas tomber à notre voix, comme ceux de Jéricho au son des trompettes?

— Ce n'est pas un rêve, reprit doña Mencia, car les portes vous seront ouvertes.

— Et par qui donc, ma fille? demanda l'archevêque, qui n'avait pas quitté des yeux le visage troublé, mais fier et résolu de la jeune dame.

— Par une femme dont la trahison est aussi abominable que celle de Judas, car don Beltran et la reine ont mis toute leur confiance en elle. Ils ne peuvent la soupçonner, ou bien ils se soupçonneraient eux-mêmes; si celle-là les trahit, on doit se défier désormais de sa propre mère et de son enfant.

— Vos paroles sont bizarres et obscures, señora, dit le marquis, mais le nom de cette femme?

— Ne l'avez-vous pas deviné? répliqua-t-elle en serrant ses mains crispées avec désespoir; c'est doña Mencia de Padilla, la gardienne de la chambre de l'infante, qui vous ouvrira la porte du palais.

Les confédérés reculèrent avec un instinctif mouvement d'horreur, devant cette femme admirablement belle, comme devant un serpent hideux qui se fût élancé soudainement vers eux.

Doña Mencia reprit :

— Vous ne pouvez me croire, n'est- ce pas? vous m'estimez encore assez pour craindre que je vous tende un piége? Ah ! je me méprise plus moi-même que vous ne pourrez jamais me mépriser !

— Je vous regarde comme franche et sincère, ma fille dit l'archevêque; mais expliquez-nous les motif qui vous font abandonner le parti de la reine.

Le visage de la jeune femme devint pourpre, et deux grosses larmes coulèrent le long de ses joues.

— C'est juste, mon père; il faut vous dévoiler la plaie honteuse qui me ronge le cœur, afin que vous accordiez confiance à celle qui va trahir la confiance de sa maîtresse. Eh bien! soit. Je vais vous livrer don Beltran de la Cueva... parce que je l'aime.

A cette révélation inattendue, elle put voir l'étonnement des seigneurs augmenter encore. En effet, la renommée de vertu farouche de doña Mencia était si fortement établie à la cour, elle avait repoussé tant d'hommages et avec un dédain si éclatant, son cœur de marbre paraissait devoir émousser si cruellement toutes les flèches de l'amour, qu'elle était devenue, au milieu de ces mœurs légères, une sorte de vestale respectée et hautaine. Voyant l'hésitation peinte sur le visage de ses nouveaux alliés, elle poursuivit avec une sorte d'emportement fébrile :

— Je vous ferai surprendre le comte de Ledesma couché aux pieds de la reine Jeanne, parce que la

reine Jeanne est mon heureuse rivale, parce que son
amour criminel est, pour ainsi dire, public, tandis
que le mien a dû rester honteux comme une faute et
caché comme un crime. Savez-vous que ce noble
d'hier me flattait de l'espoir d'un mariage, moi fille
d'une des plus nobles races d'Espagne, et que le lâche n'a pas osé accomplir sa promesse, de peur de
déplaire à la reine. Croyez-vous en moi, maintenant,
et suis-je digne d'être votre alliée? J'ai feint d'être
indifférente, et j'ai étouffé mon cœur de mon mieux.
Qu'en dites-vous, don Pedro Giron, vous dont j'ai
repoussé les loyaux hommages? Malgré ses paroles
dorées, Don Beltran m'a laissé voir que ma présence
l'inquiétait. Un amour naïf, sincère, passionné, qui
gêne son ambition, lui pèse comme un remords.
Comprenez-vous cela, comte de Palencia? Enfin, j'ai
menacé la Cueva de faire éclater la vérité, de tout
dire à la reine, de le forcer à choisir entre elle et moi.
Il a eu peur alors, il s'est jeté à mes pieds, il a trouvé
des larmes, il m'a priée pour moi-même, disant que
je serais perdue, ruinée, déshonorée, que sais-je!
Et comme je suis restée inflexible, il m'a menacée
brutalement, moi, sa femme devant Dieu, de l'exil
et de la disgrâce. Qu'il tombe donc! car la mesure
est comble et le ciel a jugé.

— Venez donc, señora, dit respectueusement le
marquis de Villena en s'inclinant devant elle. Nous
mettons tous notre vie et notre liberté dans vos mains.
Vous avez tort d'ailleurs de vous humilier devant vos
alliés. Cette action hardie que vous allez commettre
en faveur de la Ligue et que vous appelez trahison,

nous l'appelons, nous, de son vrai nom : vengeance !
Or, pour des Castillans, la vengeance n'est pas une
passion vile et honteuse. Doña Mencia, vous êtes libre. Dans une heure, nous heurterons du pommeau
de nos épées à la porte de l'Alcazar.

La jeune femme s'enveloppa des plis de sa mante,
et, après avoir baisé la main de l'archevêque, s'éloigna à pas lents et graves.

10.

III

A l'extrémité du grand faubourg de Tolède se trouvait un quartier perdu, où s'étaient réunis, pour utiliser le passage d'un petit bras du Tage, les tanneurs de la ville. L'endroit finit par y gagner le baptême d'un nom bien légitime, celui de *Calle de la Tannerie*. Les murailles de cette longue ruelle, qui dataient de la même époque que l'enceinte moresque tout armée de tours, étaient criblées de clous auxquels on accrochait les peaux corroyées. Son ruisseau, que dédaignaient les lavandières du voisinage, charriait pendant tout le jour une tannée infecte, qui troublait son onde naturellement jaunâtre et la colorait de teintes brunes. L'air qu'on y respirait était saturé de cette âcre et nauséabonde odeur qui s'exhale des cuirs en œuvre. Tout enfin, dans cette ruelle, inspirait un sentiment de répugnance et de dégoût à l'étranger qui s'y égarait, et nul autre qu'un tanneur habitué à ces miasmes et à ces aspects odieux n'eût voulu s'y loger.

Cependant à l'heure même ou Diego Melampo annonçait aux chefs de la Ligue les mauvais succès de l'émeute, un gentilhomme vêtu de noir, enveloppé d'une longue cape brune, et le sombrero rabattu sur les yeux, s'engagea dans l'étroite calle de la Tannerie et vint, après quelques regards furtifs jetés derrière lui, heurter mystérieusement aux contrevents d'une petite fenêtre percée à cinq pieds du sol.

Celui qui frappait ainsi était, sans nul doute, attendu, car aussitôt deux petites mains poussèrent le volet, et une délicieuse tête de jeune fille apparut au milieu des fleurs qui s'épanouissaient sur l'appui de la fenêtre, dans leurs vases de grès ébréchés.

Une luxuriante chevelure d'un châtain clair, doux et chaud, simplement roulée sous une résille de soie rose, couronnait son front, étroit comme celui des déesses antiques, mais blanc et poli comme l'ivoire qui n'a pas vieilli; son visage, d'un ovale parfait, brillait en effet de cette fraîche blancheur qui est d'ordinaire le privilége des blondes; sa petite bouche montrait en souriant une double rangée de perles qui s'alignaient derrière de petites lèvres d'un rouge tendre, semblable à cette teinte ardente dont le soleil a vermillonné les tours de l'Alhambra; de longs cils noirs voilaient ses prunelles, plus noires encore, et sa main était si blanche et si finement attachée, qu'on eût craint d'y toucher autrement qu'avec les lèvres.

Enfin, à la voir si harmonieusement belle et cependant si simple sous sa basquine de taffetas bleu, on l'eût prise pour une de ces jeunes Phéniciennes dont le type si pur s'est transmis en Espagne, d'âge en âge, jusqu'à nos jours, dans quelques provinces reculées.

Le visiteur nocturne, en homme qui connaissait les êtres, grimpa le long de la muraille à l'aide de quelques gros clous et de pierres en saillie ; puis enjambant par dessus les fleurs, il sauta lestement dans la chambre.

La jeune fille se jeta joyeusement à son cou en lui faisant un collier de ses deux bras, et, s'élevant sur la pointe de ses petits pieds d'enfant, elle lui posa son front sur les lèvres.

— Bonsoir, ma douce Agnès, dit le gentilhomme entre deux baisers.

— Méchant ! qui m'avez fait attendre hier et qui n'êtes pas venu, dit-elle avec une moue charmante.

— Ne m'accuse pas, va, répondit-il en la serrant contre son cœur.

— Il faut peut-être vous remercier, n'est-ce pas ?

— Folle ! mais je n'ai pas cessé de m'occuper de toi, de penser à ton bonheur à venir...

— Au préjudice du bonheur présent, Henrique.

— Depuis quelques jours je te ménage une surprise dont les préparatifs sont enfin terminés, et dès ce soir je veux te mettre de moitié dans mon secret, dit le gentilhomme en la contemplant avec un sourire tendre et radieux.

— J'ignore si vous vous êtes occupé de moi, reprit Agnès en gardant cette expression de bouderie qui voilait son visage comme ces brumes légères du printemps qui se dorent au soleil sans pouvoir le cacher ce que je sais, c'est que vous ne songez guère à notre petit Henrique. Ne pas l'avoir vu depuis deux grands jours et ne pas vous être encore inquiété de lui!

— Je lis dans tes yeux qu'il se porte à merveille, et, à ta voix, je devine qu'il dort.

— Et vous avez deviné juste? señor; mais n'importe, il faut venir l'embrasser bien vite.

Prenant alors le gentilhomme par la main, elle ouvrit une petite porte et le conduisit dans une chambre voisine éclairée par une seule fenêtre donnant sur le jardin.

Cette chambre formait un contraste frappant avec le reste de l'habitation, tant elle était coquettement parée.

Dans une cage d'ébène et de cuivre gazouillait toute une famille de chardonnerets mouchetés. En face, une Vierge de pierre souriait dans une niche fouillée en plein mur. L'intérieur de cette niche était peint en bleu d'azur et parsemé d'étoiles. Au-dessus, on lisait ces mots écrits en lettres d'or sur une plaque de faïence :

Maria santisima, alivio, fiel centinela y antemural de todos los Españoles. c'est-à-dire : A la très-Sainte Marie, consolation, fidèle sentinelle et rempart de tous les Espagnols.

Au milieu de la chambre était dressée une petite table recouverte d'une fine toile de Ségovie, sur laquelle on avait éparpillé, dans un désordre gracieux et volontaire, des corbeilles d'oranges, de grenades et de raisins, de petits pains sucrés, un flacon d'alicante et quelques fruits confits, le tout entremêlé de fleurs dont les parfums devaient combattre les senteurs violentes de la tannerie.

Au fond, un lit sculpté que voilait à moitié un ample rideau de damas, cachait mystérieusement un petit berceau d'enfant enfermé dans une moustiquaire de gaze.

Pendant que le gentilhomme accrochait au mur son épée et son manteau, Agnès alla tirer doucement le rideau de sa madone, et, ce soin pieux accompli, elle courut au berceau, en souleva le voile et contempla l'enfant avec amour.

— Avec sa tête d'ange et sa petite bouche entr'ouverte, dit-elle, ne trouvez-vous pas qu'il est beau jusque dans son sommeil?

— C'est vrai, reprit en souriant le gentilhomme, et je crois que ce gros garçon-là veut donner une fois de plus raison au proverbe qui dit : » Les enfants sont charmants quand ils dorment. »

— Allons, mon cher seigneur, murmura Agnès, embrassez votre fils, et surtout gardez-vous de le réveiller.

Henrique effleura de ses lèvres les cheveux de l'enfant, et la jeune mère, à son tour, les baisa doucement à la même place; puis ayant recouvert le berceau, elle poussa deux piles de coussins près de la table.

— Maintenant, mon ami, dit-elle en s'asseyant, venez faire honneur au refresco que j'ai préparé à votre intention.

— Volontiers, ma bien-aimée, car mes voyages à

la calle de la Tannerie m'inspirent un appétit de chasseur qui me fait défaut à la cour.

— J'espère, señor, reprit Agnès en montrant d'un air de triomphe son souper de jeune fille, que vous êtes servi comme un roi.

— Le roi, répliqua Henrique en souriant, n'a certes ni plus beaux fruits, ni fleurs plus parfumées à sa table, ni surtout plus charmant visage à ses côtés car vous êtes un ange de beauté. De plus, on n'a pas à craindre ici comme à l'Alcazar, de toucher à des mets empoisonnés ou d'entendre la révolte hurler sous les fenêtres. Une seule chose me désespère, chère Agnès, c'est de vous voir vivre au milieu de ce cloaque comme une perle égarée, comme une fleur d'une autre contrée que le vent aurait apportée et que le hasard avait fait pousser là.

— Comment! ce petit réduit ne vous plaît pas? demanda ingénument Agnès.

— Il est indigne de vous, mon âme. Aussi vous ai-je fait préparer un logis plus en rapport avec la nouvelle position que vous allez occuper.

Agnès tressaillit et regarda le gentilhomme avec des yeux où un étonnement candide se mêlait à une sorte de frayeur.

— Vous voulez que je quitte mon père? dit-elle avec un accent douloureux; que j'abandonne cette douce retraite bâtie tout exprès pour moi au fond de notre petit jardin, où, loin du bruit, je vis depuis deux ans heureuse et libre, heureuse surtout de votre amour? Oh! mon cher seigneur, ne me demandez pas cela.

Henrique hocha la tête, et son front se plissa légèrement.

— Libre ! vous ne l'êtes pas, Agnès. Votre père ne peut-il pas entrer ici à toute heure ?

— Il y vient si rarement, et jamais il n'a pénétré dans cette chambre qu'il respecte comme un sanctuaire.

— Et puis, continua le gentilhomme, Peregil veut vous marier, m'avez-vous dit, à votre cousin Tello. Si vous restez dans ce logis, où je ne puis arriver que par escalade, comment vous soustraire à ce mariage ?

Agnès baissa timidement ses beaux yeux, où roulèrent de grosses larmes, et murmura d'une voix éteinte :

— Eh bien ! s'il le faut, j'avouerai ma faute à Tello et il ne voudra plus de moi pour sa femme.

— Tello, qui vous aime, ne vous pardonnera pas de l'avoir dédaigné ; Tello dira tout à votre père.

— Non, rassurez-vous, mon cher seigneur ; ce sont là de vaines craintes. Ma vierge Marie, qui jusqu'à présent nous a protégés, ne nous abandonnera pas.

Henrique hocha la tête comme eût pu faire un Maure ou un mauvais chrétien.

— Au moment où mon désespoir accusait même le ciel, continua la jeune fille ; lorsque je compris que j'allais être mère, et que la naissance de ce cher enfant allait me coûter l'honneur, n'a-t-elle pas entendu mes plaintes ? N'est-ce pas alors que mon père est parti pour acheter des peaux de bœuf en Biscaye ? Et, grâce à son absence, qui s'est prolongée si heureusement, excepté une vieille nourrice, qui m'aime comme son enfant, personne ici ne se doute de l'existence de notre Henrique.

Le front du gentilhomme resta soucieux.

— Mais suppose que le hasard fasse un jour tout découvrir à ton père, Agnès ; dans un moment de désespoir et de colère, il peut tuer cet enfant.

La jeune fille jeta sur le berceau un regard plein d'angoisse et de courageuse tendresse, en s'écriant :

— Oh ! avant de tuer l'enfant, il faudrait qu'il tuât d'abord la mère.

— Et moi, j'aurais perdu tout ce que j'aime en ce monde.

— Bonté divine ! ne pensons plus à ces terribles choses ! c'est peut-être tenter Dieu. Pourtant, continua-t-elle toute rêveuse, si ce malheur arrivait, si j'allais mourir ainsi... vous viendriez souvent arroser ma tombe d'eau bénite, n'est-ce pas, mon Henrique ? car on dit que chaque goutte de cette eau sainte éteint un peu du feu qui brûle en purgatoire.

— Allons, Agnès, dit le gentilhomme, chasse ces tristes pensées. Le malheur qu'on peut éviter n'existe pas. Puisque tout est préparé pour te recevoir, partons dès cette nuit. Refuser, c'est me prouver que tu ne m'aimes pas.

La jeune fille tourna vers Henrique ses yeux brillants de larmes, et lui saisissant la main qu'elle serra doucement entre les siennes :

— Vous douteriez de mon amour ? murmura-t-elle d'une voix étouffée ; non, au fond du cœur, vous

11

savez bien que je vous aime. Je vous aime parce que
vous êtes noble et bon. Je vous aime parce que vous
êtes brave. Je me porte souvent par la pensée à ce
jour où je vous vis pour la première fois, où vous
m'apparûtes comme un ange libérateur : il y a bientôt un an, et il me semble que c'est hier. Une de
mes fleurs était tombée de ma fenêtre en dehors ;
c'était une de ces petites fleurs bleues que j'aime. Je
la ramassais quand un taureau furieux s'élança dans
la ruelle. Il allait m'atteindre ; ses yeux sanglants,
fixés sur moi comme deux éclairs rouges, me paraly-
saient ; un cavalier, qui passait d'aventure dans la
calle fangeuse de la Tannerie, courut à sa rencontre
et lui barra résolûment le passage. Ce cavalier, c'é-
tait vous. J'assistais, muette d'horreur et immobile,
à cette affreuse lutte qui me semblait enveloppée
d'un nuage comme dans un rêve. Je vous vois encore, vous, le frapper du tranchant de votre épée,
au moment où sa corne effleurait votre visage comme
la pointe d'une dague, et lui, aveuglé par le sang,
reculer devant vous pas à pas, car il ne pouvait se
retourner pour s'enfuir, tant le chemin était étroit.

— Ainsi, s'écria Henrique ému de ce souvenir, je
ne t'aurais sauvée que pour te perdre !

— Le danger que vous me révélez m'effraie ; la
voie de salut que vous m'offrez m'épouvante.
Fuir le toit de mon père, rendre publique une faute
cachée !

— C'est vous alors, Agnès, qui doutez de mon
amour ?

— Non, j'ai confiance en vous, dit-elle en le regardant avec une expression de tendresse sereine et profonde : je suis sûre de votre cœur. M'est-il jamais venu à la pensée de vous adresser une question sur les choses qu'il vous a plu de me tenir secrètes ? Et cependant tout ce qui vous entoure est un mystère pour moi. Je ne sais ni votre nom de famille, ni quel rang vous occupez à la cour. Je sais que vous vous appelez Henrique et que je vous aime ; voilà tout.

— Si je garde ce secret, Agnès, c'est qu'il fait toute la joie de notre amour. Je suis sûr, au moins, que tu ne m'aimes ni pour mes titres ni pour mes richesses. J'ai le droit d'être pauvre et obscur, puisque c'est pour moi seul que je suis aimé.

— Et vous avez raison, Henrique. Etant née au milieu d'hommes grossiers et violents, je me plais à entendre des paroles douces et tendres ; étant faible, j'admire jusqu'à l'exaltation le courage chez les autres. Aussi mon cœur s'est-il donné à vous, qui êtes à la fois courageux et doux ; mais, eussiez-vous été notre roi de Castille lui-même, avec la faiblesse et la lâche indolence de ce prince, que je ne vous eusse jamais aimé.

Le gentilhomme fronça le sourcil, et un nuage passa sur son front.

— Agnès, répondit-il d'une voix altérée, devant moi ne parlez jamais ainsi de votre roi. S'il est faible parfois, c'est par excès de bonté ; s'il est indolent, ce n'est pas par lâcheté, c'est qu'il a le sentiment de sa force. Le lion aussi sommeille couché indolemment sur le sable ardent du désert.

— Comme vous me parlez d'un ton sévère, mon cher seigneur ! dit la jeune fille étonnée.

— D'ailleurs, continua-t-il sans prendre garde à cette observation, le roi est assez malheureux dans ses affections et dans sa famille pour avoir droit à quelque pitié. Plaignez-le souvent, Agnès, et ne l'attaquez jamais.

Toute troublée des reproches de son amant et sans s'expliquer pourquoi, la fille du tanneur essaya de changer le cours de la conversation.

— Je crois, Henrique, reprit-elle en s'efforçant de sourire, que, sans vous en douter, vous venez de déchirer un coin du voile qui cache votre existence mystérieuse.

— Que veux-tu dire? interrompit le cavalier.

— Que vous aimez trop le roi pour ne pas être attaché à son service. Oui, certainement, vous devez faire partie de sa maison. Avouez la vérité; ne suis-je pas un peu sorcière, quoique je n'aie pas la peau noire comme les gitanas qui pratiquent ce joli métier.

— Non, Agnès, répondit Henrique, je ne suis au service de personne. Je me trompe, reprit-il en baisant la jeune fille au front, j'ai une maîtresse, mais je n'ai pas de maître.

— Je vous ai fâché contre moi en vous parlant si librement tout à l'heure, n'est-ce pas? demanda-t-elle avec une curiosité naïve.

— Et à quoi as-tu remarqué cette grosse colère, mon enfant? dit gaîment Henrique.

— A cette cicatrice qui vous est restée là, au-dessus du sourcil, de votre lutte avec le taureau. répliqua Agnès. J'ai remarqué, car vous savez que rien ne nous échappe à nous autres femmes quand il s'agit de ceux que nous aimons, j'ai remarqué, ne riez pas. que vous ne pouvez éprouver le moindre chagrin. la moindre contrariété sans que cette cicatrice se contracte et rougisse légèrement.

— Voilà donc comme on est trahi par les cicatrices! dit en riant Henrique. Eh bien! oui, j'aime le roi. Que veux-tu? Il faut me le pardonner : il y a assez de gens qui ne l'aiment pas.

— Oh! oui, fit candidement Agnès.

— Et je crois que. si tu le connaissais, tu l'aimerais comme tu m'aimes.

— Eh bien. mon cher seigneur, je n'en crois rien.

Le gentilhomme l'attira doucement près de lui.

— Écoute, Agnès, veux-tu que cette cicatrice dont tu as si ingénieusement remarqué la susceptibilité perfide ne se crispe plus? Veux-tu que je ne ressente désormais ni chagrin. ni douleur? Viens habiter ce paradis que j'ai créé pour toi. Là du moins tu n'entendras jamais outrager ceux que j'aime.

— Mais mon pauvre père. qui a toujours été si bon pour moi, Henrique, puis-je le quitter?

— Préfères-tu que j'enlève cet enfant, que tu ne peux cacher plus longtemps ici?

— Vivre loin de lui. loin de ce chérubin dont la nuit j'écoute le souffle avec inquiétude, dont le jour je regarde avec extase les jolis yeux, qui me sourit, dont les petits bras se tendent vers moi, dont les lèvres balbutient des mots à me fondre le cœur de

joie! loin de cet ange qui nous ressemble déjà à tous
deux! oh! ce serait la mort, vous le savez bien, mon
ami!

— Oui, tu en mourrais, n'est-ce pas? reprit Henrique d'un ton impérieux qui ne lui était pas habi-
tuel, tandis que son visage prenait une expression
de volonté souveraine. Je ne ferai donc pas comme
les guerriers de ces peuplades sauvages qui, pour
avoir le fruit, coupent l'arbre : j'enlèverai la mère
et l'enfant. Il le faut. Agnès; je le veux.

La majesté qui illuminait en ce moment les grands
yeux bruns et la figure pâle du gentilhomme, produisit sur la jeune fille, habituée à le voir soumis et
passionné auprès d'elle, une impression extraordinaire. Elle sentit que cette voix était faite pour commander, et sa résistance allait peut-être fléchir, car
elle était moralement vaincue, quand tout à coup
elle poussa un grand cri et se leva avec terreur.

Elle venait d'entendre des pas lourds craquer sur
les briques de la première chambre.

C'était son père, le tanneur Peregil, qui, par un
hasard inouï, y entrait en compagnie de Tello, son
cousin.

Agnès s'élança à leur rencontre et tira la porte
derrière elle, restant pâle et immobile devant eux.

— Bonsoir, Agnès, dit le tanneur en allant embrasser sa fille.

— Bonsoir, cousine, fit Tello en saluant gauche-
ment.

— Soyez les bienvenus, mon père, et vous, mon
cousin : mais excusez-moi, dit elle d'une voix trem-

blante, j'étais si loin de vous attendre, qu'en entendant ouvrir la porte j'ai été saisie d'épouvante.

— C'est cet imbécile de Tello, reprit le tanneur en
regardant son cousin de travers, qui croit pouvoir
entrer chez une jeune fille comme un âne dans un
moulin.

— Ah ! vous avez bien raison, cousin, dit Tello :
on est si bête quand on est amoureux !

— Tu as donc été amoureux toute ta vie, mon fils,
répliqua gaîment le tanneur en appliquant un coup
de sa large et robuste main sur l'épaule du jeune
homme.

— Ne dites donc pas de telles énormités devant
ma cousine, balbutia Tello en devenant pourpre ; ça
peut me faire beaucoup de tort dans son esprit.

— Trêve à ces sornettes ! reprit Peregil. Il faut te
dire, ma chère Agnès, que nous arrivons de la place
de l'Alcazar, où le peuple s'était rassemblé à l'instigation des nobles ligueurs, pour troubler un peu le
passage de la reine Jeanne et de la petite infante. On
a failli y jouer des pierres et du couteau, et je n'ai
pas voulu rentrer au logis sans venir te rassurer.

— Merci de votre intention, mon bon père, dit
Agnès, qui avait à peine écouté cette explication,
et tendant la main au tanneur, elle fit un pas vers
lui comme pour le remercier et le congédier en
même temps.

Ce terrible Peregil était l'esclave de sa fille, esclave
par le cœur, car il lui portait une tendresse poussée
jusqu'à l'adoration. Il craignait pour elle le bruit,
les émotions, la fatigue, et eût gâté ce charmant

naturel, si le bon sens d'Agnès ne l'eût préservée de ce danger. Il comprit donc facilement que sa fille désirait être seule; il allait se retirer, lorsque Tello le poussa du coude d'une façon très-significative.

— Ah! c'est juste, dit le tanneur, j'oubliais que nous sommes venus aussi dans un autre but.

— Qu'avez-vous donc encore à me dire, mon père? demanda la jeune fille visiblement troublée.

— Chère enfant, répondit Peregil, par les temps difficiles où nous vivons, temps de révolte et de guerre civile, nul ne sait qui vit ni qui meurt. Or, comme un malheur est bientôt arrivé et que tu n'as que moi seul au monde pour protecteur et pour soutien, j'ai résolu de hâter ton mariage avec ce brave Tello.

— Mon mariage! répéta-t-elle en jetant sur son père un regard désespéré.

— Avant quinze jours, ce sera une affaire conclue, ajouta le tanneur sans même remarquer l'émotion de sa fille.

Tello était ivre de joie.

— Hélas! mon père, murmura douloureusement Agnès, quand vous êtes entré, je pensais qu'il me faudrait quitter bientôt peut-être ce logis où j'ai été si heureuse, me séparer de vous que je vénère et que j'aime, et rien qu'à cette idée je pleurais malgré moi.

— Eh! par mon saint patron! répliqua Peregil, ta mère ne voulait pas se marier non plus, ce qui ne l'a pas empêchée plus tard de chérir son mari en bonne et chrétienne femme.

— Mais je n'aime mon cousin que comme une sœur, interrompit Agnès.

— C'est un commencement, dit Tello d'un air grave ; le reste viendra ensuite, ou vous seriez bien difficile, ma cousine.

— Mais nous parlerons de tout cela demain, dit le tanneur. Allons, Tello, avec ma permission, embrasse fraternellement ta fiancée, et partons.

— Permettez, cousine, fit le jeune homme en passant à diverses reprises la manche de son pourpoint sur ses lèvres.

Agnès hésita un instant ; cependant, ne croyant pas acheter leur départ trop cher à ce prix, elle tendit sa joue à Tello, qui y déposa un baiser sonore.

Le bruit de ce baiser éveilla un étrange écho ; on entendit, partant de la chambre voisine, un bruit semblable à celui d'un meuble qu'on renverse.

Les deux hommes se regardèrent étonnés.

— D'où vient ce tapage ? demanda le tanneur.

— C'est, reprit vivement Agnès, le volet de mes fenêtres que je n'ai pas fermé et que le vent fait battre sans doute.

— Ne vous dérangez donc pas, dit Tello en s'avançant vers la chambre ; je vais le pousser.

— Non, non, s'écria la jeune fille en se jetant devant la porte, le corps en avant, les bras étendus derrière elle ; je ne veux pas qu'on entre dans ma chambre.

Tello s'arrêta stupéfait.

— Et pourquoi donc, cousine ? grommela-t-il.

— Ah! tu crois qu'elle est toujours facile au joug

11.

comme un mouton, toi, dit Peregil en riant aux éclats; nous étions les maîtres sur la place de l'Alcazar tout à l'heure, mais il n'en est plus de même.

— C'est égal! reprit Tello en regardant tendrement Agnès, j'aime mieux être ici que sur la place.

— Je te crois d'autant plus que nos amis commençaient furieusement à s'échauffer.

— Grâce à vous, don Beltran de la Cueva l'a échappé belle, cousin; mais croiriez-vous qu'à son arrivée je m'étais imaginé que c'était le roi Henri qui nous tombait sur les bras.

— Il n'y a pas la moindre ressemblance entre eux, mon garçon, interrompit Peregil.

— Je le sais bien, mais de loin...

— Même de loin, Tello. D'abord, don Beltran, qui est un orgueilleux, un galant, un prodigue, ne sort jamais sans être couvert de broderies, de bijoux et de rubans éclatants comme une châsse; le roi Henri, au contraire, ne va par la ville que vêtu de noir.

— Singulier rapprochement! se dit Agnès à elle-même; tous deux se nomment Henri, tous deux sont vêtus de noir.

Malgré son trouble, elle prêtait la plus vive attention aux paroles des deux hommes.

— Et puis, ajouta le tanneur, le roi a un certain signe auquel je le reconnaîtrais entre mille.

Agnès tressaillit. Elle s'approcha de son père.

— Et ce signe? demanda-t-elle en proie à la plus violente anxiété.

— Une cicatrice au-dessus du sourcil gauche ! répondit tranquillement le tanneur.

— C'est lui ! murmura Agnès en fermant les yeux, car une sorte de vertige éblouissait son cerveau, et elle étendit la main comme pour chercher un appui autour d'elle.

— C'est bien cela; dit Tello, une balafre au front. Moi qui vous parle, je le connais beaucoup et de fort près. Nous avons eu autrefois des rapports ensemble.

— Toi ! interrompit le tanneur d'un air incrédule.

— Oui, moi. Un soir qu'il revenait de la chasse, son cheval a failli m'écraser.

— Ils sont gentils tes rapports avec le roi ! dit Peregil en haussant les épaules.

— Ce n'est pas tout; il a daigné m'adresser la parole : « Recule-toi donc, imbécile, » m'a-t-il dit d'une voix affable. Et comme je ne bougeais pas, tant j'étais abasourdi d'entendre un roi me parler, il a encore daigné, pour protéger mes jours auxquels il s'intéressait sans doute, m'envoyer lui-même dans les côtes un coup de pied qui me jeta à dix pas du cheval.

— Merci ! fit Peregil avec une légère grimace.

— Écoutez donc, de la part d'un roi, c'est toujours une attention délicate.

— Libre à toi de l'aimer, mon garçon; moi, je le hais, et pourtant il ne m'a jamais fait de mal.

— Vous êtes peut-être jaloux de mes relations avec lui?

— Triple sot! dit le tanneur. Non, je le hais d'instinct, sans me rendre compte du motif, comme le chien hait le loup.

— Voilà où gît la différence, observa Tello ; moi, c'est don Beltran que je déteste, parce qu'il est la terreur des amants, la désolation des maris, parce que l'intrigant abuse de son visage d'Adonis pour se faire aimer de toutes les femmes, comme s'il ne lui suffisait pas d'être le favori de la reine.

— Malheureux ! s'écria Agnès pâle d'éprouvante, ne prononcez pas de si dangereuses paroles.

— Ce qu'il dit là, reprit Peregil, n'est plus un secret en Castille. Doña Juana est une bâtarde, on le sait.

— Mon père, continua la jeune fille, joignant les mains et baissant la voix, au nom du ciel ! taisez-vous, on pourrait vous entendre.

— Mais la chose est prouvée et avérée, dit Tello avec emphase ; j'ai le droit de le répéter, et personne ne m'empêchera de le crier sur les toits.

Tout à coup la porte s'ouvrit bruyamment, et Henrique s'élança brusquement au milieu de nos personnages.

Tombant d'abord sur le fiancé, qui était à sa droite, il lui asséna sur la tête un si rude coup du pommeau de son épée, que le jeune homme s'affaissa sur lui-même en poussant un sourd gémissement.

Se ruant ensuite sur le tanneur, qui, surpris de cette brusque attaque, n'avait pas encore eu le temps de se mettre en défense, il lui roula son manteau autour de la tête et le renversa entre deux escabeaux puis il sauta sur le rebord de la fenêtre par où il était venu ; mais là, s'arrêtant debout un moment :

— Agnès, dit-il en tendant les bras à la jeune fille, prends ton enfant et viens!

Agnès fit un pas vers la chambre au berceau, comme pour obéir à l'ordre du roi, mais le corps de son père, étendu devant la porte, lui en barrait l'entrée.

Regardant alors Henrique avec un désespoir navrant :

— Mon cher seigneur, lui dit-elle, vous voyez bien que je ne puis pas vous suivre.

Peut-être Henri allait-il revenir sur ses pas pour prendre l'enfant et l'emporter lui-même, quand Tello, qui n'était qu'étourdi, se releva et courut tout chancelant à l'aide du tanneur.

Ce que voyant le roi :

— Courage, Agnès, dit-il à voix basse, Henrique veille sur toi.

Et il disparut.

Tello saisit son bâton, et s'élança sur les traces du fugitif.

Quand le tanneur fut debout, il passa sa main sur son front ruisselant de sueur, et tenant à la main la cape qu'il avait ramassée, il s'approcha de sa fille sans proférer une parole.

Son regard irrité cherchait en vain celui d'Agnès. La pauvre enfant, terrifiée, s'était laissée glisser lentement sur les genoux. Elle attendait.

— A qui cette cape? demanda rudement le tanneur en rompant enfin ce lugubre silence.

Agnès ne répondit pas.

— Où est l'homme?

— Parti ! murmura-t-elle d'une voix presque inintelligible.

— Par où s'est-il sauvé?

Agnès, sans relever la tête, allongea la main vers la fenêtre.

— Je vais m'en assurer, dit Peregil en se dirigeant vers la chambre de sa fille.

Agnès, se traînant sur les genoux, se cramponna à son père et éclata en sanglots.

Le tanneur s'arrêta.

— Ainsi, dit-il, tu mentais. L'homme est encore là, dans ta chambre?

— Non, mon père, je vous le jure.

— Tu mens! s'il n'y était pas, tu me laisserais entrer.

Et l'écartant avec violence, il pénétra dans le sanctuaire. Agnès se précipita sur ses pas, et à peine eut-elle franchi le seuil qu'elle sentit tout son être se transformer. Son sang, qui avait reflué au cœur sous le coup de ces terribles émotions, se répandit dans ses veines comme un torrent de feu; son œil éteint brilla; la voix étranglée dans son gosier revint frémissante, et elle s'étonna de la force surnaturelle dont tous ses membres semblaient doués. Ce n'était plus la jeune fille soumise et repentante qui s'agenouillait aux pieds de son père et lui demandait grâce; c'était la mère qui voyait le danger s'approcher du berceau et qui s'apprêtait à défendre son enfant.

Le premier soin du tanneur fut de tirer les rideaux, de fouiller le bahut, de regarder sous la table.

Agnès le suivait des yeux, immobile et silencieuse; mais lorsque, las de chercher en vain, il s'avança vers le lit et voulut en soulever la tenture, elle poussa un cri terrible, et, le devançant avec l'agilité d'une lionne, elle bondit sur le berceau, en enleva son fils endormi, et, le cachant pour ainsi dire dans son sein, elle alla s'accroupir aux pieds de la Vierge comme pour se faire un rempart de cette sainte image.

A la vue de cet enfant dont il n'avait jamais soupçonné l'existence, le tanneur recula stupéfait. Puis de grosses veines se nouèrent sur son front, le sang obscurcit ses yeux, une convulsion terrible fit trembler tous ses membres, et, d'une voix sourde, il demanda avec une froideur feinte, à sa fille:

— A qui le niño, Agnès?

— A moi! répondit-elle courageusement, en étreignant son fils contre sa poitrine, comme si elle eût voulu l'y renfermer et l'y soustraire à tous les regards.

Le premier mouvement de Peregil fut de se jeter sur Agnès et de le lui arracher; mais le pauvre petit, qui s'était réveillé, lui souriait candidement, mais la coupable fixait sur son père des regards limpides et fiers comme si la maternité eût couvert sa faute d'un voile sacré.

Il recula. —Oh! la malheureuse! murmura-t-il en cachant sa tête entre ses mains, et il se laissa aller à pleurer; mais secouant bientôt sa douleur, il prit une résolution suprême et releva la tête.

— Agnès, dit-il avec une majesté glaciale qu'on n'eût pas attendue de cette nature violente et vulgaire, ta mère, qui te valait bien en beauté dans sa jeunesse, a vécu en honnête femme pendant vingt ans sous mon toit, où venait pourtant nous visiter parfois la misère.

Agnès frissonna et courba la tête. La pâle image de sa mère semblait se lamenter devant elle et lui reprocher sa faute.

Peregil continua impassible :

— Et comme si la pauvre morte ne t'eût pas transmis son sang, toi à qui rien n'a jamais manqué, toi qui as eu mes épargnes pour te parer et mon cœur pour t'aimer, tu as souillé cet asile où je t'avais cachée afin de pouvoir te livrer pure à l'époux que je te réservais !

— Mon père ! mon père ! gémit douloureusement Agnès.

— Non ! je n'ai plus de fille ! poursuivit le tanneur avec effort. Ne m'implore pas, ne me supplie pas ; je ne puis te pardonner. Ainsi, ajouta-t-il en sentant ses sanglots près de l'étouffer, va-t'en !

Agnès jeta un cri d'angoisse.

— Oh ! vous ne me chasserez pas, mon père. Vous m'aimez ! vous m'aimez !

— Je ne suis plus ton père ! je ne t'aime plus, Agnès. Tu es pour moi un opprobre vivant. Va-t'en ! va-t'en !

— Non, mon père, je ne m'en irai pas avec votre malédiction.

Et elle voulut ramper vers lui ; mais Peregil, se

défiant de sa faiblesse, la repoussa du geste en disant :

— Va-t'en, Agnès, si tu tiens à la vie de ton enfant !

A cette terrible menace, la pauvre fille, éperdue, folle de terreur, s'enfuit à travers le jardin en emportant son précieux fardeau, et, sans s'arrêter dans sa course, elle quitta la maison paternelle qu'elle ne devait jamais revoir.

VI

Pendant que ces scènes singulières se passaient. la plus vive agitation règnait à l'Alcazar. Des patrouilles d'archers et d'arquebusiers sillonnaient la place et les quartiers voisins, pour dissiper, suivant l'usage immémorial, l'émeute évanouie.

La reine, enfermée dans son appartement avec le comte de Ledésma et l'infante, avait congédié ses femmes et ses principaux serviteurs ; elle ne s'inquiétait pas de l'absence du roi, qui courait habituellement la ville après souper, seul ou en compagnie de quelques débauchés pour chercher des aventures ; mais, le cœur gonflé de tristes pressentiments et de défiance, elle interrogeait don Beltran sur les incidents de la sédition, en tenant convulsivement serrée entre ses bras sa Juana bien aimée, presque endormie, qu'elle couvrait de baisers,

— Vous voyez, madame, dit le comte en riant, que cette révolte de mendiants, d'ouvriers et de sonneurs de cathédrale n'a rien de bien alarmant.

Les roquets aboient toujours aux pattes des gros chiens, mais ils se gardent bien de les mordre, car d'un coup de croc le gros chien éventrerait toute une légion de roquets.

Jeanne de Portugal soupira, et, regardant le favori avec cette surprise d'une femme intelligente qui devine tout à coup la frivolité et la nullité d'un homme cachées sous de brillants dehors, elle lui répondit doucement :

— Vous parlez bien légèrement du péril, Beltran. Je voudrais vous voir moins de confiance. La fin sanglante du puissant connétable don Alvaro de Luna, la chute soudaine du marquis de Villena et celle de l'archevêque de Tolède, devraient pourtant être un enseignement pour vous.

La Cueva sourit, et, ayant posé ses lèvres avec transport sur la main blanche de Jeanne :

— Je serai plus fort que l'archevêque et Villena, madame, dit-il, tant que j'aurai pour appui la main charmante qui les a renversés.

La reine soupira encore, mais cette fois adressant au comte un regard humide de langueur et de ten-dresse :

— Ah ! Beltran, murmura-t-elle, vous savez trouver les mots qui calment mes inquiétudes, les sourires qui arrètent mon mécontentement, mais aujourd'hui j'aurai de la volonté même contre vous, car c'est vous qui êtes en danger.

— En danger, moi, le comte de Ledesma, moi qui tiens dans ma main les trésors, l'armée, les sceaux du royaume ! répliqua-t-il en relevant orgueilleuse-

ment la tête ; moi qui suis le vrai roi de Castille,
tandis que don Henri n'est qu'un fantôme de roi !

— Ah ! don Beltran ! don Beltran ! reprit Jeanne
de Portugal avec un geste de désespoir, vous êtes un
enfant glorieux qui prenez les oripeaux de pouvoir
pour le pouvoir même. Oubliez-vous donc que la
trahison vous menace au dehors et au dedans ? Elle
s'est glissée dans les rangs des soldats qui nous
gardent, au milieu des valets qui nous servent ! elle
est là, peut-être, qui nous écoute et qui nous regarde
de ses yeux mornes à travers les murs de cette
chambre !

— Si nos ennemis paient des traîtres, nous paie-
rons des bourreaux, madame.

— Mais les bourreaux vous manqueront, don
Beltran, car l'émeute gronde de ville en ville, de
château en château, de province en province. Il y a
trois jours on se révoltait contre l'impôt à Ségovie.

— Les chefs de la révolte ont tous été pendus.

— Et malgré cet acte de prompte et sévère justice,
on m'insulte aujourd'hui, moi la reine, quand je
passe ! on insulte l'infante de Castille ; et les gardiens
de l'Alcazar n'ont pas même essayé de la défendre.

— Ceux qui ont manqué à leur devoir seront
punis ! s'écria le favori.

Au même instant on entendit monter de la cour
du palais un bruit confus d'armes et de pas cadencés
qui annonçait le retour du roi. Minuit venait de
sonner. Le comte de Ledesma, malgré son audace et
l'empire qu'il exerçait sur l'esprit de son maître,
n'eut pas le courage d'aller le rejoindre dans sa

chambre à coucher pour arrêter sur-le-champ avec
lui des mesures de rigueur que les circonstances rendaient urgentes. Les cris séditieux proférés contre sa
personne, le nom de Beltraneja dont le peuple avait
publiquement flétri l'infante, toutes ces accusations
si humiliantes pour l'honneur du roi, lui firent juger
prudent de remettre au lendemain une si embarras-
sante entrevue.

— Juana vient de s'endormir dans mes bras, dit la
reine interrompant le triste silence qui avait suivi le
retour de Henri ; Beltran, appelez doña Mencia pour
qu'elle emporte cette pauvre enfant qui a bien besoin de repos.

Au nom de doña Mencia, le comte avait légèrement tressailli :

— Vous n'aimez pas la belle Padilla, Beltran, dit en
souriant la reine. Vous êtes peut-être le seul homme
dont le front se plisse en l'apercevant.

— Bah ! je trouve qu'on exagère beaucoup sa
beauté ; elle a parfois le regard dur et cruel, et j'ai
peur que son âme ne ressemble à son regard.

— Taisez-vous, Beltran, ne calomniez pas ma meil-
lieure amie. Doña Mencia est bonne et fidèle comme
une épée bien trempée. Sa vertu rigide, voilà son
crime à vos yeux, avouez-le; mais sa vertu ne l'empêche pas d'être indulgente aux faiblesses des autres
femmes. Je ne pouvais choisir une meilleure gardienne de la chambre de l'infante, et lorsque Juana a
été malade en mon absence, elle l'a soignée avec la
tendresse et le dévoûment d'une mère.

— Aussi Juana l'aime-t-elle presque autant que

vous, madame, et les enfants ne se trompent guère dans leurs affections. Je crois comme vous que nous pouvons compter sur la fidélité de la belle Padilla.

— Appelez-la, car je suis épuisée d'inquiétude et de fatigue.

La Cueva souleva la tapisserie qui masquait la porte de la chambre de l'infante et dit à voix haute :

— La reine vous demande, doña Mencia.

La gardienne resta sourde à son appel. Deux fois encore il renouvela d'un ton plus impérieux l'ordre de Jeanne, mais vainement.

Inquiet et presque alarmé de ce silence étrange, il ouvrit la porte d'un geste brusque, mais il recula aussitôt en jetant un cri d'épouvante.

Doña Mencia était étendue sur son lit, la bouche comprimée par le nœud d'une écharpe, et quatre hommes veillaient derrière la porte, tenant à la main des épées nues qui se croisèrent sur la poitrine du comte de Ledesma.

Don Beltran crut faire un mauvais rêve. Il reconnaissait ses ennemis, et il ne pouvait les croire assez téméraires pour pénétrer de nuit dans l'Alcazar et mettre, pour ainsi dire, leurs têtes dans la gueule du lion. Une sueur froide perla sur son front, tandis qu'il fixait avec stupeur son regard troublé sur don Pacheco, marquis de Villena; don Pedro Giron, Benavente et Palencia, ces chefs redoutés de la Ligue. Comme il était brave après tout ; comme l'Alcazar restait silencieux, et ne pouvait être pris d'assaut : comme une fourmilière de mécontents ne s'agitait pas derrière les quatre ligueurs, il essaya de

sourire ; mais ses dents s'entre-choquèrent lorsqu'il
entendit Villena lui dire froidement en le voyant
porter la main à la croix de son épée :

— Pas un geste, pas un cri, ou vous êtes mort,
don Beltran !

Cependant la reine s'était levée, éperdue de surprise, d'effroi et de douleur; mais la honte et l'indignation l'emportant bientôt sur la terreur, et portant l'infante endormie dans ses bras, elle s'avança
le visage pâle, les yeux étincelants, vers les audacieux ligueurs.

— Quels sont donc les voleurs ou les assassins qui
pénètrent ainsi de nuit dans la chambre de la reine
de Castille? Ah! ils ont pris le masque de loyaux
gentilshommes incapables d'une telle lâcheté.

Don Pacheco de Villena toucha de la pointe de son
épée la poitrine du favori, et répliqua froidement:

— Cet homme nous a donné l'exemple, madame.
Il nous a précédés, et il était seul. Nous le cherchions,
et il nous a bien fallu, pour le trouver, entrer dans
la chambre de Jeanne de Portugal à l'heure où dort
son royal époux. Est-ce notre faute, madame, si vous
cachez trop bien ce parvenu sous votre manteau de
reine et si vous vous perdez pour lui?

— Insolent! s'écria la reine en jetant un regard
presque suppliant sur les compagnons du marquis.
Eh quoi! señores, laisserez-vous insulter si cruellement une femme! Hélas! une mendiante des rues
aurait droit à plus de respect et de pitié!

— Madame, vous n'avez rien à craindre de nous,
et vous le savez bien, répondit respectueusement don

Pedro Giron ; pas un de nos alliés n'oserait attenter
à la majesté de la reine. Vous êtes libre. Vous
pouvez appeler à l'aide vos massiers et vos gardes.
Faites-nous arrêter si bon vous semble ; nous ne
résisterons pas ; mais, avant de briser nos épées à
vos pieds, nous aurons tué cet homme dans votre
chambre, sous vos yeux, et ni prières, ni aumônes ne
pourront expier la honte dont ce scandale tachera
votre nom.

Jeanne de Portugal frissonna, et cherchant à re-
couvrer son sang froid :

— Mais pourquoi donc, demanda-t-elle, êtes-vous
venus tous les quatre poursuivre jusqu'ici don Beltran ? Si ce n'est sa mort ni mon déshonneur que
vous désirez, quel est donc votre dessein ?

Le marquis de Villena reprit :

— Nul ne sait notre présence à l'Alcazar, madame.
Que don Beltran nous accorde ce que nous lui demandons, et sa vie est sauve, comme votre honneur
reste sans tache.

La Cueva sortit alors de la torpeur dans laquelle
l'avait plongé cette surprise, et, regardant avec
hauteur ses adversaires, il leur dit :

— Que me demandez-vous donc, nobles coureurs
de nuit ? Ma bourse, sans doute ! Eh bien ! si gonflée qu'elle soit par les faveurs du roi, je la viderai
dans vos poches.

Don Pacheco hocha dédaigneusement la tête.

— Mon Dieu ! vous vous méprenez, seigneur.
Nous ne sommes pas des gueux engraissés d'hier à
la table royale et avides d'engraisser encore. Ce que

nous demandons, c'est un rien, une bagatelle, une signature au bas d'un acte que nous avons préparé. Vous voyez que nous ne sommes pas bien exigeants.

Le comte de Ledesma tressaillit à ces perfides paroles. Il sentit qu'il s'agissait de tomber du haut du ciel, où il brillait comme une étoile, dans les ténèbres de la foule. Il fallait abdiquer soudainement son pouvoir, et cela sans lutte, sans combat, lorsque sa main serrait encore une épée, lorsque d'un seul cri il pouvait réveiller une armée endormie. Mais tout était paralysé dans sa main par la trahison : ni l'or, ni le fer, ni la ruse ne le sauveraient de ce foudroyant désastre.

Les yeux hagards de don Beltran se portèrent vers la chambre de l'infante, et il vit doña Mencia debout contre les piliers du lit, détachant silencieusement son bâillon. Alors un rayon d'espoir réchauffa son cœur; il lui adressa un vague sourire, il se rappela qu'elle l'aimait, il pensa qu'elle allait sans bruit donner l'éveil aux soldats de garde, et il se réjouit dans son âme de l'exemplaire vengeance qu'il pourrait tirer bientôt de ses ennemis.

Mais quel ne fut pas son désespoir quand doña Mencia lui montra du doigt la reine avec un regard où luisait la flamme d'une implacable jalousie, et rattacha elle-même avec un soin cruel l'écharpe sur ses lèvres! Don Beltran comprit alors la trahison qui l'avait saisi tout-puissant et tout armé, et il s'avoua vaincu.

Cependant la reine, surprise et presque irritée de l'incroyable prostration de son amant, demanda

12

avec une fébrile impatience au marquis de Villena :

— Que contient donc cet acte, señor ?

Don Pacheco s'inclina.

— Une déclaration pure et simple par laquelle don Beltran de la Cueva reconnaît que doña Juana n'a aucun droit à la couronne de Castille.

— En vérité! murmura Jeanne en essayant de comprimer sa douleur sous une expression sardonique, il s'agit en effet d'un rien, d'une bagatelle, don Pacheco. Et pourquoi, si ce n'est pas être trop curieuse, pourquoi cet enfant, qui dort dans mes bras sans se douter du danger qui la menace, serait-elle déchue de ses droits ?

Elle regarda fixement Villena, qui ne put s'empêcher de baisser les yeux, mais qui répondit néanmoins avec une audace contenue :

— Parce qu'elle ne doit hériter que de son père, madame, et qu'en langue castillane, Beltraneja n'a jamais voulu dire fille de Henri.

A cette outrageante réplique, Jeanne sentit la fièvre monter à son cerveau et les larmes à ses yeux. La Cueva avait bondi comme si la main du marquis eût meurtri sa joue, et son épée était sortie du fourreau; mais les quatre ligueurs se jetèrent sur lui et le désarmèrent après une résistance désespérée.

— Ah! les lâches! les lâches! dit la reine; ils n'osent combattre leur ennemi au grand jour, et ils viennent de nuit, avec l'aide de la trahison, surprendre et insulter une femme! Oh! les nobles chevaliers! Vous croiriez vous dégrader, n'est-ce pas, si vous tordiez mes bras dans vos gantelets de fer, si vous froissiez mon visage du pommeau de vos épées ? mais vous n'avez point de honte de me bles- avec des injures, cette arme des félons et des lâches, moi votre reine, qui n'ai à vous opposer que des sanglots et des larmes !

Elle tremblait si fort, la malheureuse femme, que doña Juana s'éveilla, regarda tout effarée les in- flexibles ligueurs, et pleura en sentant tomber sur son visage les larmes chaudes de sa mère.

— Ah! reprit Jeanne en embrassant l'infante avec un transport douloureux, je vous en supplie, señores, ne m'outragez pas devant ma fille, ne lui apprenez pas à mépriser sa mère ; respectez l'inno- cence et la pureté d'une enfant, et je vous pardonne l'insulte qu'une femme ne pardonne jamais !

Don Pedro Giron eut pitié de ce désespoir suprème et, prenant vivement l'acte des mains de son frère, il le tendit à la Cueva en lui disant :

— Voulez-vous signer, don Beltran ?

— Jamais! répliqua dédaigneusement le favori. Signer de ma main le déshonneur de la reine, qui m'a tiré de la foule pour m'élever au pouvoir, ja- mais! Illustre grand-maître de Calatrava, deman- dez à vos chevaliers si un seul d'entre eux aurait la bassesse de commettre un tel acte d'ingratitude ? Pour la sauver de vos griffes de démon, je veux bien quitter la cour, renoncer à ma charge, engloutir ma fortune, mes honneurs, mes dignités dans le filet que vous m'avez tendu. Si vous l'exigez, je me bannirai de mon pays. Enfin, je veux bien vous aider à perdre l'orgueilleux parvenu Ledesma; mais, les pieds dans

la flamme du bûcher, je ne consentirais pas à entraîner la reine Jeanne dans ma ruine.

Et en même temps il déchira avec indignation
l'acte odieux qu'on lui proposait de signer.

— Soit! dit d'un air railleur le marquis de Villena
qui ne put cacher tout à fait son désappointement. Ce
sont là de beaux et chevaleresques sentiments qu'une
noble dame doit être fière d'inspirer; mais si vous
avez espéré vous soustraire ainsi à notre justice,
vous vous êtes trompé. Nous épargnons votre vie
parce que nous ne voulons être ni vos juges ni vos
bourreaux; nous nous contenterons du rôle d'accu-
teurs. Une main plus puissante et plus souveraine
que la nôtre s'appesantira sur vous. Don Beltran,
vous resterez prisonnier dans cette chambre où nous
vous avons surpris, jusqu'à ce que le roi don Henri,
notre gracieux maître, ait décidé de votre sort.

— Oh! c'est une vaine menace, n'est-ce pas?
dit Jeanne de Portugal en saisissant le bras du ligueur; mais vous ne l'accomplirez pas. Vous êtes
d'une vieille race noble et loyale; vous ne dénonce-
rez pas une femme à son mari; vous ne descendrez
pas à ce métier honteux de délateur, qui est en exé-
cration dans notre pays chrétien. On a horreur des
Judas, vous le savez, don Pacheco. On ne pardonne
pas même à la mère misérable qui trahit son pro-
chain pour nourrir du salaire sanglant de la trahison ses enfants affamés. Votre main ne toucherait
pas celle du juif rapace et du Maure impie qui trafiquent du sang de leurs hôtes. Et vous don Pacheco,
vous qu'on appelle le grand marquis de Villena,

vous livreriez une femme, votre reine, à un déshonneur ineffaçable, à une vengeance terrible, parce
qu'elle a gêné un instant votre ambition ou froissé
votre orgueil ? Non ! c'est impossible.

— Ordonnez à votre ancien page de signer l'acte
que nous avons préparé d'accord avec tous nos confédérés, madame, répondit don Pacheco avec une
fausse émotion dans la voix, et le roi ne saura pas
que son favori s'est attardé cette nuit dans la chambre de la reine.

— Ne priez donc plus cet homme, madame, dit
don Beltran avec mépris. Les traîtres qui travaillent
pour eux-mêmes sont bien plus vils, plus lâches
et plus cruels que ceux qui servent la haine d'au-
trui.

Jeanne de Portugal retomba accablée sur ses carreaux de brocard, n'ayant plus ni espoir ni pensée,
et attendant son sort comme une créature inerte.
Elle suivit de ses yeux atones les quatre ligueurs qui
sondaient du pommeau de leurs épées les murs, les
tapisseries et les dalles, comme s'ils eussent craint
que cette chambre ne recélât quelque refuge mystérieux.

Cette précaution était d'autant plus inutile qu'ils
savaient par doña Mencia qu'aucune issue secrète ne
pouvait favoriser l'évasion d'un prisonnier refermé
dans cette cage dorée.

Ils s'inclinèrent ensuite devant la reine et sortirent.
Le marquis de Villena se dirigea aussitôt vers l'appartement du roi, tandis que don Giron gardait la
porte de l'infante, et que les deux autres seigneurs

12.

surveillaient l'entrée qui conduisait aux chambres des femmes.

Dès qu'ils furent seuls, Jeanne et don Beltran se regardèrent comme deux condamnés à mort qui espèrent encore trouver l'un chez l'autre une chance de salut. Le gladiateur livré aux bêtes dans le cirque romain comptait, jusqu'au dernier battement de son cœur, sur la pitié de César, ou des Vestales, ou du peuple; il comptait sur un incendie, sur un tremblement de terre, que sais-je ? Jeanne se disait, admirant la beauté de la Cueva : — Que je l'aime ! et pourtant il va mourir à cause de moi ! Don Beltran pensait, lui : Je dois à l'amour de cette femme une merveilleuse fortune, mais je vais payer de ma vie cet amour et cette fortune. Si je n'avais pas dédaigné la tendresse de doña Mencia, je ne serais point, à cette heure, à la merci de ces traîtres ligueurs !

Mais il se garda bien de laisser échapper cette pensée égoïste. Il était résolu à jouer jusqu'au bout le rôle d'amant passionné; et au regard humble et désespéré de la reine qui semblait lui demander pardon, il ne répondit que ces mots :

— Oh ! si ma mort pouvait seulement vous rendre l'honneur !

— Mon Dieu ! murmura la reine, j'ai donné l'exemple du scandale et Dieu me frappe; il est juste, et quel que soit le châtiment, je ne me révolte pas contre sa justice. Mais je souffre, Beltran, en pensant que mon amour, dont je voulais vous protéger comme d'une égide, est devenu votre condamnation. Si pour racheter votre vie, ces hommes avaient

exigé que je fisse confession publique de mes fautes,
m'accusant et m'humiliant comme la dernière des
pécheresses, eh bien! j'y aurais consenti, Beltran.

— Taisez-vous, madame! interrompit la Cueva en
montrant à Jeanne de Portugal l'infante qu'elle oubliait, et qui, assise sur un coussin, pleurait silencieusement, car elle comprenait bien qu'un grand
danger menaçait ceux qu'elle aimait. Ses mains
frêles jouaient machinalement avec un anneau d'argent incrusté dans une dalle voisine du mur extérieur. Le favori la regardait avec cette attention
puérile qu'on remarque souvent chez les gens absorbés par une pensée fixe et trop lourde pour leur
cerveau.

— A quoi sert cet anneau, doña Juana? demanda-
t-il d'un ton indifférent à l'infante.

— A soulever cette dalle, sous laquelle se trouve
le réservoir qui fournit l'eau à la salle de gypse où
sont les bains, répondit la jeune princesse.

— Le réservoir! répéta don Beltran, tandis qu'un
rayon de joie illuminait son charmant visage; mais
c'est une issue pour fuir, mais vous êtes sauvée, madame!

Et d'une main ardente il tira l'anneau d'argent et
ébranla la dalle.

— Impossible, don Beltran! c'est impossible, dit
la reine. Quand le réservoir est vide, le passage est
à peine assez large pour un enfant, du côté de la
salle de gypse; et du côté opposé, ce n'est qu'un
étroit conduit par lequel les eaux vont se dégorger

dans le fossé, au bas du mur extérieur. Et maintenant, le réservoir est rempli d'eau ; cette eau est glacée ; mieux vaut mourir d'un coup d'épée que de vous ensevelir dans cette tombe pleine de ténèbres, où le froid vous saisira, où l'eau montera peu à peu à vos lèvres et étouffera votre dernier soupir, où votre dague s'émoussera contre les pierres sans pouvoir les disjoindre et vous livrer passage.

— Ne cherchez pas à ébranler ma résolution, Jeanne, répondit fièrement la Cueva. Dieu m'accorde le moyen de sauver votre honneur de femme et de reine, ce n'est pas moi qui le rejetterai. Mieux vaut mourir dans cet abîme, vous dis-je, en trompant la haine de nos ennemis, qu'en affrontant la douleur du maître confiant que j'ai trahi.

— Beltran ! Beltran ! murmura Jeanne de Portugal en se tordant les mains, si j'ai encore quelque pouvoir sur votre cœur, je vous défends de vous sacrifier pour moi !

— Vous voulez donc, madame, que le roi me trouve ici et que je tombe comme un coupable à ses pieds, insulté par les rires et les huées des compagnons de Villena ? Vous voulez que la peur m'entraîne à vous infliger une honte publique pour prix de l'affection dont vous m'avez honoré ? Non, madame ; dussé je laisser ma vie dans cette épreuve, dussé-je rougir de tout mon sang l'eau mortelle qui dort sous cet dalle, je m'y laisserai glisser en remerciant Dieu.

La reine s'avança vers lui, et, serrant ses mains dans les siennes ;

— Beltran! murmura-t-elle d'une voix éteinte, ayez pitié de moi!

La Cueva la serra dans ses bras par une étreinte passionnée, puis il posa ses lèvres sur le front de l'infante, et montrant la porte de la chambre des femmes :

— On vient, Jeanne! on vient! murmura-t-il. Ne trouvez-vous pas qu'il est glorieux de fuir pour sauver, au prix de sa vie, l'honneur de ceux qu'on aime? Priez pour moi toutes deux, et que cette dalle retombe sur ma tête comme la pierre de mon tombeau!

Il souleva aussitôt la dalle d'une main vigoureuse et ne put s'empêcher de pâlir en voyant s'ouvrir la bouche du gouffre noir et profond où l'attendait un linceul humide et glacial; mais le bruit des pas se rapprochait, et sans hésiter don Beltran se laissa tomber dans le réservoir, dont l'eau tourbillonna sous sa chute avec des murmures lugubres.

Jeanne retenait la dalle inclinée, et, penchée sur l'ouverture du réservoir, écoutait avec angoisse, attendant qu'un gémissement, un cri de détresse ou une parole de bon augure montât jusqu'à elle; mais on heurta rudement à la porte. Elle n'eut que le temps de laisser retomber la dalle, puis, prenant dans ses bras doña Juana qu'elle couvrit de baisers et de larmes, elle essaya de retrouver un peu de sang-froid pour recevoir son mari avec la sérénité d'une femme innocente.

Le roi resta un instant sur le seuil, le front soucieux et l'œil plein d'éclairs. Il était enveloppé dans une longue robe de velours noir, il avait les pieds nus dans ses mules, et tenait sous son bras une épée sans fourreau. Il embrassa la chambre d'un regard soupçonneux; mais le calme apparent de Jeanne, qu'il trouvait seule avec sa fille, dissipa aussitôt la défiance dont on l'avait armé.

Il se tourna vers le marquis de Villena et lui dit avec une sorte d'ironie sévère

— Où donc, Pacheco, avez-vous caché cet illustre prisonnier que vous m'avez promis?

L'homme d'État, déconcerté, fouillait la chambre des yeux tandis que les autres confédérés, stupéfaits de la disparition inouïe de don Beltran, soulevaient les rideaux et les tapisseries, remuaient les bahuts, les coffres et les coussins, et rayaient les murs de la pointe de leurs épée comme s'ils eussent pensé que le favori avait trouvé un asile dans leur épaisseur.

— Il y a magie et sortilége! s'écria don Pedro Giron. Sire, mon frère vous a dit la vérité. Tout à l'heure la Cueva était dans cette chambre.

— Pour vous croire, grand maître, il faudrait supposer que ce pauvre Beltran a eu le talent de se fabriquer des ailes, répliqua Henri en éclatant de rire.

La reine se leva.

— Sire, dit-elle d'une voix émue, avez-vous donc autorisé ces déloyaux gentilshommes à violer l'asile de votre femme et à l'outrager en votre présence? Leurs calomnies, inspirées par la haine, seront-elles plus puissantes que la vérité même, et en croirez-vous moins vos yeux que leurs serments de traîtres?

Sire, je vous demande justice de cette accusation
lâche et infâme.

— Señores, dit le roi embarrassé, vous affirmez
et la reine nie. Que croire? Je ne puis la condamner
sans preuves et sans autres témoins que ses accusateurs.

Déjà Jeanne se croyait sauvée. La bonhomie sardonique de Henri la rassurait complétement; mais
Villena surprit cette pensée sur son visage, et comme
il ne voulait pas abandonner sa vengeance au premier échec, il répliqua avec une feinte indifférence :

— Sire, il y a ici un autre témoin que vous ni la
reine ne récuserez.

— Et ce témoin? demanda Henri avec une inquiète curiosité.

— Le voici, mon gracieux maître! dit don Pacheco
en montrant l'infante, qui se pressait pâle et tremblante contre sa mère.

La reine devint livide.

Elle savait sa Juana douce et pieuse, ayant horreur du mensonge comme d'un péché, et sans doute
l'enfant ne comprenait pas la portée terrible de sa
réponse. Quant à l'avertir par un geste, par un regard, c'était impossible. Il y avait quelque chose
d'horrible dans cette dénonciation imposée à la fille
contre sa mère, à la fille innocente agissant sans
conscience de son action. Les ligueurs eux-mêmes
sentirent combien était révoltante la proposition
du marquis de Villena, et baissèrent involontairement les yeux devant le regard étonné et candide de
doña Juana.

Cependant l'insistance du marquis avait réveillé
les soupçons de Henri. Il s'étonnait d'une obstination
si impitoyable, et se demandait si une ambition
effrénée pouvait pousser des gentilshommes jusqu'à
une si impudente imposture. Il souffrait d'interroger
l'enfant, mais il comprima cette défaillance de son
caractère doux et léger, attira doña Juana près de lui,
caressa ses cheveux et lui dit d'une voix troublée :

— Ma bonne Juana, tu ne voudrais tromper ni
Dieu ni ton père, n'est-ce pas? Eh bien ! réponds-
moi comme à ton confesseur. Le comte de Ledesma
était-il dans cette chambre lorsque ces loyaux seigneurs y sont entrés ?

L'infante regarda furtivement sa mère, et fut
effrayée de sa pâleur sinistre. Elle comprit, par cette
sorte d'intuition qui éclaire parfois miraculeusement
les plus jeunes esprits, que sa réponse pouvait la tuer,
et, souriant au roi avec une angélique douceur, elle
répondit au milieu d'un silence de mort :

— Don Beltran a été bien bon pour moi, mon
père; il m'a tirée des mains de ces méchants qui
criaient sur la place de l'Alcazar, et il m'a ramenée
à ma mère.

— Et puis ! insista le roi, penché sur le front de
l'enfant et dévorant ses paroles.

— Et puis? je me suis endormie; mais je le voyais
encore dans mon rêve.

— Et lorsque tu t'es réveillée, Juana?

— J'ai vu un homme debout devant ma mère,
l'épée nue, et je me suis mise à pleurer, la figure
cachée dans ses mains.

— Et cet homme, tu l'as reconnu, et tu vas me le nommer, n'est-ce pas? demanda le roi de sa voix la plus caressante, l'œil fixé sur le regard pur de l'infante.

— Cet homme, c'était le marquis de Villena qui nous menaçait, dit Juana en jetant ses bras autour du cou de Henri. Mon père, protégez-nous ! défendez-nous.

Don Pacheco furieux s'écria :

— Elle ment, elle vous trompe, sire. Soyez-lui plus sévère, et elle confessera la vérité.

Mais le roi, ému de la caresse naïve de l'enfant, haussa les épaules et dit brusquement :

— Allons donc, marquis! Faut-il maintenant, pour vous complaire, torturer ma fille et lui arracher de force un mensonge contre sa mère? J'ai été trop complaisant envers vous lorsque j'ai prêté l'oreille à vos accusations ; mais je tenais à vous confondre. J'espère que désormais vous ne persisterez pas dans vos attaques contre mon ministre, et que vous saurez respecter mon choix.

Villena accablé courba la tête; mais au même instant, le grand maître de Calatrava poussa un cri de surprise. Du bout de son épée, il venait de relever un coin du tapis et de découvrir l'anneau d'argent de la dalle du réservoir.

— Sire, dit-il résolûment, notre perquisition n'est pas finie. Il doit y avoir à cette place une issue secrète par où don Beltran a pu s'échapper.

— Vous êtes fou, don Pedro, répliqua sévèrement Henri. Ah! vous appelez cela une issue! C'est le

13

réservoir des bains de la reine, un ouvrage des rois
maures de Tolède. L'homme qui aurait le malheur
d'y tomber serait aussitôt noyé ou étouffé. Un serpent seul pourrait peut être y ramper et en sortir.
Au reste, si l'un de vous veut y poursuivre son
ennemi, ajouta-t-il en souriant à cette idée, libre à
lui ! Le roi vous le permet, señores !

Don Pedro Giron avait soulevé la dalle, et les
quatre ligueurs, penchés sur le gouffre obscur, fris-
sonnèrent malgré toute leur audace.

— En effet, pour se jeter dans cet abîme, observa
le marquis de Villena, il faudrait avoir plus de courage que n'en a montré jusqu'à ce jour le brillant
favori du roi. Du reste, s'il avait poussé l'héroïsme
jusque-là, nous serions sûrs de ne plus le rencontrer
sur notre chemin. Il ne nous reste plus, sire, qu'à
prendre congé de vous et à souhaiter que le comte
de Ledesma attire sur votre tête les bénédictions de
vos peuples.

— Trêve de raillerie, don Pacheco, dit alors Henri
en lui montrant une vingtaine de *ballesteros de maça*
qui gardaient les portes. Puisque vous ne m'avez pas
livré le prisonnier que vous m'aviez promis, je devrais vous retenir tous quatre en ôtages ; je devrais
même vous faire juger comme traîtres à votre roi
et comme ayant forfait à vos serments de respect et
de fidélité. Mais je ne suis pas d'humeur cruelle et
tyrannique, et je veux bien vous laisser libres de
fomenter quelque nouvelle ligue contre moi ; cependant je mets une condition à mon indulgence. Vous
avez accusé et outragé la reine. Eh ! bien ! vous allez

vous agenouiller devant elle, confesser la fausseté
de vos accusations et lui demander grâce ; sinon,
par saint Jacques ! tout débonnaire que je sois, mes
fiers seigneurs qui portiez si haut la tête cette nuit,
je vous la ferai porter demain aussi bas que la terre
foulée par vos pieds.

Les ligueurs, exaspérés, frémissaient d'être obli-
gés de subir cette humiliation. S'agenouiller devant
cette femme dont ils avaient repoussé les prières et
méprisé les larmes ! Mais ils sentaient bien qu'ils
avaient perdu la partie et que le roi leur tiendrait
parole. La disparition surnaturelle de don Beltran
les mettait à la merci de Jeanne.

Pour se venger, d'ailleurs, il fallait vivre.

Tous quatre s'agenouillèrent devant la reine.

— Accordez-nous un charitable pardon, madame,
dit le marquis de Villena en lui baisant la main,
qu'elle retira avec horreur. Que Dieu punisse ceux
qui ont menti et fasse triompher la vérité ! La haine
a sans doute trompé nos yeux et nos oreilles. Nous
avons eu tort d'outrager une femme et une enfant.
Nous reconnaissons humblement notre faute, et
nous jurons de n'avoir désormais affaire qu'aux
hommes qui nous ont offensés !

Une menace était cachée sous ces paroles d'amende
honorable, et Jeanne de Portugal le comprit parfaitement ; mais le regard du roi lui ordonnait l'indulgence, et elle dut se contenter de ces perfides
excuses. Quant à Henri, il pardonnait, parce qu'il
n'osait frapper de si grands coupables, dont la
mort aurait mis tout le royaume en insurrection. Il

se sentait chanceler sur son trône, et il croyait qu'en s'y endormant, il le trouverait plus solide au réveil.

Les confédérés se retirèrent, et doña Mencia vint chercher l'infante qui s'endormit bientôt de lassitude. Jeanne, dévorée par l'angoisse, sentait la fièvre brûler son sang. Dès que le roi l'eut quittée, en lui promettant de nouveaux honneurs pour ce pauvre Ledesma, si indignement calomnié, elle resta courbée sur la dalle du réservoir. Immobile, retenant son souffle, écoutant si une plainte, un cri, un soupir, s'échappait du gouffre, les minutes pesaient comme des années sur son cœur, et ses cheveux trempés de sueur se collaient à ses tempes ; mais le silence inexorable répondit seul à cette douloureuse attente et quand vint le jour, elle se releva en disant :

— Désormais, c'est un mort qui habitera mon cœur. O Beltran ! Beltran ! pourquoi ne t'ai-je pas forcé de signer cet acte qui me déshonorait ? J'aurais été chassée du trône, chassée de l'Alcazar, chassée de la Castille ; mais j'aurais emporté ma fille dans mes bras, et tu vivrais, Beltran, tu vivrais... je ne t'aurais pas tué !

VII

Le vendredi-saint, c'est-à-dire le lendemain même
de la sédition avortée, la bonne ville de Tolède se
réveilla sous le coup d'une nouvelle étrange. Arti-
sans, bourgeois et gens d'épée, tous apprenaient
confidentiellement d'un voisin, à l'instant où ils
apparaissaient sur le seuil de leur logis, le récit
amplement commenté des événements de la nuit;
de sorte que cette confidence, successivement col-
portée de bouche en oreille, avait fait en moins de
deux heures, le tour de la ville. On disait que le
comte de Ledesma, surpris de nuit par les chefs de
la Ligue, à l'Alcazar, dans la chambre de la reine,
s'était enseveli vivant dans le réservoir aux Étuves
pour sauver l'honneur de sa complice.

D'officieux courtisans ne tardèrent pas à infor-
mer le roi de tous les bruits fâcheux qui couraient
par la ville. Henri s'empressa d'envoyer quérir don
Beltran de la Cueva, afin que sa présence donnât un
démenti éclatant à ces sourdes rumeurs; mais les

serviteurs du favori déclarèrent que leur maître était absent depuis la veille et qu'ils l'avaient vainement attendu toute la nuit.

Cette absence, qui coïncidait si malheureusement avec les bruits qu'on se plaisait à répandre, jeta d'inquiétantes préoccupations dans l'esprit incertain du roi ; ce trouble se refléta sur son visage si bien que les courtisans se demandèrent s'il assisterait en personne, comme il l'avait promis aux délégués des *nazarenos,* à la grande procession qui devait avoir lieu, le soir même, dans les rues de Tolède, à l'occasion des jours saints.

Or, les apprêts de cette fête avaient été ordonnés par le roi depuis le dimanche des Rameaux.

La semaine sainte était alors, en Espagne, un temps de joie et de tumulte bizarres. En effet, les processions y étaient fameuses par leurs extravagances, plus dignes du paganisme que de l'austère et toute spirituelle religion du Christ. On voyait au premier rang des dévots dont le fanatisme exalté égalait celui des derviches tourneurs de Mahomet et des faquirs mutilés de l'Inde ; le visage masqué et nus jusqu'à la ceinture, ils se flagellaient avec des disciplines hérissées de piquants de fer, et faisaient jaillir le sang de leur corps avec un enthousiasme convulsif. D'autres représentaient les apôtres, décorés de longues perruques de chanvre, tenant à la main des livres de grimoire et portant derrière la tête un miroir pour signifier qu'ils savaient l'avenir.

Les juifs y étaient représentés sous les formes les plus grotesques et les plus ridicules.

Les *nazarenos* qui composaient le gros du cortége étaient vêtus comme nos pénitents du Languedoc, mais ils traînaient de plus à la bordure de leurs robes une queue longue de près de quarante pieds. De sorte que trois *nazarenos* pouvaient occuper la longueur d'une rue, ce qui était fort édifiant.

Il y avait là de quoi faire grandement diversion à l'aventure qui tenait en suspens la curiosité des Tolédans.

Pendant que le populaire glosait malignement sur la disparition de Ledesma, deux femmes en mouraient de douleur.

L'une, c'était Jeanne. Elle pleurait l'amant qui s'était généreusement dévoué pour elle, et se demandait dans sa profonde amertume comment elle pourrait jamais oublier celui qu'elle avait tant aimé, comment elle comblerait jamais le vide qui venait de se creuser tout à coup dans son cœur.

Pendant cette longue nuit de désolation, elle n'avait cessé de pleurer ou de prier, agenouillée devant l'image du Christ; aussi quand vint le jour, il la surprit calme et résignée dans son désespoir.

L'autre, c'était doña Mencia de Padilla, qui, roulée sur ses carreaux de velours, se disait avec une sourde fureur.

— Je l'aimais, et je ne le verrai plus ! Je l'aimais, et c'est moi qui l'ai tué.

Et son visage se contractait comme celui d'une femme en pleurs ; mais son œil restait vide; les larmes montaient vainement de son cœur à ses yeux ; elles ne pouvaient franchir cet ardent foyer qui les

dévorait au passage. C'était la tempête de vent et de
sable mêlée d'éclairs, à qui manquent pour se calmer quelques gouttes de pluie.

Depuis que cette femme altière avait assouvi sa
vengeance, il lui semblait qu'une lave ardente rem-
plaçait le sang dans ses veines, et que les Furies,
ces trois inexorables filles de la Nuit, secouaient,
comme pour en aviver la flamme, leurs torches
ardentes sur son cœur.

Elle venait de donner asile au remords, qui devait
être désormais son hôte et son maître, — au remords
qui disait sans pitié : « Mencia, tu étais folle d'amour,
tu aurais donné ta vie pour un tendre et loyal
sourire de don Beltran ; eh bien ! sa dernière pensée,
son dernier souffle se sont exhalés en une malédiction
qui va peser éternellement sur la tête ! »

Alors, à son tour, elle se demandait avec épouvante :

— L'âme voit-elle donc à travers la pierre de son
tombeau ! Y a-t-il donc quelque lien fatal et terrible
qui attache mystérieusement le mort au vivant, la
victime au bourreau ?

Et ce doute était son châtiment.

Doña Mencia s'absorbait depuis longtemps dans
ces dévorantes rêveries, lorsqu'elle entendit gratter
doucement à sa porte.

Ce bruit, si léger qu'il fût, la fit frissonner de la
tête aux pieds.

Elle souleva la tapisserie d'une main tremblante,
car elle en était venue à s'effrayer de tout, tellement,

depuis la disparition de Ledesma, que son imagination se peuplait de visions étrangers.

Une tête blonde et rose se glissa dans l'entre-bâillement de la porte.

C'était un tout jeune page qui venait lui annoncer, avec un gracieux sourire, que la reine la demandait sur-le-champ.

La vue de cet enfant si frais et si candide lui fit un mal affreux. Laissant tomber sur son miroir d'acier poli un regard d'envie :

— Que de ravages déjà, rien qu'en une seule nuit! murmura-t-elle; mais se souvenant qu'elle était attendue, elle répara à la hâte le désordre de se toilette et se rendit chez la reine.

Jeanne, en voyant doña Mencia, sentit se renouveler sa douleur, et lorsque sa confidente s'inclina respectueusement devant elle, la malheureuse femme se prit à pleurer en s'appuyant sur son épaule.

La belle Padilla recueillait avec une joie cruelle ces larmes amères ; elle les sentait tomber goutte à goutte sur son cœur blessé, comme un baume souverain, et retrempait pour ainsi dire son courage au désespoir de sa rivale.

— Mencia, dit enfin Jeanne de Portugal, il est dans Tolède une pauvre maison, bien humble, bien solitaire, qui n'attire ni le regard des passants ni l'envie des voisins, mais qui a été souvent pour moi le paradis des heures furtives. La sibylle qui l'habite n'y a jamais vu entrer d'autre femme que moi. Tu vas m'y suivre, car j'aurai besoin que tu m'aides à accomplir le serment que j'ai fait cette nuit.

Elle ouvrit une boîte d'ébène, y prit trois petites clefs passées dans un anneau d'or, et, s'étant masquée, elle sortit par les jardins de l'Alcazar, suivie de doña Mencia, qui ignorait encore où la conduisait la reine.

Après quelques détours propres à égarer les pas des espions, Jeanne s'arrêta à l'extrémité du vieux pont devant une petite porte basse qu'elle ouvrit, et entra dans une sorte de clos rempli d'herbes et de plantes parasites, d'arbres aux branches échevelées et de flaques d'eau dormante. Au bout de ce jardin inculte semblait se cacher, comme une baigneuse inquiète, une petite maison envahie par un sombre manteau de lierre, dont toutes les fenêtres étaient soigneusement fermées et dont le pied des murs extérieurs verdissait dans l'eau trouble du fleuve Jeanne en ouvrit la porte et pénétra dans l'étroit vestibule. Le plus profond silence y régnait.

Elle appela Théodora, la vieille nourrice de don Beltran, qui habitait seule ce logis ; mais Théodora ne répondit pas , la maison était déserte.

La reine continua d'avancer et se trouva bientôt dans une petite chambre somptueusement meublée.

A peine doña Mencia en eut-elle franchi le seuil, qu'elle tressaillit et qu'un tremblement nerveux agita tout son corps.

Elle venait de reconnaître cette chambre.

Sans s'en douter, elle était entrée plusieurs fois dans ce pauvre logis par une porte donnant du côté du vieux pont, tandis que la reine connaissait seulement celle qui s'ouvrait sur une petite rue déserte servant de limite au jardin.

— Mencia, dit Jeanne sans remarquer l'émotion de la jeune femme, cette maison appartient au comte de Ledesma ; c'est ici que j'ai osé le visiter plusieurs fois en secret, au risque de mon honneur, pour oublier un instant la servitude de mon rang et déposer ce masque de reine qui m'étouffe. Ici du moins l'espionnage, qui colle ses yeux et ses oreilles aux plis de mes rideaux à l'Alcazar, ne pouvait escalader les murs. J'ai voulu voir une dernière fois cette chère et humble petite maison, gardée par la nourrice de don Beltran. Ah ! je me suis assise souvent heureuse et souriante sur ces carreaux épars à terre !

Doña Mencia détourna la tête comme si elle eût voulu cacher une larme.

— Que de fois, continua la reine, j'ai effleuré de mes lèvres le pur cristal de cette coupe et trempé le bout de mes doigts dans l'aiguière d'or de ce dressoir !

Un sourire plein d'une amère ironie crispa le coin de la bouche de Padilla.

— Et moi aussi, pensa-t-elle, j'ai bu dans ta coupe de cristal !

— Ce vase encore tout chargé de fraîches fleurs, reprit Jeanne, a parfumé bien souvent nos heures d'oubli et d'enivrement. Je les effeuillais, absorbée dans une extase rêveuse qui m'ouvrait le ciel, et il restait agenouillé devant moi, ne me parlant qu'avec son regard si tendre.

Pendant que la reine s'oubliait ainsi dans ses souvenirs, doña Mencia la couvrait d'un œil haineux, car tout ce qui était une consolation pour l'une de ces femmes devait être une poignante douleur pour l'autre.

— J'ai voulu revoir cette maison une fois encore, poursuivit Jeanne de Portugal, afin de dire un dernier adieu à toutes les choses aimées que j'y retrouve, afin de les baiser saintement et de les anéantir ensuite. Je ne conserverai pas une lettre, pas une boucle de cheveux, pas une fleur. Don Beltran a préféré la mort au déshonneur de celle qu'il aimait; il ne faut pas que le sacrifice accepté par ce noble cœur soit perdu. Apporte-moi, Mencia, ce coffre d'acier ciselé dans lequel sont enfermés tous ses gages d'amour.

Padilla le prit lentement, avec une sorte d'hésitation, et le déposa silencieusement devant la reine.

Jeanne le contempla un instant sans l'ouvrir, puis elle en fit jouer le ressort et en souleva le couvercle.

— Fleurs flétries sous ses baisers, dit-elle, lettres mouillées par ses larmes, et vous diamants et joyaux dont il était si fier, parce que vous étiez les dons de mon amour, je viens vous voir une dernière fois! Rêves évanouis, illusions déçues, espérances éteintes, adieu! Hier, pourtant, vous étiez un délicieux souvenir que je me plaisais à évoquer, et je vous aimais; aujourd'hui vous n'êtes plus qu'un témoignage vivant et irrécusable de ma faute, et vous m'épouvantez.

Doña Mencia, froide et impassible, regardait sa rivale. Après un instant de silence :

— Sais-tu bien, ajouta Jeanne, que si par fatalité

une seule de ces lettres écrites de ma main, signées de
mon prénom, et adressés à don Beltran de la Cueva,
tombait un jour au pouvoir de ces ennemis puissants
qui s'acharnent à me poursuivre dans l'ombre, la
reine serait perdue?

La confidente de la reine de Portugal releva tout
à coup la tête comme un serpent engourdi qui se réveille sous le pied du voyageur, et un éclair de joie
sinistre illumina son pâle visage. Une mauvaise pensée
venait de lui traverser l'esprit. Peut-être allait-elle
enfin pouvoir se venger de sa rivale.

— Aussi, dit la femme de Henri, je veux tout détruire.

— Aurez-vous ce courage, madame? demanda
doña Mencia froidement, en attachant sur Jeanne
un regard sombre et profond.

— C'est parce que j'ai douté de mon courage que
je t'ai amenée, Padilla; tu m'aideras à accomplir
cette douloureuse tâche. Ranime ce brasero et prends
sur le dressoir ma coupe de cristal.

La jeune femme déposa la coupe sur la table, et
après avoir secoué la cendre du réchaud, elle le ra-
viva au moyen d'un tube d'argent.

Aussitôt des milliers d'étincelles s'en échappèrent
et retombèrent en pluie de feu sur l'une des mains
de la belle Padilla. Quoique la brûlure fût vive et cuisante, elle ne se plaignit pas, tant chez cette créature
passionnée les douleurs de l'esprit dominaient celles
du corps.

Pendant ce temps, Jeanne avait tiré du coffre un
petit nœud de ruban à demi consumé par le feu.

— Voici la première page de notre histoire d'amour, dit-elle avec un soupir en faisant allusion à la bizarre circonstance qui avait été l'origine de la haute faveur de don Beltran. Singulière destinée ! Il va finir comme il a commencé : par la flamme !

Et se levant avec un geste de suprême résignation, elle s'approcha du brasero, au feu duquel elle offrit en holocauste les restes du nœud de satin rose. La soie se tordit en brûlant et murmura comme une plainte. Jeanne s'arrêta toute troublée.

— As-tu entendu, Mencia? demanda-t-elle.

— Oui, señora, répondit Padilla espérant exploiter à son profit l'émotion de la reine ; non-seulement je l'ai entendu gémir, mais encore il m'a semblé le voir se tordre douloureusement entre vos mains souveraines.

— N'est-ce qu'une illusion ou bien est-ce un pressentiment? dit la reine avec angoisse.

— Je ne sais, répliqua la perfide confidente, mais à votre place je ne consentirais plus, maintenant, à me séparer de ces touchants souvenirs. A mon avis, ce qui vient de se passer est de sinistre augure.

— Mais, imprudente, que veux-tu que je fasse de ces gages si chers et si dangereux? Où veux-tu que je les cache, moi dont la chambre royale est ouverte à tous?

— C'est un dépôt périlleux, je le sais, mais si ma maîtresse m'ordonnait de l'emporter sous la promesse d'un secret inviolable, et de le cacher assez mystérieusement pour n'éveiller aucun soupçon, au risque de ma vie, je n'hésiterais pas un instant...

Et la belle Padilla tendait déjà ses mains avides vers le coffre.

Jeanne l'arrêta doucement.

— Non, dit-elle en secouant tristement la tête, car si par malheur un de mes ennemis parvenait à pénétrer notre secret, je craindrais, ma bonne Mencia, que la vengeance de tous ceux qui haïssent le pauvre Ledesma ne retombât sur toi !

— Oh ! gardé par nous deux, reprit la jeune femme avec insistance, ce secret serait bien gardé, je vous le jure. Et d'ailleurs, d'un seul mot, señora, ne puis-je pas confondre vos accusateurs ?

— Comment cela ? demanda la reine avec surprise.

— Don Beltran de la Cueva m'a aimée, moi, doña Mencia de Padilla, et a fait serment de n'aimer que moi. Don Beltran avait choisi la petite maison du vieux pont pour l'asile discret de nos rendez-vous, et tous ces souvenirs m'appartiennent. J'ai arraché à ce vase les fleurs dont nous tressions nos couronnes ; j'ai foulé sous mes pieds ces coussins de Tunis. Ici j'ai oublié auprès du parvenu mon nom et ma race ; l'amour a triomphé de l'orgueil et de l'honneur. Oui, continua-t-elle avec emportement, pour lui j'ai perdu mon âme.

Jeanne fixa avec stupeur ses grands yeux bleus sur les noires prunelles de doña Mencia.

— Oui, reprit Padilla avec un calme souriant qui était loin de son cœur, voilà ce que je dirais s'il le fallait pour sauver l'honneur de la reine.

Jeanne se leva, pâle de la terreur jalouse qu'un seul instant de doute avait jetée dans son esprit.

— Et voilà justement ce que je ne veux pas que tu dises! Quoi! lorsque tout Tolède, lorsque toute l'Espagne sait que j'ai aimé don Beltran, tu irais proclamer toi, malheureuse, qu'il me trompait pour une de mes femmes! je suis jalouse et fière de son amour, Mencia, et je ne souffrirais pas que tu fisses un mensonge qui t'avilirait sans me rendre l'honneur. Non, je ne voudrais pas que tu me sauvasses au prix de cette infamie. Le soleil ne sera pas couché à l'horizon que de tout ce que renferme ce coffre il ne restera que cendre et poussière. A l'œuvre, Mencia! tu m'as rendu mon courage, et je serai sans pitié maintenant.

— Nous anéantirons selon votre désir, señora, ce qui peut se détruire par la flamme, repartit la belle Padilla en dissimulant son mécontentement; mais que ferons-nous de l'or que nous ne pouvons fondre, des pierreries que nous ne pouvons broyer?

— Nous les déposerons d'abord dans cette coupe, puis j'irai louer une des barques amarrées sous le vieux pont; j'ordonnerai au batelier de descendre lentement le fleuve, et pendant le trajet je sèmerai dans le mouvant sillon que la barque trace après elle tout ce qui aura échappé à la flamme.

— Et maintenant, demanda doña Mencia qui frémissait à l'idée de voir la vengeance rêvée lui échapper, qu'ordonnez-vous, señora?

La reine s'était assise, tenant le coffre sur ses genoux.

— Brûle ces lettres, dit-elle en lui en tendant quelques-unes après les avoir rapidement parcourues ; elles ressuscitent à mes yeux un passé si lumineux et si doux, que l'avenir s'ouvre pour moi comme un enfer de désespoir.

Doña Mencia alla les présenter une à une à la flamme qui les dévora aussitôt.

Pendant ce temps Jeanne avait ouvert un petit œuf d'or merveilleusement travaillé, qui contenait trois pastilles religieusement conservées par la Cueva depuis le baptème de l'infante doña Juana.

— Jette cette boite dans la coupe et brûle les pastilles, dit-elle, je ne veux plus les voir.

Padilla obéit.

Le cristal vibra douloureusement au choc du bijou, et du brasero s'éleva une fumée blanche et odorante comme celle qui s'échappe d'un encensoir.

Jeanne continua son œuvre de destruction ; la coupe débordait déjà de joyaux précieux, de pierreries et de diamants.

La cendre des billets et des fleurs desséchées commençait à envahir le brasero lorsque la pauvre femme s'arrêta brusquement. Elle tenait une lettre qui tremblait dans sa main.

— Mencia, dit-elle, Beltran, dans son humeur jalouse, doutait parfois que doña Juana fût sa fille. Eh bien ! crois-tu qu'un jour, dans une heure de fièvre et de délire, j'ai commis l'imprudence inouïe de lui jurer dans une lettre que l'infante était bien la preuve accusatrice de notre coupable amour. Et sacrilége que je suis, j'ai osé invoquer Dieu comme té-

moin de mon crime. Cette lettre, la voici, Mencia!
Elle pouvait tomber dans d'autres mains que les
nôtres; comprends-tu? Ah? c'est à en mourir d'épouvante!

Et tandis qu'elle cachait sa tête dans l'une de ses
mains, de l'autre elle poussait vers sa confidente la
lettre fatale.

Les yeux noirs de la belle Padilla rayonnèrent
comme deux charbons ardents; elle se saisit de
l'arme terrible que lui livrait la confiance de la reine
et alla s'agenouiller devant le brasero.

Le feu pétilla sous son souffle haletant et la flamme
en jaillit, Jeanne crut la lettre brûlée; mais doña
Mencia l'avait rapidement glissée dans la gorgerette
de sa robe.

— Ma fille, continua la reine, nous sommes enfin
arrivées au dernier souvenir de ce bonheur éphé-
mère que je pleure. Tu vois bien ce bijou! c'est une
bague qui renferme un poison subtil. J'en conserve
une semblable dans un coffret, et nous nous étions
dit, Beltran et moi, dans toute la sincérité de notre
cœur en échangeant entre nous ces funestes présents:
Le jour où tu me tromperas, le jour où tu cesseras
de m'aimer, je boirai ce poison afin que le remords
vienne se mêler au bonheur que tu espérais trouver
dans un nouvel amour.

— Que ne sait-elle combien son Beltran m'a aimée,
murmura Padilla, et que ne tombe-t-elle morte de
jalousie à mes pieds!

— Je ne me séparerais pas de ce cher et triste bijou, poursuivit la reine, si sur le contour intérieur

de l'anneau je n'avais fait graver ces mots plus dangereux que le poison même : « Jeanne de Portugal à don Beltran de la Cueva. » Pauvre joyau, ajouta-t-elle en le laissant tomber comme à regret dans la main que lui tendait doña Mencia, va rejoindre tes frères.

Pendant qu'elle se levait en essuyant ses larmes, sa confidente substitua adroitement à cette bague un des anneaux qui ornaient ses doigts. Elle le laissa lourdement retomber dans le vase, qui rendit un son mat.

Jeanne avait remis le grand voile sous lequel les femmes de la Péninsule se trouvaient aussi mystérieusement cachées que les Moresques enveloppées dans les plis du haïk tunisien et de l'albornoz. La *doña tapada,* c'est-à-dire la dame voilée, joue en effet un grand rôle dans toutes les pièces de cape et d'épée, qui sont le grand honneur du théâtre espagnol. Elle alla ensuite prendre sur la table la coupe, qu'elle cacha sous sa mantille, et elle se dirigeait déjà vers la porte, accompagnée de doña Mencia, dont un sourire perfide pinçait les lèvres rouges, lorsqu'elles reculèrent toutes deux en poussant un cri de terreur.

Don Beltran de la Cueva, pâle comme un suaire et les bras croisés, les attendait sur le seuil.

— Vous ne sortirez pas, dit-il d'une voix sourde, effrayante comme celle d'un fantôme pour ces femmes qui l'aimaient si éperdûment.

La reine, presque morte d'effroi, avait laissé tomber sa coupe et s'était affaissée sur elle-même.

Doña Mencia tomba sur les genoux sans pouvoir prononcer une parole; ses prunelles étaient dilatées, ses dents s'entrechoquaient, et elle se demandait avec angoisse si c'était bien la Cueva qu'elle voyait, ou si plutôt ce n'était pas son ombre irritée.

Don Beltran ferma la porte et releva la reine qui l'étreignait dans ses bras avec des larmes de joie.

La Padilla restait immobile et glacée comme une statue de pierre.

Le favori se dégagea de l'étreinte de la reine et fit un pas vers elle.

— Grâce! s'écria la coupable en cachant son visage dans ses mains.

Don Beltran la regarda avec un sourire de mépris.

— Pas de pitié pour toi, gardienne infidèle, confidente déloyale, qui viens voler la dépouille des morts!

— Que voulez-vous dire, mon ami? reprit Jeanne de Portugal. N'accusez pas Mencia, la plus dévouée et la plus sûre de mes femmes. Si elle est ici, c'est moi qui l'y ai conduite, et elle n'a rien fait que par mon ordre.

— Ainsi, vous lui avez ordonné, madame, demanda froidement la Cueva, de vous voler la bague qui brille à son doigt, de vous dérober la lettre qu'elle tient cachée dans sa robe?

Jeanne, effarée de surprise, fixa sur la Padilla ses yeux ardents.

— Expliquez-vous, Beltran! je ne vous comprends pas.

— Gràce! murmura encore doña Mencia d'une voix éteinte.

— Ah! vous dites, madame, poursuivit la Cueva, que cette femme est un modèle de dévouement et de fidélité? Ses caresses, ses sourires, ses larmes, tout en elle vous a séduite et charmée. Vous avez mis votre vie sous sa garde; vous aviez confié votre honneur à son honneur; enfin vous l'avez aimée. Eh bien! doña Mencia ne méritait ni cette confiance ni cette tendresse aveugle. Son dévouement n'était que grimace; sa fidélité n'était qu'une ingénieuse et horrible perfidie, et, sans moi, elle vous vendait comme Judas a vendu son maitre. En voulez-vous la preuve, madame? Regardez à son doigt, et fouillez dans sa robe.

Jeanne de Portugal s'approcha de Padilla et reconnut en effet la bague empoisonnée.

— Mencia, demanda-t-elle alors sévèrement, en me trompant ainsi quelle était donc votre secrète pensée?

La gardienne de l'infante, agenouillée, sanglotait sans répondre.

— Elle ne vous avouera rien, dit don Beltran; mais je vous dirai tout, moi, car je lis dans son âme comme dans un livre ouvert.

La belle Padilla cessa de pleurer, et, relevant audacieusement la tête, elle lança un regard de menace à Ledesma et lui dit sourdement :

— Prenez garde, señor comte! prenez garde!

— Vous l'entendez! continua-t-il. Cette femme n'est pas une femme; elle en a l'apparence char-

mante, mais elle a le cœur d'une louve : elle mord
qui la caresse. Vous lui avez confié vos pensées les
plus intimes et le soin de votre salut. Qu'a-t-elle fait
alors? Entre cent bijoux, celui qu'elle vous dérobe
est le seul qui puisse vous perdre. Vous l'avez choisie
pour gardienne de l'infante ; elle eût dû l'aimer et
la défendre comme une mère aime et défend son
enfant. Quelle lettre vous a-t-elle ravie? Celle qui
prouve l'illégitimité de votre fille.

— Horreur ! s'écria la reine. Mais quel délire a
donc troublé la tête de cette femme, quelle passion
a donc corrompu son cœur, quelle magie a donc pu
lui inspirer cette haine lâche et fourbe contre sa
maîtresse?

— Grâce ! interrompit doña Mencia se tordant les
mains de désespoir, mais sans cesser de défier le
comte par ce terrible regard qui disait toujours :
Prenez garde !

— Pas de grâce pour toi, démon ! répliqua don
Beltran frémissant de colère. Je te brave et je ne
veux pas être ton complice, dût-il m'en coûter plus
que l'honneur et la vie. Je te démasquerai ; tu pourras
te venger ensuite, si tu veux. Savez-vous, madame,
ajouta-t-il en s'adressant à Jeanne, quelle est la main
félonne qui, la nuit dernière, a conduit les ligueurs
jusque dans votre chambre royale ?

— Comte de Ledesma, s'écria Padilla suppliante,
au nom de votre mère, au nom de tout ce que vous
avez aimé, pas un mot de plus ! Reprenez et la lettre
et la bague, et, devant Dieu, je jure que vous ne me
reverrez jamais!

— Restez ou partez, dit la Cueva, la reine saura tout.

— Beltran, reprit doña Mencia en se relevant avec un geste de résolution suprême, je te savais bien orgueilleux et implacable, mais je ne te savais pas lâche au point d'accabler une femme que tu as outragée, qui s'avoue vaincue et qui implore la pitié ! Ah ! je te demande la paix à deux genoux, et toi, tu veux la guerre ? Eh bien j'accepte la situation que tu me fais. Tu m'accusais, je t'accuse à mon tour ; de patient, je deviens bourreau. Trois fois je t'ai crié : Prends garde ! Ledesma ! Tu as fermé l'oreille à ma prière. Que la vérité éclate donc maintenant. Vous demandiez, madame, quelle magie, quelle passion m'avaient poussée à ce crime bas et honteux qu'on appelle la trahison ? Vous vous disiez qu'une femme du sang des Padilla ne pouvait faillir à sa race sans autre motif que celui de mal faire. Sachez donc, madame, que cet homme si noble, si loyal, si tendre pour vous et si inflexible pour moi, que don Beltran de la Cueva était mon amant par le cœur, mon fiancé par son serment, mon mari bientôt par sa parole.

A cette révélation inattendue, Jeanne de Portugal sentit un froid mortel figer le sang dans ses veines, et regarda alternativement avec une stupeur farouche la Cueva et doña Mencia.

— Comte de Ledesma, dit-elle enfin d'une voix brève après un silence écrasant, vous ne me tromperez pas si j'exige de vous la vérité, si horrible qu'elle puisse être... Padilla a-t-elle menti ?

Don Beltran s'agenouilla devant la reine.

— Elle n'a pas menti, madame, répliqua-t-il douloureusement.

— C'est bien ! murmura Jeanne, dont le visage blémit et se couvrit d'une sueur glacée. Retirez vous, señor comte. Ah ! je suis frappée au cœur, et j'excuse la haine de Mencia, car je la comprends.

La Cueva saisit la main de Jeanne et y posa ses lèvres avec des transports passionnés.

— Ah ! je suis indigne de votre amour et vous me chassez ! s'écria-t-il avec un accent désespéré ; mais je perds tout si vous m'exilez de votre âme, la lumière, la vie, l'orgueil ! Je savais bien que tôt ou tard doña Mencia exécuterait la menace qu'elle tient depuis un an suspendue sur mon cœur ; mais quand je sais qu'elle veut vous perdre, puis-je la laisser agir ? Devais-je acheter son silence à ce prix, vous livrer, vous trahir, moi aussi, pour conserver mon prestige à vos yeux ? Non ! je vous aimais trop pour ne pas vous sauver aux dépens de mon propre bonheur.

— Hélas ! murmura la reine, il ne me reste plus qu'à mourir.

Et, à bout de forces, brisée de douleur, elle tomba évanouie sur les coussins.

— Mencia ! s'écria le comte épouvanté, la reine se meurt...

— Eh bien, vous devez avoir d'admirables secrets pour rendre la vie aux mourants, répliqua avec une froide ironie la belle Padilla. Votre réapparition inattendue n'est-elle pas un miracle ?

— Ah ! vous êtes implacable, Mencia ! vous ne

pouvez pardonner à Jeanne mon dévouement, et vous
regrettez que je n'en aie pas été victime. Mais c'est
le hasard qui a tout fait. J'avais oublié comme vous,
comme la reine, comme mes ennemis eux-mêmes,
cette machine merveilleuse, construite, il y a plusieurs siècles, par les rois maures; avant d'être
rompue, elle servait à puiser de l'eau dans le Tage
et la faisait monter jusqu'au haut de l'Alcazar. C'est
dans les conduits de ce magnifique réservoir que j'ai
trouvé un refuge, et j'ai descendu plus de cinq cents
dégrés jusqu'au fleuve. Voilà tout le miracle. Soyez
donc clémente pour votre maîtresse comme Dieu l'a
été pour moi. A nous deux nous la sauverons, n'est-
ce pas?

Doña Mencia feignit d'être touchée des dernières
paroles du comte de Ledesma.

— Beltran, lui dit-elle avec douceur, allez chercher des essences et des cordiaux propres à ranimer
les forces de la reine.

Le comte s'empressa d'obéir, et dès que la Padilla
se trouva seule avec Jeanne, elle fixa sur elle des
yeux aussi étincelants que ceux d'un oiseau de
proie.

— Amant léger et crédule! murmura-t-elle, qui croit
d'un mot avoir apaisé ma colère; qui, après m'avoir
lentement supplicié le cœur, se laisse désarmer par
un faux sourire! Voilà donc cette femme sans courage qu'il m'a préférée, qu'il défend contre moi et à
laquelle il me livre! Cette noble dame n'est-elle pas
morte maintenant, puisqu'elle est là devant moi,
sans regard et sans voix? Pourquoi donc se réveille-

14

rait-elle ? Est-ce un crime de prolonger son sommeil d'un instant, et dois-je craindre la dénonciation de cet ambitieux dont je puis faire crouler la fortune en l'accusant d'être mon complice ? D'ailleurs, si Jeanne vit, je suis perdue : si elle meurt, mon honneur reste sauf, et don Beltran sera trop heureux que je ne refuse pas dédaigneusement son alliance. La reine a été bonne pour moi jusqu'à cette heure, il est vrai, mais don Beltran l'aime, et si elle meurt, il sera forcé de m'épouser.

Puis s'approchant de Jeanne dont la tête était renversée et dont les lèvres pâles s'entr'ouvraient :

— En vérité, ajouta Mencia en caressant à son doigt la bague empoisonnée, cela tenterait un ange !

Tout à coup, les pas précipités de la Cueva retentirent à l'extrémité de la salle voisine.

— Tu viendras trop tard, dit-elle en cherchant à arracher la bague de son doigt.

La bague résista.

Le comte allait entrer.

La belle Padilla fit un nouvel effort. Le ressort violemment comprimé s'ouvrit, le poison s'échappa de son tube circulaire et s'injecta dans la brûlure que doña Mencia s'était faite à la main.

Don Beltran poussa la porte.

L'effet du poison fut instantané. Ce n'était plus du sang, c'était du feu qui circulait dans les veines de la gardienne de l'infante.

Lorsque le comte arriva près d'elle, il ne vit plus la femme altière qui tout à l'heure encore le menaçait, mais une malheureuse créature qui se tordait dans les convulsions d'une horrible douleur et dont les lèvres violettes tremblaient.

— Qu'avez-vous fait, Mencia? lui demanda-t-il.

— J'ai voulu me délivrer de ma rivale, et Dieu m'a punie, Beltran, murmura-t-elle d'une voix éteinte. Le poison que je destinais à la reine me brûle et me gagne le cœur. Ah! Dieu est juste! Je vous aimais trop, et je ne pouvais rien pour votre bonheur. Cet amour avait perverti mon âme. Je n'avais plus ni fierté ni vertu. Ma mort sauve la reine et vous sert, Beltran. Dieu soit donc loué! C'est un amour lâche et mauvais que celui qui ne sait pas s'offrir en sacrifice. Et je ne pouvais pas! non, jamais je n'aurais eu la force de pardonner à ma rivale son bonheur. Ah! que je souffre! Mais je bénis ces souffrances, puisqu'elles assurent votre repos. Oui, vous avez bien fait de me préférer Jeanne, mon ami : elle vaut mieux que moi. Et puis, ajouta-t-elle avec un sourire encore empreint d'amertume, elle est la reine. Mon Dieu! mon Dieu! pourquoi tant souffrir! Ah! Beltran, me laisserez-vous mourir sans pardon?

— Pauvre femme! dit la Cueva.

— Merci, comte, merci! reprit doña Mencia dont la figure se décomposait avec une foudroyante rapidité. Ah! écoutez le conseil d'une mourante. N'oubliez jamais dans vos projets de compter avec Dieu. Il y a un instant, je croyais triompher de Jeanne et de vous, et je vais mourir. C'est là un avertissement sévère pour vous. Je vous en supplie, Beltran, dites-moi que vous me pardonnez, car je me repens, je me repens, à cette heure suprême.

— Je vous pardonne, Mencia, dit doucement le comte, et à mon tour, moi qui vous ai entraînée au crime, moi qui ai été coupable et cruel envers vous, je me repens d'avoir méconnu votre cœur et méprisé vos larmes.

Elle essaya de sourire d'étouffer les cris que lui arrachait la douleur ; puis, après avoir jeté un regard d'hésitation sur Jeanne, toujours évanouie, elle souleva péniblement sa main devenue lourde comme un plomb, et fit signe à la Cueva de s'approcher plus près encore.

Don Beltran s'agenouilla à ses côtés afin de recueillir des paroles qui sortaient saccadées et presque inintelligibles à travers ses dents serrées.

— Ce soir, à six heures, dit-elle en faisant un suprême effort, allez au pont de Tolède, comte de Ledesma.

— Au pont de Tolède ! répéta-t-il étonné.

Doña Mencia fit un signe affirmatif.

— Que doit-il donc se passer au pont de Tolède ? demanda Beltran ; et la soulevant dans ses bras, il fixa un regard avide sur ce visage que marbraient déjà les affres de la mort.

— On veut enlever le roi !

Et avec ce dernier mot s'exhala le dernier soupir de la belle doña Mencia de Padilla.

VIII

Vers six heures, au moment où la procession allait se mettre en marche, les boutiques se fermèrent de tous côtés. Le populaire, qui avait essayé de draper ses guenilles en habits de fête, envahissait les rues étroites et tortueuses de Tolède comme un fleuve débordé.

Le reposoir érigé sur le vieux pont par les soins pieux des gens du quartier semblait servir de point de ralliement à cette foule compacte et bruyante.

Chaque homme du peuple, s'aidant des coudes et des mains, cherchait à se fouiller un observatoire à travers la masse, pour sa femme, ses enfants et lui-même, afin de voir à son aise défiler le cortége.

Quant aux nombreuses niches dont était extravagamment décoré le pont, les enfants du voisinage les occupaient depuis le matin, et, certes, malheur fût advenu au téméraire qui eût entrepris de les en déloger.

Toutes les maisons situées sur le parcours de la

14.

procession étaient tendues de tapisseries à personnages et de draperies éclatantes. Toutes les rues
étaient jonchées de fleurs qu'effeuillaient de jeunes
filles portant à leur cou de petites mannes d'espar-
tera et de joncs teints.

A chaque fenêtre, à chaque balcon, se dessinaient
de délicieux groupes de jeunes femmes étincelantes
de bijoux et de pierreries ; toutes devisaient gaîment
entre elles, et, en attendant la *tertulia* (soirée qui
devait succéder à la procession), elles mangeaient des
fruits confits qu'elles roulaient dans de petites coupes
de vermeil remplies d'une neige éblouissante de
blancheur.

Disons, au blâme des habitants de Tolède, que,
malgré la sainteté du jour et la cérémonie religieuse
qui allait s'accomplir, on ne voyait régner dans la
ville ni ce recueillement ni ce calme solennel qui
doivent présider à toute fête sacrée.

D'insouciantes lavandières chantaient, en lavant,
sous l'une des arches du pont, les couvertures d'un
couvent. Des valets promenaient, le long de la grève
du fleuve, des chevaux de main tout harnachés,
ayant valise en croupe, et de temps en temps ils les
conduisaient s'abreuver à l'eau courante.

Dans une ruelle sans issue, percée à quarante pas
du pont, stationnait une litière entre quatre vigoureux chevaux de relai (*caballo para mudar*). Les valets
étaient en selle, tenant les guides d'une main et le
fouet de l'autre. Chacun d'eux semblait s'occuper
fort peu de la fête et n'attendre, au contraire, qu'un
signal pour s'élancer au galop. Dans des loges réser-

vées de chaque côté du reposoir, se trouvaient réunis, comme par un effet du hasard, don Pedro Giron, l'almirante de Castille don Juan Pacheco, Benavente, le marquis de Palencia et quelques autres.

Don Alfonse Henri, Fernando, Alvaro Zuñiga, tous jeunes et impatients, allaient et venaient sur le pont comme pour tromper l'ennui de l'attente, s'amusant à complimenter les jeunes filles quand elles étaient jolies et à railler leurs amoureux quand ils étaient jaloux.

Mais sur un signe du marquis de Villena, don Alfonse Henri se détacha des siens et alla droit à lui.

— Mon cher ami, dit Villena de façon à n'être entendu que de son interlocuteur, ce soir, vers six heures, doña Mencia de Padilla doit me faire savoir par son serviteur Pablo le costume qu'a choisi le roi et la place qu'il occupera dans le cortége. Veillez attentivement à ce que cet homme puisse remplir sa mission sans encombre.

— Comptez sur moi, señor marquis, repartit le fils de l'almirante ; je comprends toute l'importance d'un pareil message.

— Vous comprenez, n'est-ce pas, que sans ce renseignement le roi peut nous échapper ce soir encore, et qu'il est temps d'en finir. Il y a huit jours, continua don Pacheco, mais d'une voix si sourde qu'il semblait se parler à lui-même, nous avons, sans résultat pour notre cause, versé le plus pur de notre sang. Dix de nos plus jeunes et plus vaillants alliés ont été décapités à la suite de l'insurrection tentée

à Medina del Campo ; hier, Tolède a eu, sur la place
de l'Alcazar, le spectacle honteux d'une émotion
populaire avortée : deux cents hommes se sont lâche-
ment enfuis devant un seul. La nuit dernière, le
favori du roi, que nous tenions bien pourtant dans
notre filet, a su en rompre les mailles, Dieu sait
comment. Cependant le peuple, qui attend et nous
regarde à l'œuvre, se lasse de ces luttes de chaque
jour, entreprises hasardeuses qui lui semblent insen-
sées parce qu'elles ne réussissent pas. Et le peuple a
raison, car nous brûlons nos vaisseaux pour rien, et
si, par miracle, Ledesma était vivant, la multitude
capricieuse nous abandonnerait. Il faut donc frapper
un coup décisif avant que notre ennemi ne vienne
démentir lui-même le bruit de sa mort. D'ailleurs, la mort du comte, si elle se confirme, ne
serait même pour notre parti qu'une demi-vic-
toire. En enlevant le roi, nous la faisons complète.

— Rien ne manquera par notre faute, señor,
répondit le jeune homme, car tout a été exécuté
selon vos ordres. Les gens que vous voyez groupés
là-bas cachent sous leurs souquenilles les torches
qui, tout à l'heuré, propageront l'incendie, à la
faveur duquel on doit enlever don Henri; les lavan-
diéres agenouillées sous l'arche lavent les couvertures destinées à arrêter l'invasion des flammes; la
litière qui doit emporter notre royal captif n'attend
qu'un signal pour partir, et nos chevaux, à nous, se
promènent tranquillement sur la grève.

— Ainsi, répliqua le marquis de Villena, il ne

nous manque plus que le message de doña Mencia.
N'est-ce pas cependant une chose étrange que d'un
mot, et selon son caprice, cette femme puisse détrô-
ner un roi ou livrer au bourreau la plus pure noblesse
de la nation ? qu'à l'instant où je parle, la déloyale
gardienne de l'infante tienne entre ses mains les destinées de la Castille ?

— La haine de la belle Mencia pour don Beltran
de la Cueva nous répond de sa fidélité.

— Cependant, dit don Juan que l'inquiétude
commençait à gagner, l'heure se passe et le message
n'arrive pas. Rejoignez vos amis en l'attendant,
señor ; mais surtout, pour ne pas éveiller les soupçons, continuez d'affecter entre vous la plus insouciante gaîté. On ne se méfie jamais des fous.

Et lui ayant dit adieu de la main, il poursuivit sa
marche dans l'espace laissé libre pour le passage du
cortége, tandis que don Alfonse se perdait dans la
foule qui se déployait en une double haie de chaque
côté du pont. Il était là depuis quelque instants, causant joyeusement avec ses compagnons, lorsqu'il vit
arriver un moine escorté de quatre religieux.

Le ventre rebondi du moine et la santé exubérante
qui florissait en bourgeons énormes sur son nez
contrastaient assez singulièrement avec l'emploi
qu'il exerçait.

On l'appelait *el Animero*. Il tenait à la main un
large plateau de cuivre jaune brillant comme l'or le
plus pur, et, tout en marchant, il psalmodiait d'une
voix nasillarde ces mots :

— Un *pater* et un *ave* pour les défunts, mes frères !

.Qui de vous veut racheter une âme du purgatoire?

A son approche, tout ce qu'il y avait d'enfants sur le pont prit la fuite.

Il faut dire que lorsque ces pauvres petits n'étaient pas sages, on les réduisait à l'obéissance passive avec ces simples paroles :

— ¡ *El Animero que viene!*

El Animero avait bien recueilli sur son passage quelques menues pièces de monnaie par-ci par-là, mais personne n'avait encore racheté d'âme en peine, lorsqu'il se trouva face à face avec le jeune don Alfonse, à l'oreille de qui vibrait la dernière recommandation du marquis de Villena.

— Par San-Yago! dit le jeune homme en abordant le moine, je veux, en raison de ce saint jour, faire une pieuse action. Combien en coûte-t-il pour racheter une âme?

— Ce qu'il vous plaira, señor, dit le moine en s'inclinant profondément.

Don Alfonse jeta une double pistole dans le bassin que le moine lui tendit.

— Ah! señor, s'écria-t-il en se signant trois fois, vous venez, grâce à votre offrande généreuse, de délivrer une bien belle âme du purgatoire.

— Et comment le savez-vous? demanda le fils de l'almirante.

— Une vision, repartit le moine, vient de me montrer le ciel entr'ouvert et les bienheureux du paradis tendant les bras à cette âme, leur sœur, qui entre en béatitude.

— Cela étant, reprit don Alfonse, je puis repren-

dre mon offrande, puisque ceux qui sont une fois
en paradis ne craignent plus les flammes du purgatoire.

Et sans attendre la réponse du quêteur ébahi, l'ir-
religieux donateur retira sa double pistole du bassin,
et, tournant sur les talons, alla rejoindre ses amis.

Le peuple, témoin de cette scandaleuse impiété,
commençait à murmurer, et peut-être allait-il prendre fait et cause pour le moine mystifié, lorsqu'un
incident nouveau vint détourner son attention.

Un grand mouvement s'opérait à l'entrée du pont,
et des cris qui témoignaient d'une lutte violente
s'échappaient du sein de la foule groupée sur ce
point. Les plus curieux y coururent.

Une riche litière, dont les petits rideaux de taffetas
vert étaient soigneusement tirés, — et que traînaient
deux chevaux aux pieds blancs, de la race qu'on
appelle en Espagne *caballos quatr'albos*, — avait
humblement demandé passage à la foule crasseuse
et déguenillée qui encombrait les abords du pont;
mais aux instantes prières du conducteur, la foule
avait répondu par des huées.

Les quatre pages asturiens qui escortaient la litière avaient mis la dague au poing pour repousser
les menaces et se frayer violemment une route à
travers tous ces gueux en haillons; mais en un instant cent mains calleuses s'étaient allongées vers
eux; ils avaient été renversés, leurs armes avaient
été brisées; les chevaux, pressés de tous côtés, s'é-
taient cabrés; les brancards de la litière ployaient
et criaient comme près de se rompre, et des cris dé-

chirants éclatèrent dans l'intérieur. Émus de ces plaintes, les seigneurs se rapprochèrent, tirant leurs épées. La foule s'écarta alors, et les pages asturiens purent se relever.

Une petite main blanche et mignonne venait d'entr'ouvrir les rideaux verts, et une voix d'un timbre argentin murmura timidement :

— Merci, señores ! merci !

Mais bientôt la jeune dame, dont le charmant visage avait ébloui comme un éclair les yeux des jeunes seigneurs, entendit des compliments si hardis, vit des sourires si audacieux, sentit rayonner vers elle des regards si insolents qu'elle devint pâle d'angoisse, et que ses défenseurs commencèrent à lui paraître plus redoutables que ses ennemis.

Elle implorait déjà sa patronne, lorsque la foule s'ouvrit devant un homme qui semblait inspirer au peuple un respect sympathique, aux nobles un dédain mêlé de crainte.

— Allons, jeunes fous, dit-il, laissez passer librement cette femme. Tout ce qui est faible a droit à notre pitié.

— Çà, maître Peregil, répliqua don Alfonse, occupez-vous donc de vos vieux cuirs et laissez-nous admirer à loisir la peau satinée de nos belles filles de Tolède.

— Don Alfonse a raison, par San-Yago, ajouta Zuñiga.

— Et vous êtes, vous autres, de l'ordre galant de Calatrava, institué par don Sanche ? repartit le tanneur. Si la croix fleuronnée que vous portez comme insigne n'était rouge déjà, je crois vraiment que vous la feriez rougir de honte.

— Maître Peregil, dit le fils de l'almirante, à votre place je jetterais mon tablier de cuir aux orties et je me ferais prédicateur. Vous avez la vocation, à coup sûr.

— Qui l'en empêche? ajouta Palencia; il n'a plus ni femme ni enfants.

Cette imprudente parole tomba sur le cœur du tanneur brûlante comme du plomb fondu.

— C'est vrai, murmura-t-il d'une voix sourde, tandis que deux larmes ardentes descendaient lentement dans le sillon de ses joues. — Dieu a rappelé ma femme à lui et le roi m'a volé ma fille.

Le marquis de Villena, inquiet de ce colloque, intervint en reconnaissant le tanneur qui avait une si grande influence sur le peuple de Tolède.

— Si maître Peregil est âpre et rude quelquefois, il n'en compte pas moins parmi les fermes défenseurs de nos franchises et priviléges, et à ce titre il a droit à mon estime. Que ceux qui m'aiment m'imitent.

Et il tendit courageusement sa main au tanneur, qui s'inclina sans la serrer.

— Non! non! dit Peregil, je ne mérite pas tant d'honneur, señor marquis; merci toutefois pour vos bonnes paroles. Vous avez raison, je ressemble à nos chênes verts : je suis rude par l'écorce, mais le cœur est bon. Qu'un voisin me dise de lui prêter la main pour assommer un taureau furieux ou pour abattre un cheval qui mord, j'y cours avec plaisir.

J'aime à tuer ce qui nuit. Mais que sur mon chemin je rencontre une bande d'enfants s'amusant à plumer sans pitié un pauvre petit oiseau tombé par malheur du nid de sa mère, oh! alors le cœur me saigne et les larmes me viennent aux yeux; je chasse ces mauvais enfants, je ramasse l'oiseau, je le réchauffe au soleil entre mes deux mains, et je le rends à la liberté. Et cependant, ajouta-t-il à voix presque inintelligible, personne ne m'a rendu mon enfant à moi !

Un sanglot étouffé s'échappa de la litière.

— Señora, dit le tanneur en s'avançant, vous pouvez poursuivre votre route.

Sa main calleuse s'était posée sur le rebord de la portière, Peregil y sentit tout à coup tomber deux larmes et s'y coller deux lèvres humides.

A ce contact, il éprouva une commotion terrible. Ce baiser venait de courir tout frémissant de sa main à son cœur. De son autre main, il écarta brusquement les rideaux. Son cœur ne l'avait pas trompé : c'était bien un baiser de sa fille.

— Mon père, ne me pardonnez-vous pas? dit Agnès en sanglotant.

Le tanneur pâlit, un voile couvrit ses yeux; mais il surmonta cette défaillance involontaire et répondit d'une voix altérée :

— Si je t'avais rencontrée par aventure, mendiant ton pain, ton enfant dans tes bras, soulevant de tes pieds nus la poussière des chemins, je t'aurais pardonné; oui, j'eusse pris par la main la pauvre mère, la pécheresse repentante, et je l'eusse conduite

sous mon toit... mais te retrouver ainsi étalant le
faste insolent d'une courtisane... jamais!

— Mon père! serez-vous donc sans pitié!

— As-tu eu pitié de moi, Agnès? as-tu songé au
milieu de tes plaisirs au désespoir de ton père?

— Oh! laissez-moi racheter ma faute à force
d'humilité et de prières.

— Comment racheteras-tu mes nuits sans sommeil, pendant lesquelles je vois apparaître l'ombre
désolée de ta mère qui me dit : Qu'as-tu fait de ma
fille?

— Grâce! grâce! mon père!

— Et pourtant, continua le tanneur, je t'avais
bien cachée! Si encore tu avais été une de ces pauvres enfants abandonnées, fleurs qui croissent au
bord des chemins et que le premier passant peut
faner de son souffle ou froisser de sa main! mais
toi!... Oh! tiens, tu n'as point d'excuses!

Agnès baissait sa tête humiliée et pleurait. La
foule faisait silence. Quelques jeunes nobles souriaient.

— Oh! j'ai été bien coupable, c'est vrai, dit la
pauvre enfant. Je ne devais pas aimer un homme
plus que mon honneur, plus que le repos de mon
père, plus que Dieu.

Peregil reprit en fixant sur elle ses yeux mornes :

— Je t'admirais grandir comme l'arbre qui devait
abriter mes vieux jours; j'avais cru semer du bonheur pour ma vieillesse; un autre est venu qui a
méchamment passé sa faux dans mon champ, et je
ne recueillerai que de la honte.

Agnès ne suppliait plus : elle sanglotait en entendant la voix aimée de son père qui vibrait pleine de larmes à son oreille.

— Mais il y a un Dieu juste, ajouta le tanneur avec un accent haineux, et le châtiment, pour être tardif, ne fait jamais défaut au coupable. A tout méchant son mauvais jour, et à celui-là, Dieu soit loué ! son mauvais jour est enfin arrivé.

Agnès, qui s'était agenouillée sur les coussins de la litière, se souleva tout à coup, l'œil dilaté par l'épouvante.

— Que voulez-vous dire, mon père, s'écria-t-elle, sans oser chercher à s'expliquer à elle-même le sens caché que renfermait cette menace.

— Je veux dire, répondit Peregil en baissant encore la voix, tandis que sa physionomie s'animait d'une joie sauvage, — je veux dire qu'avant une heure ton royal rejeton ne sera plus comme toi qu'un enfant sans père.

Agnès poussa un cri de désespoir; un nuage humide passa sur son front, qui se mouilla de sueur, et ses yeux se fermèrent. Quand elle reprit connaissance, le tanneur n'était plus là : les pages asturiens l'avaient vu s'éloigner rapidement et se perdre dans la foule.

La favorite, folle de douleur, s'élança hors de sa litière; mais en vain elle chercha son père des yeux. Alors un pressentiment lui traversa l'esprit. Elle se souvint d'avoir entendu pendant la nuit le cri sinistre de la *tête chèvre*, qui lui semblait un présage de mort; mais pendant qu'elle se demandait, tout éperdue, comment elle pourrait passer à travers la multitude pour arriver jusqu'au roi, Tolède, la ville des cloches, mettait en branle ses carillons, afin d'avertir les fidèles que la procession venait de quitter l'église, et que son cortége était en marche.

A ce bruit retentissant le peuple s'ébranla de son côté; tous coururent reprendre tumultueusement leur place.

Agnès, se sentant entraînée dans ce tourbillon vivant, ressentit comme une sorte de vertige.

Cependant les volées de chaque église, portées d'écho en écho, vibraient diversement modulées et semblaient avoir des voix pour toutes les joies comme pour toutes les douleurs. Chacun y trouvait une phrase sonnante qui, tantôt ironique ou menaçante, tantôt allègre ou douce, répondait à sa pensée la plus secrète. Ces éclatants arpéges enivraient les enfants d'une joie inquiète, les dévots d'une extase mystique, les amants d'espérances mystérieuses. S'il y avait d'harmonieuses fanfares pour les cœurs, il y avait aussi, pour ceux qui souffraient, de funèbres accents et des plaintes lamentables.

La voix immense de toutes ces cloches carillonnantes pénétra donc jusqu'à l'âme d'Agnès, sinistre et lugubre comme si elle eût annoncé les prières des trépassés, et elle y crut voir encore un présage de mort.

Elle joignit les mains avec ferveur, et, tournant vers le ciel ses yeux brillants de larmes :

— Ma sainte patronne, s'écria-t-elle avec exaltation, si vous sauvez mon roi bien-aimé, je fais vœu

de gravir pieds nus l'aride montagne sur laquelle
s'élève la chapelle de la Vierge de France, et de
vendre toutes mes pierreries, tous mes diamants,
toutes mes parures pour vous faire hommage d'une
lampe d'or fin qui contiendra trois fanègues de
grain [1].

En ce moment le ciel, devenu sombre, lui sembla
s'éclaircir; un des derniers rayons du soleil couchant
perça les nuages et inonda le pont d'une éclatante
lumière : elle aperçut à quelques pas d'elle, marchant inquiet et soucieux, ce même seigneur devant
qui les jeunes cavaliers s'étaient écartés avec tant de
respect quand ils entouraient sa litière.

Elle comprit que cet homme devait être nécessai-
rement un des principaux personnages de la cour,
et, par conséquent, un des plus dévoués serviteurs
du roi. La pauvre fille remercia mentalement sa
patronne et courut sans hésiter vers ce protecteur
que lui envoyait la Providence.

C'était don Pacheco qui, de loin, voyait avec terreur s'approcher le pieux cortége avant d'avoir reçu
le message promis par la gardienne de l'infante;
c'était cet ardent chef de la Ligue qui, pressentant
une trahison et comprenant son impuissance à cette
heure suprême, murmurait d'avance les imprécations
du vaincu.

— Señor! s'écria-t-elle en lui saisissant la main,
au nom du ciel! venez m'aider à sauver le roi qu'on
veut tuer!

1. Trois cents livres pesant.

Le marquis de Villena, épouvanté de cette révélation inattendue, fit brusquement un pas en arrière, comme un homme qui sent le pied lui glisser sur le bord d'un gouffre sans fond.

— Taisez-vous, imprudente! murmura-t-il en posant sur les lèvres de la jeune femme sa main glacée comme celle d'un mort.

Agnès, effrayée de ce geste violent et de la teinte livide qui venait de couvrir le visage du marquis, recula à son tour, et eut envie de fuir; mais, rappelant bientôt tout son courage :

— Quoi! reprit-elle, je viens vous dire qu'on veut tuer le roi, et vous avez peur qu'on entende mes paroles! et vous m'ordonnez le silence! Est-ce donc ainsi que vous défendez votre maître?

— Votre nom, señora? demanda don Pacheco en attachant un regard irrité sur ce beau visage que pâlissait l'angoisse.

— Je suis Agnès, une femme que vous méprisez, señor, comme tout le monde, parce qu'elle aime le roi Henri; que vous haïssez peut-être parce qu'elle est aimée de lui, répondit-elle résolûment, quoiqu'une vive rougeur colorât son front.

La marquis de Villena lâcha le bras qu'il tenait encore et qu'il avait meurtri dans sa main.

— Señora, dit-il en s'inclinant avec un faux respect, avant de m'excuser de l'acte de violence auquel je viens de me laisser involontairement entraîner, je vous jure, par mon dévouement au roi, que vous avez été trompée, et que ce digne prince ne court aujourd'hui aucun danger.

— M'affirmer cela, c'est folie, repartit Agnès avec une persistance singulière; vous voulez me rassurer parce que vous me voyez frissonner devant vous comme si j'allais mourir... Mais vous, doutez-vous des complots qui peuvent se tramer à cette heure dans Tolède? Un mauvais coup s'accomplit au moment où chacun est sans défiance. Señor, continua-t-elle d'une voix suppliante, s'il est vrai que vous aimiez le roi, conduisez-moi vers lui.

— Pour savoir où le trouver maintenant, dit le ligueur, je donnerais, croyez-moi, dix ans de ma vie.

Agnès se méprit au sens de ces paroles.

— Ah! vous êtes un fidèle sujet, reprit-elle avec transport. Eh bien! si vous ignorez où est le roi, il faut au moins m'aider à le chercher.

— Ce que vous me demandez est impossible, señora, répondit don Pacheco profondément découragé par l'approche du cortége qui n'était plus qu'à cinquante pas du pont.

— Impossible! répéta Agnès en fixant sur le ligueur ses grands yeux étonnés. Je ne vous comprends pas... Impossible de trouver le roi de Castille dans Tolède, en un jour de fête!

Le marquis de Villena étendit sa main dans la direction du cortége.

— Voyez-vous, señora, cette procession qui s'avance vers nous? Eh bien! le roi se cache au milieu de deux mille pénitents qui la composent, et vous voulez que, sous la robe d'un pénitent dont le capuchon masque le visage, nous puissions reconnaître le roi!

Agnès tressaillit, mais son visage rayonna d'un enthousiasme étrange.

— Consentez à lui faire parvenir une de mes bagues; ce signe l'avertira du danger qui le menace, et je vous jure, moi, de vous désigner le roi au passage.

— Vous ? repartit vivement le ligueur, qui croyait rêver. Mais comment pourrez-vous?...

— Je l'aime, señor, et une femme reconnaît toujours celui qu'elle aime, fût-ce dans la foule, fût-ce sous le masque, fût-ce après dix ans d'exil, dit candidement Agnès.

Villena redressa tout à coup la tête comme un tigre qui sent sa proie.

Ce naïf aveu de la jeune femme se transformait pour lui en une arme terrible.

Agnès, entraînée par son amour, avait dépassé le but. En voulant sauver le roi, la pauvre fille le perdait.

— Venez, señora, dit don Pacheco ; vous prendrez place avec moi sur l'estrade préparée pour l'archevêque de Tolède et le grand maître de Calatrava. Le roi ne pourra manquer de vous y apercevoir, et sa surprise se trahira par un geste qui ne nous laissera aucun doute.

Et il l'entraîna rapidement.

A peine Agnès avait-elle monté sur l'estrade, qu'un corrégidor et deux alcades parurent sur le pont.

Ils étaient escortés de quarante alguazils armés de

15.

piques, à hampes ferrées, dont ils se servaient, sans
façon, pour refouler le peuple.

Quand le milieu du pont fut complétement déblayé
et la route frayée, une nombreuse troupe de musiciens s'y engagea, en exécutant des airs plus ou
moins en harmonie avec la circonstance, mais toujours accueillis avec un égal enthousiasme par la
foule. Leurs instruments se composaient de panderos
ou tambours de basque, de hautbois maures qu'on
appelait danzainas, de sistres, de mandolines, de
castagnettes et du tambour des enfants de Bo-
hème.

Derrière les musiciens rampait la Tarasca gigantesque, serpent monté sur des roues et que faisaient
mouvoir des hommes cachés à l'intérieur; il s'agitait
en replis tortueux, menaçant les curieux et faisant
mine de vouloir les dévorer.

Venaient ensuite vingt porte-cierges, un moine qui
offrait aux regards un bout de la corde avec laquelle s'était pendu Judas Iscariote, les calvaristes
présentant sur un plat d'argent tous les instruments
de la Passion, et puis dix *nazarenos* portant des
images qui représentaient le Christ grand comme
nature, attaché à la colonne, suant sang et eau,
couronné d'épines, courbé sous la croix, et enfin
crucifié entre les deux larrons.

Les diverses confréries ouvraient alors leur marche
mystérieuse. Chacune avait sa couleur distinctive,
mais tous les pénitents étaient vêtus d'un sac ou
robe de toile avec un capuchon qui couvrait entière-

ment la tête, ne laissant que trois trous pour la
bouche et les yeux.

Ils portaient des scapulaires et un chapelet de
quinze dizaines pendu à la ceinture ; les armes de la
confrérie étaient peintes ou brodées au dos ou à la
poitrine.

Tous les regards des conjurés étaient ardemment
fixés sur le marquis de Villena, attendant son
signal.

Les deux premières confréries défilèrent au milieu
d'un calme religieux ; mais quand vint le tour des
penitents blancs, Agnès, le corps penché en avant,
les observa un à un de ses regards inquiets. Derrière
elle se tenait debout Pacheco, qui feignait de sourire
et de murmurer à son oreille quelques galants
propos.

Un des pénitents blancs s'arrêta tout à coup devant eux.

A son geste de surprise et de colère, et surtout à
l'éclair qui jaillit de ses yeux à travers les trous de
son masque, Agnès reconut Henri.

— Le voilà ! dit-elle toute tremblante au marquis
de Villena, en lui remettant sa bague.

Le ligueur descendit de l'estrade et rejoignit le
pénitent, qu'il arrêta par la manche de sa robe ; mais
pendant que ce dernier écoutait avec étonnement
don Pacheco, des cris éclatèrent de toutes parts.

Un porte-cierge venait de laisser tomber impru-
demment sa torche aux pieds du roi, dont la robe de
toile avait aussitôt pris feu. La flamme rapide monta

et l'enveloppa comme un voile. Les pénitents qui l'entouraient s'enfuirent emportés·par la terreur et ne songeant qu'à leur propre salut.

Alors, don Alfonse et ses compagnons, s'élançant vers les lavandières qni regardaient passer le cortége en portant sur leurs têtes les couvertures qu'elles venaient de laver, s'emparèrent de ces drapeaux fraîchement tordus et les jetèrent sur la robe enflammée du pénitent; puis, l'élevant entre leurs bras comme pour le secourir, ils se dirigèrent rapidement vers la litière qui les attendait.

La foule s'était précipitamment écartée devant eux pour leur laisser accomplir en toute liberté leur bonne œuvre, lorsqu'un homme qui, depuis quelques instants posté à un des angles du pont, observait silencieusement leur manœuvre, se jeta à leur rencontre la dague au poing.

Surpris de cette attaque imprévue, le fils de l'almirante et ses compagnons reculèrent en désordre. Profitant aussitôt de la confusion, l'inconnu arracha les couvertures dans lesquelles les ligueurs avaient roulé le roi, il l'enleva dans ses bras nerveux, puis, d'un bond surhumain sautant sur le parapet du pont, il s'élança dans le Tage avec son précieux fardeau. Les flots s'entr'ouvrirent et se refermèrent sur eux tout blancs d'écume.

Quant à Agnès, elle s'était évanouie en voyant la flamme envelopper la robe du royal pénitent, et ses pages étaient parvenus, non sans peine, à la rejoindre au milieu du tumulte et à la transporter dans sa litière, tandis que mille têtes se penchaient avidement au-dessus de l'abîme qui venait d'engloutir les deux acteurs de ce drame étrange.

Un instant ils apparurent à la surface du fleuve, se tenant étroitement serrés, comme deux lutteurs acharnés ; mais le flot, dans son courant rapide, les entraîna bientôt, et, comme la nuit épaississait ses ombres, ils disparurent à tous les regards.

Cependant le roi et son redoutable compagnon, étourdis de la chute, suffoqués par l'eau, cramponnés l'un à l'autre, nageaient d'une seule main tout en cherchant à reprendre haleine ; mais Henri éprouva tout à coup une douleur cuisante, et en même temps tous ses nerfs, depuis la hanche gauche jusqu'à la cheville, se contractèrent convulsivement : c'étaient les premières atteintes d'une brûlure profonde dont les flammes avaient sillonné sa jambe à la hauteur du genou.

Il se sentit perdu. En moins d'une seconde, mille idées confuses traversèrent son cerveau. Il eut une pensée pour son pauvre fils, un souvenir pour Agnès, un regret pour la vie ; mais tout en se résignant à mourir, il se dit avec une sorte de joie amère :

— Du moins je ne mourrai pas sans vengeance !

Et enchaînant l'inconnu entre deux bras qu'il eût fallu briser pour les délier, l'étreignant enfin avec l'énergie et l'obstination aveugles de l'homme qui se noie :

— Vienne maintenant la mort, lui-il d'une voix sourde et provoquante comme un défi, elle nous atteindra tous deux !

Le courant les entraînait toujours avec une effroyable rapidité.

— Mon cher seigneur, reprit l'inconnu se maintenant toujours à la surface de l'eau, malgré le poids qu'il emportait avec lui, j'espère bien, Dieu aidant, que nous nous sauverons ensemble.

— Ledesma! s'écria Henri en reconnaissant avec un étonnement mêlé d'une sorte de terreur superstitieuse la voix de son favori, toi vivant!

Et en même temps ses muscles se détendirent et ses bras se délièrent.

Don Beltran crut que le roi éprouvait une défaillance et le souleva d'une main.

— Courage, sire! courage! encore quelques instants et nous abordons.

— Impossible, mon ami; je suis blessé, abandonne-moi. Tu te perds sans me sauver.

Ils passaient en ce moment sur un lit de hautes herbes aquatiques qui bruissaient sourdement.

Ledesma les sentit se courber en ondulant comme pour mieux l'enlacer.

Ses cheveux se hérissèrent sur sa tête.

Ce passage dura trois secondes, et pendant ces trois secondes il ressentit l'angoisse du supplicié qui, les yeux bandés et agenouillé devant le billot, attend que la hache le frappe, mais bientôt il n'entendit plus que le bruit monotone du flot qui courait follement entre les deux rives.

A ce moment les forces du robuste nageur commençaient à s'épuiser. Quant au roi, il se laissait traîner comme une masse inerte par son sauveur.

L'ambitieux Ledesma douta un instant du succès de son audacieuse entreprise ; mais au moment où son bras engourdi allait lâcher ce fardeau inestimable, au salut duquel était attachée sa fortune, il parvint à s'accrocher aux roseaux qui bordaient la berge du fleuve. Il s'engagea à travers les joncs enfonçant dans la vase à mi-jambe et chancelant sous le poids de don Henri, mais il atteignit enfin le rivage.

Là, il s'agenouilla devant le corps glacé du pauvre roi de Castille et coupa les lacets de son pourpoint pour qu'il pût respirer ; puis il lui posa la main sur le cœur pour en interroger les battements

Après quelques instants de torpeur, Henri poussa un soupir, entr'ouvrit les yeux, et, reconnaissant la Cueva, lui tendit le main.

— Grand maître de Saint-Jacques, merci! dit-il d'une voix aussi faible qu'un souffle.

Et comme si cet effort eût épuisé toute sa force, il referma les yeux et se rendormit dans sa fatigue et sa faiblesse.

Mais le comte de Ledesma se redressa, le front radieux, en entendant le titre magnifique dont le roi de Castille venait de récompenser son dévoûment, et retrouvant toute l'énergie de son ardente jeunesse, il emporta son maître dans ses bras jusqu'à l'entrée secrète de sa petite maison en disant :

— Je ne pouvais t'abandonner, Henri, car tes ennemis sont les miens, et sans toi, le grand maître de Saint-Jacques serait réduit à envier le sort d'un mendiant.

X

Quinze jours après la miraculeuse réapparition du comte de Ledesma, de nombreux ouvriers travaillaient dans la grande plaine qui s'étend aux portes de la cité d'Avila : ils y érigeaient un théâtre immense qu'ils décoraient avec une pompe toute royale.

Derrière ce théâtre, une cinquantaine de vivandières et de goujats d'armée élevaient des baraques ou dressaient des tentes afin que la foule des curieux, convoqués de tous les points du royaume par des messagers de la Ligue, pût au moins étancher sa soif et apaiser sa faim.

Au moment où les cloches d'Avila annoncèrent que l'étrange cérémonie qui avait attiré tant de monde allait bientôt commencer, un des vivandiers autorisés à s'établir sur le lieu de la fête eut l'ingénieuse idée de hisser au-dessus de sa tente gigantesque une magnifique enseigne peinte sur laquelle tout passant pouvait lire ces mots écrits en monstrueux caractères :

« Vive don Alfonse douzième du nom ! »

Sur la large porte de l'établissement on lisait aussi ce mot attrayant : *Taberna* (cabaret), et plus bas, en forme d'avertissement au public, cette phrase sentencieuse : « *Sepan los grandes y chicos que hoy quien rompe, paga !* » c'est-à-dire : « Apprenez, petits et grands, qu'aujourd'hui qui casse les verres les paie !

Nul ne passait sans regarder; malheureusement le cabaret était hermétiquement fermé, de sorte que chacun s'en allait en disant :

— Voilà un brave Castillan ; il aura ma pratique après la fête.

Mais personne n'osait s'arrêter, car la foule poussait la foule ; l'immense plaine fourmillait de seigneurs, d'étudiants, de clercs, de bourgeois et de paysans de toutes les provinces, et la cérémonie allait commencer, spectacle si bizarre que nous n'oserions le décrire s'il n'était consigné dans toutes les annales et les chroniques de l'Espagne.

En effet, on venait d'enlever la toile qui masquait la façade du théâtre et d'offrir aux yeux étonnés du peuple l'effigie de don Henri quatrième.

Le roi de Castille, représenté plus grand que nature, était revêtu de longs habits de deuil et assis sur son trône. La couronne ceignait son front, sa main droite serrait le sceptre, sa gauche la main de justice, et l'épée royale reposait sur un coussin devant lui.

Une troupe d'alguazils entourait l'échafaudage, et

la bannière de Castille flottant aux vents dominait les pennons des nobles conjurés.

Ces derniers, richement vêtus et précédés de trompettes et de clairons, après avoir entendu une messe solennelle à l'église d'Avila, se dirigeaient vers la plaine ; au milieu d'eux se trouvait l'infant don Alfonse, monté sur un cheval isabelle *(caballo de color de gamuza)* dont le harnais était de velours et d'or.

Sur son passage la foule criait avec enthousiasme :

— Vive don Alfonse, douzième du nom !

C'était là en effet le successeur de Henri, le roi choisi par les ligueurs.

Arrivés en face de l'échafaudage, les principaux conjurés, l'archevêque de Tolède, le comte de Palencia, Benavente et don Diego de Zuñiga, suivis d'alguazils, de hérauts et d'un crieur public, gravirent ensemble les degrés, tandis que la musique, dont les effets avaient été savamment préparés, entonnait des accords pleins d'une lugubre gravité.

En ce moment s'avançaient, dans la direction d'Avila, un cavalier et une jeune dame chevauchant côte à côte, que suivait à quelque distance un page habillé de noir.

Dès que la jeune dame fut arrivée devant l'enseigne dont nous avons parlé, elle arrêta sa monture et fit signe au page d'approcher pour l'aider à descendre. Le cavalier mit pied à terre à son tour, et jetant les guides aux mains de son serviteur, lui ordonna de l'attendre.

Il s'éloigna ensuite avec sa compagne en jetant vers le cabaret un regard souriant.

— Certes, dit-il à la jeune femme, voilà, pour une hôtellerie, une singulière enseigne !

La dame posa la main sur le bras du cavalier.

— Attendez, mon cher seigneur ; vous verrez des choses plus singulières encore, peut-être alors cesserez-vous de sourire.

Puis elle pressa le pas comme si elle eût été impatiente de rencontrer les preuves qui devaient confirmer ses mystérieuses paroles.

Son compagnon était un homme de haute taille. Il portait un large feutre rabattu sur les yeux comme pour se garantir du soleil. A son plumet brisé, à sa moustache tordue, à sa cape qui laissait entrevoir un fourreau d'acier poli, et surtout à sa démarche lourde, cadencée, on reconnaissait aisément un soudard.

Quant à la jeune femme, elle était soigneusement encapuchonnée, et, quoique délicate et mignonne comme une enfant, elle avançait à travers la foule sans s'inquiéter des interpellations des uns et des gestes grossiers des autres. Elle pressait la marche de son compagnon, comme si elle eût craint de manquer l'ouverture de la cérémonie; mais, grâce à ses efforts, elle parvint à se glisser presque aux premiers rangs des spectateurs.

— Maintenant qu'à la faveur de ce déguisement, et presque malgré vous, je vous ai enfin entraîné jusqu'en face de cet échafaudage, dit-elle d'une voix haletante, en croirez-vous vos yeux, homme incrédule?

Le cavalier regardait avec une insouciante bonhomie la triste effigie du roi Henri, et il répondit tranquillement :

— Il me semble que quand même je l'aurai vu moi-même, je ne le croirai pas

— Que vous ne vous en rapportiez pas à une femme dont l'amour inquiet peut se créer de vaines terreurs, je le comprends ; mais ne pas ajouter foi aux révélations du comte de Ledesma, qui vous a donné si récemment une preuve irrécusable de dévoûment...

— Oui, don Beltran m'a parlé, il y a trois jours, de cette nouvelle tentative des ligueurs... Mais je le sais si ombrageux, si défiant... que je n'ai pas attaché grande importance à sa dénonciation d'un complot plus terrible que les précédents.

— Il faut prendre un parti sans tarder, Henrique, interrompit la jeune femme en attachant sur le prince ses grands yeux bleus qui brillaient d'un éclat surnaturel ; il faut empêcher ces traîtres d'accomplir leur projet impie.

— Pourtant, dit le roi avec son hésitation ordinaire, il faudrait d'abord savoir, ma chère âme, ce que veulent faire ces rebelles.

— Mais ce n'est un secret pour personne, répliqua vivement Agnès. Seriez-vous le seul dans votre royaume à l'ignorer ?

— N'est-ce pas toujours le même procédé qu'emploient les conspirateurs ? Bah ! ce sont là de vaines fanfaronnades qui ne m'empêcheront pas de mourir dans mon lit.

— Dans votre lit peut-être, mais non sur votre

trône, Henrique : car devant tout ce peuple, les principaux seigneurs de vos royaumes vont vous déposer.

— C'est impossible ! murmura Henri, qui ne put réprimer un tressaillement de surprise.

— Vous allez assister vous-même à ces honteuses funérailles de votre pouvoir, Henrique, et mieux vaudrait cependant être enterré vivant que dépossédé ainsi, sans combat, des droits que vous tenez de vos ancêtres.

— Me déposer ! reprit le malheureux prince. Eh bien ! après tout, Agnès, ne vaut-il pas mieux dormir en paix sous le toit d'un bûcheron que de vivre sans sommeil à l'Alcazar, épiant sans cesse les pas des conjurés dans le silence de la nuit et en prenant la dague de son serviteur pour le poignard d'un assassin ? Ah ! cette vie de fausse splendeur, toujours enviée et toujours menacée, où vous n'êtes maître ni de vos amours, ni de vos générosités, ni de votre honneur, cette vie esclave, j'y renoncerai avec joie.

— Ah ! mon cher seigneur, dit la jeune femme avec un accent de doux reproche, est-ce bien vous qui parlez ainsi ?

— Avant de t'alarmer, Agnès, laisse-moi interroger ces braves gens qui m'entourent et qui s'étonnent déjà de notre entretien à voix basse. Ils me diront la vérité, ceux-là !

Sans même remarquer l'effroi que l'imprudente résolution du roi causait à la fille du tanneur :

— Ami ! — dit-il en frappant familièrement sur l'épaule d'un honnête bourgeois qui devisait avec un petit homme connu comme le plus illustre sonneur de la cathédrale de Tolède, — que va-t-il donc se passer ici ? Et pourquoi cette foule innombrable répandue dans la plaine ?

Le bourgeois ouvrit une bouche démesurée, écarquilla les yeux comme si on lui posait une énigme insoluble, mais ne trouva pas un mot à répondre.

— De quelle contrée lointaine arrivez-vous, brave compagnon ? dit alors avec emphase maître Diego Melampo en se dressant sur ses ergots comme un coq. Est-il possible que vous ignoriez le plus grand événement qu'on ait jamais vu en Espagne depuis l'invasion des Maures ?

— Je dois avouer mon ignorance en toute humilité, répondit le cavalier.

— Eh bien ! señor, le peuple de Castille, ici assemblé, va procéder à la déposition de son roi Henri le Fainéant.

— En vérité ! reprit Henrique avec un étonnement parfaitement joué. Ce pauvre roi n'a donc plus d'armée, plus de noblesse, plus de serviteurs ?

— Mon brave soldat, dit majestueusement le petit sonneur, retenez bien ceci, vous qui n'êtes pas au courant comme moi de la politique des cours : quand un roi donne à un seul au lieu de donner à tous, il faut, au jour du danger, qu'un seul le défende pour tous. C'est à don Beltran de la Cueva de tirer le roi d'affaire.

— Alors, à votre avis, reprit Henri en riant, c'est ce coquin de favori qui est cause du désastre public, et c'est pour le punir qu'on va déposer son maître ?

— Oui, señor, car si jamais homme a mérité d'être

pendu, c'est bien lui ! hasarda le bon bourgeois entre deux soupirs. Hélas ! il y a devant ma maison une si belle place pour pendre ces gens-là !

— Le comte de Ledesma, poursuivit le sonneur, est possédé d'une soif insatiable d'honneurs et de richesses ; il n'a jamais pu se désaltérer là où les autres se seraient noyés.

— Alors, demanda le cavalier, les Castillans vont se choisir un autre roi ?

— Il le faut bien, dit un jeune tanneur qui les avait écoutés avec le plus vif intérêt ; quand l'ouvrage va mal, il faut changer d'outils.

Agnès avait reconnu son cousin Tello ; elle abaissa son voile et voulut entraîner le roi.

— Bien dit, enfant, ajouta Henri. Changez donc d'outil, et moi, pour bien vous voir à l'œuvre, je vais me procurer une meilleure place.

Et après leur avoir fait un léger signe de la main, il pénétra plus avant dans la foule avec sa compagne pour se rapprocher de l'estrade.

Il n'en était plus séparé que par la haie d'archers qui la protégait.

— S'ils savaient, dit-il avec son sourire calme, que j'ai si bonne place à leur comédie, eux qui n'ont pas eu la politesse de m'inviter, ils en mourraient de dépit.

— Quand donc, Henrique, prendrez-vous au sérieux cette trahison qui éclate en plein soleil et à la face de tout un peuple ?

— C'est une bouffonnerie, te dis-je, Agnès, et s'ils voyaient mon visage, pas un d'eux n'oserait porter la main sur moi ; mais, après tout, si j'ai de puissants ennemis, j'ai aussi de vaillants défenseurs.

Agnès haussa les épaules avec un frémissement d'impatience.

Au même instant Henri se sentit toucher légèrement au coude, et, se retournant, il vit à ses côtés un moine dans lequel il reconnut le comte de Ledesma.

— Toi ici ? lui dit-il. Allons, aucun de mes amis n'aura voulu manquer d'assister à la déposition de son maître.

— Vous me jugez mal, sire, répliqua froidement don Beltran ; mais je remercierai votre belle compagne d'avoir écouté mes conseils et usé de toute son influence pour amener aujourd'hui le roi de Castille dans la plaine d'Avila.

— Est-ce donc un piége ? murmura-t-il en regardant fixement son ministre et sa favorite. Est-ce vous, Ledesma, qui me l'auriez tendu ? Et vous, Agnès, seriez-vous sa complice ! Ah ! les insultes de mes ennemis ne font sourire, mais la trahison de la femme que j'aime et de l'homme à qui j'ai donné ma confiance me déchirerait le cœur !

— Pour vous convaincre du danger, il fallait vous le faire toucher le la main, reprit don Beltran, et j'ai réussi, mon noble maître.

— Ainsi, quand je croyais seulement céder au caprice d'Agnès, j'obéissais à la volonté de mon ministre ? reprit le roi. Vous vous entendez pour me dominer...

— Pour vous sauver, sire, dit avec feu le comte

de Ledesma. Je veux que vous écrasiez enfin sous
votre talon le serpent qui n'a fait que siffler jusqu'à
présent, mais qui, aujourd'hui, se dresse de toute
sa taille pour vous mordre.

Un sourire mélancolique erra sur les lèvres pâles
de Henri.

— Est-ce donc à nous trois, grand-maître de Saint-
Jacques, que nous pourrons renverser cet échafaudage et chasser devant nous ce peuple innombrable
qui remplit la plaine d'Avila.

— Me prenez-vous donc, sire, pour un page étourdi? répliqua don Beltran. Hélas! j'ai payé assez cher
mon expérience d'homme d'État. Tout est prêt pour
la lutte, et vous n'êtes point ici seul, abandonné,
comme vous pourriez le craindre. Voyez ces hommes
qui nous entourent et qui paraissent si impatients
du honteux spectacle qui leur est promis. Chacun
d'eux a sous son manteau une cuirasse d'acier, une
dague et une épée bien trempées. J'en compte cinq
cents dévoués à votre cause jusqu'à la mort. Là-bas,
sous cette immense tente surmontée d'une insolente
enseigne qui n'est qu'un leurre, soixante cavaliers
bien montés vous attendent. C'est l'escorte royale.
En moins de trois jours j'ai tiré des villes confiées à
leur garde deux mille cinq cents soldats. Le connétable don Miguel d'Aranzu se joint à eux avec un
corps de trois mille archers. Don Garcia Alvarez,
comte d'Albe et de Tormès, nous amène ses cavaliers.
Toutes ces compagnies marchent à cette heure sur
Avila. Ce n'est pas un homme, mais une armée qui
va frapper les ligueurs triomphants, comme la fou-

16

dre éclatant dans un ciel serein. Sire, hésitez-vous
encore ?

Agnès, les yeux humides de larmes, écoutait parler Ledesma.

— Comte, dit Henri après un instant de médita-
tion, n'est-ce pas un grand malheur pour un roi que
de combattre ses propres sujets ?

Le favori ne répondit pas, mais sa physionomie
exprima l'indignation.

Agnès, les mains presque jointes, le regardait et
l'admirait dans une sorte d'extase.

Le roi la surprit dans cette ferveur d'enthousiasme
et s'en trouva blessé.

— A quoi songez-vous, mon âme? lui demanda-t-il
brusquement.

— J'admire le courage et l'énergie de don Beltran,
sire, répliqua-t-elle avec une exaltation qui alla droit
au cœur de Henri. J'aime cette puissance de volonté
qui ne se laisse pas arrêter par de vains scrupules et
qui triomphe de tous les obstacles. Un homme ainsi
doué ne traînera jamais ses jours dans l'obscurité et
l'ignominie ; il n'enviera pas le sort des bûcherons
qui vivent et meurent comme les arbres frappés
par leur cognée, et s'il ne peut monter sur le piédestal
d'une vie glorieuse, il saura toujours trouver une
mort enviée même de ses ennemis.

Le cœur de Henri se serra; il se sentit diminuer
dans l'amour d'Agnès qui semblait comme toutes
les femmes se laisser prendre au miroir étincelant
des qualités violentes et les préférer aux humbles dé-
licatesses de l'âme. Mais il n'eut pas le temps de ré-

pondre ; la musique venait de cesser, et un silence religieux planait sur cette imposante assemblée de tout un peuple.

Tous les regards se tournèrent avec une sorte d'émotion vers l'échafaudage dont un crieur public et un alguazil franchissaient les marches.

La crieur commença alors, sur un signe du marquis de Villena, à lire à haute voix les charges et griefs formulés contre Henri.

« — Vous tous, dit-il, Castillans, grands, ricoshombres, prélats, chevaliers et écuyers, écoutez !

« Le roi don Henri de Castille étant jugé indigne de la couronne, il plaît à Dieu, par l'entremise des confédérés, tous dévoués de cœur à la prospérité du royaume, de condamner à la déposition ce coupable monarque. Parmi les charges nombreuses qui s'élèvent contre lui, quatre chefs d'accusation doivent être dénoncés à l'animadversion publique.

» Premièrement, il est indigne d'une couronne qu'il ne peut porter lui-même ; il est coupable d'avoir abandonné les rênes de l'État et le soin des affaires publiques à don Beltran de la Cueva qui a gouverné la nation avec un despotisme sous lequel ne peut se courber l'esprit fier et indépendant des Castillans. Or, puisque la couronne est trop lourde pour le roi, la nation veut qu'elle soit placée sur une tête plus capable et plus digne de la porter. Que don Henri IV de Castille perde la couronne ! »

Le crieur se tut, et l'archevêque de Tolède, s'approchant avec solennité de l'effigie du roi, lui enleva la couronne du front.

A cet acte hardi, de nombreux applaudissements retentirent.

Agnès et Ledesma interrogèrent le roi d'un regard plus suppliant et plus expressif que la parole ; mais il répondit d'une voix sourde :

— Teindre la terre d'Espagne du sang de ses fils, des châteaux-forts faire des masures, réduire les masures en amas de cendres, entendre les femmes et les enfants me maudire, je ne m'en sens pas l'heroïque courage ! Que ne tenterait donc pas alors mon peuple contre moi, puisqu'il m'offense si cruellement aujourd'hui quand j'ai cru être pour lui miséricordieux et doux !

Le crieur venait de reprendre sa place et de passer au second chef d'accusation.

« Deuxièmement, le roi Henri IV de Castille est indigne de porter la main de justice, puisqu'il ne s'en sert pas pour protéger ses sujets. Ses favoris rendent des décrets dont la partialité porte préjudice à l'intérêt public. En conséquence, que la main de justice ne soit pas confiée plus longtemps à un roi qui la souille. Que don Henri de Castille perde l'épée de justice. »

Le crieur s'arrêta, le comte de Palencia, s'approchant de l'effigie du monarque, lui arracha ce symbole redoutable.

De nouvelles acclamations éclatèrent de toutes parts. Agnès ne put s'empêcher de pleurer amèrement en voyant l'homme qu'elle avait placé si haut dans son cœur assister impassible à ces affronts publics, comme s'il se fût agi d'un étranger. Profondément humiliée, elle courba la tête et n'osa plus regarder le roi.

— Un mot, sire, dit Ledesma exaspéré, et ces misérable seront châtiés de leur audace sacrilège.

— A quoi bon ? reprit tristement Henri, à qui me fier désormais ! Ne vois-je pas dans les rangs de la ligue des hommes que j'ai tirés de la ruine, que j'ai comblés de faveurs, à qui j'ai donné l'épée qu'ils tournent contre moi ? L'ami du jour peut être l'ennemi de demain.

Don Beltran se tut, blessé au cœur.

« Troisièmement, dit le crieur, le roi don Henri de Castille est indigne du sceptre. Il faut, pour le porter, une main ferme et juste. Henri l'a déshonoré par son indolence et ses prodigalités. La nation le destine à un prince qui saura le faire respecter. Que don Henri de Castille perde le sceptre ! »

Alors le comte de Benavente s'approcha de l'effigie du roi et lui enleva le sceptre. La foule battit des mains.

— Henrique, dit Agnès en relevant la tête, le trône seul vous reste encore. Souffrirez-vous que ces rebelles portent la main sur ce dernier débris de votre puissance ?

— Sire, ajouta don Beltran, le moment est venu de montrer que dans ce fantôme de roi qu'ils outragent se trouve un homme plein d'énergie et de courage. Ils vous accusent d'indolence et de faiblesse ? faites-les donc trembler. Ils vous disent prodigue ? confisquez les biens des nobles conjurés et diminuez les impôts. Aujourd'hui, par un acte de prompte vi-

16.

gueur, vous pouvez souffler sur la révolte et l'anéantir. Demain, il sera trop tard. Demain la Castille est
en feu. Demain il y a guerre de province à province
et l'État est perdu.

— Après ce déshonneur public, dit Henri profondément découragé, je ne puis plus régner. Peut-être
parviendrais-je à ressaisir mon sceptre ; mais ce serait
guérir la plaie et non pas effacer la cicatrice.

Ledesma et Agnès s'écartèrent machinalement du
prince débonnaire et insouciant dont ils ne pouvaient
s'expliquer le dégoût du pouvoir et l'incurable mépris des hommes. Il éprouvait en effet ce douloureux
détachement des ambitions humaines qui devait
paralyser plus tard l'esprit impérieux et le grand
cœur de l'empereur Charles-Quint.

« Quatrièmement, continua le crieur, le roi don
Henri de Castille est indigne d'être assis sur le trône
qu'il occupe, car il a été traître envers l'État et traître
envers les siens. Il a contracté secrètement alliance
avec les Maures ; il a arbitrairement retenu dans les
prisons de Ségovie l'infant don Alphonse, son frère
et son successeur au trône. Enfin, il a tenté d'assurer
la couronne à l'enfant illégitime que le peuple appelle la *Beltraneja*. Mais, avec l'aide de Dieu, qui ne
permettra pas que tant de coupables desseins s'ac-
complissent, nous déclarons don Henri IV déchu du
trône ! »

Don Diego Lopez de Zuñiga, s'élançant sur l'estrade, saisit l'effigie par les épaules et la renversa.

Alors les ligueurs s'emparèrent de l'infant, le portèrent en triomphe et le placèrent sur le trône que

venait d'occuper l'image dé Henri, plus ils le procla-
mèrent roi de Castille, au bruit des trompettes et des
instruments de guerre.

Quand don Alphonse fut revêtu des insignes de la
royauté et que la couronne eut été posée sur sa tête,
de joyeuses acclamations s'élevèrent du sein de la
foule, et de presque toutes les bouches partit ce cri :

— Vive don Alphonse, douzième roi de Castille !

L'archevêque de Tolède, pour rendre hommage au
nouveau roi, vint lui baiser la main, et les conjurés
voulurent imiter cet exemple chacun selon son rang.
Deux gradins avaient été pratiqués à cet effet. La
foule montait d'un côté et descendait de l'autre.

Tandis qu'Agnès portait la main à son front comme
si elle y eût ressenti une vive douleur, le favori fit
quelques pas vers l'échafaudage avec une sorte de
fureur sauvage ; la fièvre envahissait son cerveau, et
lui ôtait la conscience de ce qui se passait autour de
lui. Sa volonté de fer venait de se briser contre un
brin de paille.

— Agnès, dit alors Henri pressant doucement la
main de la jeune femme, vous m'avez dit de venir,
je suis venu. Maintenant, je crois que ces braves
gens ont fini leur besogne et qu'il est temps de
partir.

— Partez sans moi, sire, reprit gravement la fille
du tanneur.

— Sans toi ! reprit Henri étonné. Je ne te comprends pas !

— Je ne veux pas entraver votre fuite, Henrique.

— Ma fuite ! répéta le roi.

— Je prierai Dieu que vous parveniez à dérober votre tête à la vengeance de vos ennemis, sire.

— Mais tu es folle, Agnès ; Ledesma m'a préparé une fidèle escorte, tu ne cours aucun danger avec moi.

— Qui sait? si on attaque votre escorte, vous jetterez peut-être votre épée, et vous abandonnerez vos partisans comme vous avez abandonné votre sceptre et votre couronne.

— Ce sont là d'étranges défiances et d'amers reproches, Agnès. Seriez-vous donc ambitieuse comme les autres femmes, mon enfant?

— Je ne suis qu'une femme, mon cher seigneur ; j'aimerais une vie sereine et cachée, embaumée dans le repos et l'amour, mais non une vie honteuse et troublée par des insultes impunies. Les liens qui nous unissaient sont rompus, Henrique, et dès demain je veux aller m'ensevelir dans un cloître.

Le roi tressaillit et une pâleur mortelle couvrit son visage.

— Quoi! dit-il, toi aussi, tu m'abandonnes comme tous ces courtisans? Et moi qui croyais à ton amour!

— Aviez-vous le droit d'en douter quand je me suis perdue pour vous! Mais si je vous ai sacrifié mon honneur, je ne veux pas que l'on m'accuse d'avoir sacrifié le vôtre. Si c'est ce lâche amour qui a engourdi votre cœur comme un poison mortel, si ma voix a endormi votre courage, si mon sourire vous a plongé dans une mollesse infâme, c'est moi qui ai mérité les malédictions de la Castille, et je saurai m'en punir !

— Agnès, si tu me quittes, le sang et la vie se retireront de mon cœur ! répliqua Henri avec désespoir. Que faut-il faire pour garder ton amour? Ordonne, j'obéirai.

— M'avez-vous écoutée tout à l'heure, quand on vous arrachait le sceptre et la couronne que vous a légués le roi Jean II, votre père?

— Il me reste mon épée, Agnès.

— Le bras qui pouvait s'en servir est trop débile; le cœur qui pouvait diriger ce bras est mort, Henrique.

— Avec cette épée, je puis reconquérir tout ce que j'ai perdu, ma chère âme ! dit fièrement Henri qui sentit ressusciter en lui les nobles émotions de sa jeunesse; mais si je rentre dans cette vie sanglante et agitée, c'est à condition que tu resteras près de moi comme un ange gardien, et que je pourrai oublier chaque jour auprès de toi cette importune royauté qui brise mon âme comme un trop lourd fardeau.

— Henrique, répliqua sérieusement Agnès, je n'irai demander asile à Dieu que le jour où je ne pourrai plus compter sur vous pour nous défendre, votre enfant et moi.

Henri s'avança rapidement vers Ledesma, et lui dit à voix basse :

— Il est temps, grand-maître, d'en finir avec ces bouffons ! donne le signal à nos partisans !

Puis, tirant son épée, il gravit aussitôt les degrés de l'estrade en s'écriant d'une voix tonnante :

— Le lion qui dormait s'éveille !

Alors don Alfonse, au lieu de cet incessant contact de deux lèvres humblement imprimées sur sa main, sentit un bras nerveux froisser son front et lui arracher sa couronne.

A cet outrage, il se leva comme mû par un ressort d'acier ; mais voyant devant lui son frère dont les yeux pleins d'éclairs plongeaient jusqu'au fond de son âme envieuse, il retomba sur le trône, brisé de frayeur et de honte.

— Ricos-hombres et bourgeois rebelles, s'écria le roi déposé, Henri IV de Castille vous donne rendez-vous de bataille dans la plaine d'Olmedo, où il vous attendra pendant six jours, — et voici son gage, continua-t-il en jetant aux confédérés la couronne qu'il avait tordue dans ses mains.

Cet acte de folle audace électrisa la foule, et un grand nombre de voix répétèrent : Vive Henri de Castille !

Les ligueurs, revenant enfin de la stupeur où les avait plongés cette apparition menaçante, essayèrent alors d'entourer leur ennemi, croyant qu'il s'était hasardé seul au milieu de leurs partisans ; mais déjà la troupe, commandée par le comte de Ledesma, avait frayé la route au noble fugitif ; un chemin tout ouvert était tracé devant lui, et au bout de ce chemin, trois chevaux attendaient.

Pendant que Henri, Agnès et don Beltran montaient à cheval, les portes de la tente mystérieuse s'ouvrirent pour livrer passage aux soixante cavaliers d'escorte, et ce fut en vain que le marquis de Villena se mit à leur poursuite avec les autres confédérés. Le roi gagna Olmedo sans combat, et deux heures après la scène de sa déposition, la grande plaine d'Avila était devenue déserte et silencieuse.

X

Le marquis de Villena avait relevé le gage de bataille du roi déposé, et il conduisit l'armée de l'infant à la rencontre des nombreuses troupes rassem-
blées par le comte de Ledesma. Les deux rivaux se
rencontrèrent à Olmedo, et malgré la bravoure des
confédérés, les royalistes remportèrent la victoire.

Le favori voyait la fortune déblayer de nouveau
la route devant lui, mais il aidait hardiment la fortune.

Le 1ᵉʳ juillet, près d'Avila, au bourg de Cardagnosa,
l'infant don Alfonse éprouva, après souper, des douleurs d'entrailles si violentes, que malgré les plus
prompts secours, il mourut le quatrième jour.

Cette mort, du reste, n'étonna personne, car tous
les partis avaient également le plus grand intérêt à
se débarrasser de ce jeune prince, drapeau compromettant pour les uns, épée toujours menaçante pour
les autres.

Quant à l'infante dona Isabelle, la future protectrice de Christophe Colomb, elle n'inspirait aucune inquiétude à Jeanne de Portugal et au comte de Ledesma. Elle avait nettement refusé la couronne que lui offrait le marquis de Santillana et le comte de Benavente, comme ambassadeurs de la Ligue, après la mort de don Alfonse : elle respectait Henri comme son roi légitime et demandait seulement qu'il promît de la reconnaître pour son héritière au trône et d'écarter doña Juana d'une succession à laquelle cette enfant n'avait aucun droit.

C'était donc là une question réservée pour l'avenir.

Restait le bâtard du roi fainéant, l'enfant d'Agnès.

Or, il était évident pour la reine et son favori que si le peuple en était réduit un jour à se choisir un roi entre les deux bâtards, il préférerait à la *Beltraneja* le vrai sang de ce bon Henri, qui n'était haï de personne, pas même des ambitieux qui se disputaient le pouvoir sous son nom.

Aussitôt cette conviction acquise, une jalousie singulière s'éveilla dans l'âme de Jeanne de Portugal, et elle déclara à don Beltran qu'elle voulait connaître cette belle Agnès dont l'influence sur l'esprit de son mari était devenue si puissante et pouvait devenir si dangereuse après avoir été si salutaire.

Cependant le comte de Ledesma n'avait plus entendu parler de la fille du tanneur depuis la bataille d'Olmedo, pendant laquelle Agnès n'avait pas quitté la tente royale.

Dans un jardin d'orangers et de lauriers roses, au

17

fond d'un quartier désert de Tolède, s'élevait une petite maison du temps des Maures, décorée de capricieuses arabesques, et si bien entourée de grands rosiers, qu'on eût dit un nid d'oiseaux caché dans un nid de fleurs.

C'était dans cette délicieuse retraite que le roi de Castille, comme un avare, avait enfoui son trésor, c'étaient là que vivaient Agnès et son enfant.

Un escalier secret, pratiqué dans l'épaisseur de la muraille, conduisait à l'appartement d'Agnès; Henri seul en avait la clef, et souvent il venait la nuit, par ce chemin mystérieux, surprendre sa maîtresse et son fils, et les contempler avec amour pendant leur sommeil, qu'il n'osait troubler. Il trouvait près d'eux cette liberté dont il était jaloux; il trouvait en eux cette famille dont son cœur paresseux et doux aimait la sérénité et le désintéressement. Là, il oubliait d'être roi pour être père; il pouvait embrasser son enfant et le bercer dans ses bras sans faire rire tout un peuple de courtisans et de valets. L'Alcazar était pour lui une prison; la maison d'Agnès était son paradis.

Comme il avait remarqué souvent que la jeune femme n'acceptait jamais qu'en rougissant les joyaux et les étoffes précieuses dont il aimait à la parer, c'étaient ces nuits de contemplation silencieuse qu'il choisissait pour déposer sur le berceau de l'enfant d'ingénieux présents auxquels Agnès pouvait sourire à son réveil, en se disant : « Il est venu ! »

Mais Henri n'était pas le seul visiteur nocturne de cette discrète solitude.

Un autre homme venait aussi pour essayer d'entrevoir Agnès, mais non pendant son sommeil, car celui-là n'avait pas la clef de la porte secrète. Il lui fallait escalader les murs du jardin comme un larron et se cacher dans l'ombre du feuillage pour contempler à loisir aux pâles rayons de la lune, le charmant visage de la jeune mère, lorsqu'elle venait s'accouder à son balcon pour respirer l'air parfumé des senteurs pénétrantes des roses et des fleurs d'orangers. Les yeux de cet homme restaient fixés sur elle avec la naïve idolâtrie du nègre pour son fétiche ; ses lèvres murmuraient des mots entrecoupés qu'elle ne pouvait entendre, un sanglot étouffé s'échappait de sa poitrine, et de grosses larmes coulaient le long de ses joues amaigries par le chagrin ; mais comme si ses pleurs eussent ranimé pour un instant son courage, il s'éloignait et regagnait son logis désert, se sentant plus calme et plus fort, ayant emporté du bonheur pour tout un jour, le pauvre père !

Le tanneur luttait sans relâche entre son orgueil et son cœur. Au retour, il répétait :

— C'est fini, je ne la verrai plus !

Mais le lendemain, se dirigeant avec une ardeur toute juvénile vers le jardin d'Agnès, il se disait :

— Cette nuit encore, et c'est pour la dernière fois !

Un jour l'humble favorite, penchée à son balcon, regardait le soleil couchant dorer de ses derniers rayons sa pelouse de violettes, lorsqu'un page vint lui apporter un message de la part du roi.

Ce message contenait une bonne nouvelle, car

Agnès frappa joyeusement ses deux petites mains
l'une contre l'autre, et, courant à son fils qui jouait
au milieu d'une foule de hochets éparpillés sur un
riche tapis, elle l'enleva dans ses bras et baisa avec
transport sa jolie tête blonde.

C'était en effet, pour la pauvre recluse, une agréable
surprise.

Le roi, en la quittant la veille, l'avait prévenue
qu'il ne pourrait la voir le lendemain, et maintenant
il lui mandait qu'il viendrait souper avec elle à la
chute du jour.

Tandis que Magdalena, sa vieille nourrice, s'occupait
des apprêts de ce repas improvisé, Agnès voulut
rehausser par une brillante toilette cette beauté dont
elle était si peu vaine, afin de faire honneur à son
royal convive.

Elle chaussa de petites bottines de tissu d'argent
fin, et revêtit une jupe de taffetas bleu céleste, puis
son *juxtillo* ou ajustador, orné de dentelles et de crevés
de satin blanc aux épaules. Par-dessus, elle fit
glisser une basquine en étoffe de soie noire brodée de
dessins de velours qui représentaient un courant de
fleurs et qui tranchaient délicieusement avec le
blanc scintillant de ses bottines.

Après avoir coquettement tressé, dans les nattes de
ses beaux cheveux, deux rangs d'ambre et de corail
entremêlés de perles d'or, et roulé à son cou son beau
collier de jayet, pierre qu'on tirait alors à grands frais
de mines voisines du Manzanarès, elle ouvrit un petit
coffret d'argent d'où elle tira sa riche parure de
diamants.

Cette parure que Henri l'avait forcée d'accepter, et dont elle ne voulait faire usage que pour lui, consistait en deux pendants d'oreille, deux bracelets et une agrafe de ceinture.

Quand elle fut ornée de ces précieux joyaux, elle alla se regarder dans son miroir de Venise, et se sentit rougir d'orgueil et de bonheur en voyant resplendir dans ce cadre éblouissant sa beauté merveilleuse, car l'éclat humide de ses yeux semblait ternir les feux des diamants.

D'ailleurs, toute coquetterie à part, elle devait être fière et heureuse de se voir si belle, car elle sentait bien que Henri ne pouvait cesser de l'aimer. Ce miroir ne lui disait-il pas qu'elle avait bien peu de rivales à craindre!

Le bonheur d'Agnès était si vif qu'il avait besoin de s'épancher, et ses yeux cherchèrent machinalement son fils.

L'enfant, qui se roulait sur le tapis les jambes nues et vêtu d'une courte tunique de toile de Tunis, avait tout à coup cessé de jouer; il regardait sa mère avec de grands yeux étonnés et lui tendait ses petits bras en souriant.

Agnès lui sourit à son tour, et s'agenouillant sur le tapis, redevenant enfant à son tour :

— Qu'il est beau, ce fils de roi! murmura-t-elle en dévorant de baisers les petits pieds mignons de l'innocente créature. O mon cher Henrique! reste caché toujours dans les bras de ta mère! ne sois beau que pour ta mère; que personne ne se doute que le roi Henri de Castille a un fils, car ce soupçon serait ta mort! Oh! je n'aurai pas d'ambition pour toi, mon enfant! mais ta vie sera belle quoique obscure, si tu es bon et brave comme ton père!

Tout à coup un léger frôlement se fit entendre dans l'escalier secret.

— C'est lui! s'écria-t-elle en se relevant avec une joie toute enfantine. Il ne faut pas qu'il nous voie!

Et jetant sur son fils une gaze brodée qui le couvrit de la tête aux pieds, elle courut se cacher dans le rideau qui masquait la fenêtre.

Pendant que la clef grinçait dans la serrure, Agnès retenait sa respiration; mais dès que la porte fut ouverte, elle passa doucement sa gracieuse tête entre les plis du rideau, et, souriante, ses petits doigts posés sur ses lèvres, elle attendit que Henri l'aperçût pour lui envoyer son baiser de bienvenue.

Mais ce ne fut pas un baiser qui s'envola de ses lèvres, ce fut un cri de terreur qui expira dans son gosier.

Elle était en face de la reine.

Elle eut comme le pressentiment d'un malheur et frissonna de tous ses membres.

Jeanne de Portugal, vêtue de velours noir, sans pierreries ni joyaux, tenait à la main une houssine comme si elle descendait de cheval à l'instant.

Le visage sévère et les lèvres légèrement crispées, elle s'avança vers Agnès et la regarda avec une sorte de pitié dédaigneuse.

— Vous m'avez reconnue, n'est-ce pas? lui demanda-t-elle.

Agnès s'inclina respectueusement; elle tremblait

comme la feuille devant cette femme qu'elle avait
offensée par son amour.

— Vous êtes belle, en effet; on ne m'avait pas
trompée, reprit la reine. Henri a su bien choisir.
Vous êtes riche de ses dons, et vous vous en étiez
parée pour l'attendre? Allons! il est généreux comme
il convient à un roi!

La rougeur monta au front d'Agnès; mais, écrasée
par le sentiment de son indignité, elle s'agenouilla
aux pieds de son impérieuse rivale et voulut baiser le
bas de sa robe.

Jeanne recula dédaigneusement d'un pas.

— Vous devenez trop familière, la belle! La reine
n'a pas grand souci des caprices de son mari, mais
il ne faudrait pas prendre trop au sérieux votre rôle.
L'ivresse de l'orgueil a dû vous monter à la tête, petite, quand le regard de Henri s'est égaré sur vous.
Vous aurez fait sans doute des rêves ambitieux, et
vous vous êtes dit, n'est-ce pas? que souvent la
maîtresse d'un roi est devenue plus puissante que la
reine.

— Oh! señora, dit humblement Agnès, je ne suis
pas une de ces femmes qui se font gloire de leurs
fautes. Je n'ai pas vendu mon cœur; je l'ai donné.
Quand Henri m'a dit qu'il m'aimait, j'ignorais que
j'entendais la voix du roi de Castille! Ah! si je l'avais
su, señora, j'aurais eu peur de l'abîme, je n'y aurais
point glissé pas à pas; je n'aurais pas osé l'aimer.

— Ne parlez donc pas si audacieusement de votre
amour, belle Agnès, et ne faites donc point parade
de tous ces beaux sentiments; ce sont là des ruses

bonnes pour enflammer la vanité d'un homme, mais qui ne sauraient me tromper. Faites donc la naïve et l'ingénue! C'est une excellente comédie que vous donnez à ce pauvre Henri, et il doit être enchanté de se croire aimé pour lui-même...

Agnès se releva, rouge d'indignation et de pudeur.

— Mais pour quelle lâche et vile créature me prenez-vous donc, señora? Quels sont donc les cœurs serviles qui vous entourent pour que vous doutiez de la sincérité de mes paroles?

La reine éclata d'un rire sec et méprisant.

— La belle est à peindre, en vérité! N'est-ce pas à moi qu'elle vient protester de son amour pour mon mari! La plaisanterie serait impudente si elle était moins bouffonne! Ne dirait-on pas qu'elle craint d'être entendue de son noble amant caché dans quelque coin! Mais, vertueuse Agnès, je pense que si vous aimez beaucoup Henri pour lui-même, vous l'aimez bien un peu aussi pour ces magnifiques diamants pendus à vos oreilles et à votre cou!

Agnès détacha ses pendants, brisa son collier et laissa tomber les diamants à ses pieds. Son visage était pâle, mais la fièvre brûlait ses mains.

— Señora, dit-elle d'une voix frémissante et la tête baissée, je sais que je suis une créature perdue et que je n'ai pas le droit de lever les yeux sur vous. Je sais que je vous ai offensée, si toutefois le vers qui rampe dans la poussière peut offenser l'étoile qui brille au ciel; mais, croyez-moi, jamais une pensée cupide n'a pénétré mon cœur. Henri reprendra tous ces dons de sa générosité dont j'ai pu me parer pour lui obéir, mais qui me font maintenant horreur comme des trésors volés. Du reste, ordonnez, señora, et ce que vous ordonnerez je le ferai. Je quitterai Henri, dussé-je en mourir de douleur! Je m'en irai avec mon enfant dans mes bras, et mon travail nous nourrira; mais vous ne m'accuserez plus d'avoir vendu mon amour!

Et des larmes ardentes glissèrent sur les joues de la pauvre fille.

La reine la regardait avec une attention persistante.

— Vous êtes belle aussi dans les pleurs, Agnès, dit-elle, et je commence à m'expliquer comment mon volage époux a pu descendre de doña Catherine de Sandoval, cette fière beauté, à la fille d'un misérable tanneur.

— Oh! vous êtes inflexible, señora, reprit la favorite. Vous me voyez à vos pieds, brisée de honte et de repentir, j'implore votre clémence, et je le vois bien! vous ne me pardonnerez pas une faute que vous regardez comme un crime!

— Peut-être! répliqua lentement Jeanne de Portugal.

Agnès releva la tête avec une surprise mêlée d'une secrète épouvante, et attacha ses grands yeux suppliants sur le visage rigide de la reine. Ce mot: « peut être! » renfermait pour elle un germe d'espérance, mais il contrastait avec l'expression hautaine de la voix de Jeanne.

— Pour racheter ce crime, ajouta-t-elle timidement, qu'exigez-vous, señora? Rien ne me coûtera

17.

pour vous obéir : souffrance, humiliations, misère, je
subirai mon châtiment sans me plaindre.

— Mon Dieu ! je ne suis pas une Némésis implacable, dit Jeanne en essayant de sourire, et je ne
veux pas troubler le bonheur de monseigneur Henri.
Aimez-vous tous deux, je ne m'y oppose pas. J'aime
mieux avoir une rivale cachée dans sa solitude, et
qu'il rougirait de montrer à ses courtisans, qu'une
noble dame comme Catherine qui voudrait lutter avec
moi de luxe et de puissance.

— Qu'exigez-vous donc, señora? reprit Agnès, que
cette douceur inattendue faisait trembler.

— Tu peux ramasser ces diamants, la belle, continua la reine ; certes, je ne te les envie pas, et la favorite d'un roi ne doit pas affecter la simplicité d'une
bourgeoise ; tu ferais passer ce bon Henri pour un
avare aux yeux de ses partisans, et c'est là son moindre défaut.

— Mais qu'exigez-vous donc, señora demanda
Agnès de plus en plus troublée par un doute obscur
et plein d'angoisses.

La reine la regarda fixement.

— Ce que j'exige, ce n'est ni l'abandon de ton
amour, tu vois que je suis clémente; ni l'abandon
de tes richesses, tu vois que je suis généreuse : ce
que j'exige, c'est la preuve vivante de ta faute !

— La preuve vivante ! répéta Agnès en reculant
comme devant une vision terrible. Oh ! je ne vous
comprends pas, señora.

— Si, tu m'as comprise, malheureuse ! dit la reine
en lui touchant l'épaule de sa houssine. Pourquoi

.lonc recules-tu devant moi qui ne te menace pas?
Pourquoi donc es-tu blanche comme une morte?
Écoute-moi bien! Agnès. Tu as imploré mon pardon,
je te l'accorde, mais à une condition : il faut me donner ton enfant!

— Mon enfant! s'écria la favorite avec une expression d'égarement. Mais pourquoi me demander mon
enfant! Est-ce qu'il peut quitter sa mère? Est-ce
qu'une autre peut l'aimer, le servir, le défendre comme
moi? pourquoi vouloir me voler mon fils? il est si
beau et si bon! Mais il me connaît déjà, señora; il
distingue mon pas, il me tend ses petits bras, je comprends ses cris et je lis dans ses yeux! Mais que voulez-
vous donc faire de mon enfant, señora?

— Mon pardon est à ce prix, Agnès, dit froidement
la reine.

— Jamais! s'écria énergiquement la jeune femme en
étendant une main protectrice vers les coussins sur
lesquels s'était endormi l'enfant.

Jeanne de Portugal haussa les épaules.

— Agnès, n'essaie donc pas de m'abuser plus
longtemps par les démonstrations d'un repentir hypocrite. Je ne crois pas à tes larmes. Tu es coquette
et vaine comme presque toutes les filles du peuple
élevées dans la pauvreté. Tu es flattée de l'amour
du roi. Tout ce qui brille vous éblouit, vous autres,
Reprenez donc ces diamants que Henri de Castille...

— M'a donnés malgré moi, señora, interrompit la
favorite, et qui me brûleraient comme des fers rouges
si ma main les touchait encore.

— Folle! dit Jeanne en repoussant les diamants du

bout de son soulier de satin. Reprenez ces joyaux, Agnès, vous les avez bien gagnés.

La fille du tanneur, en s'entendant insulter si cruellement, se voila le visage de ses mains et éclata en sanglots. Jeanne, irritée de sa résistance, lui marchait sur le cœur avec cette impassibilité féroce dont les femmes font si facilement preuve envers une rivale jeune et belle.

Elle craignit cependant d'être allée trop loin, et continua d'un ton moins brusque :

— Ce que je vous propose, la belle, c'est un marché. Vous devriez me savoir gré de mon indulgence. Gardez tout ce que vous tenez de la générosité du roi, et si vous acceptez ma demande, en récompense de votre sacrifice, je vous ferai épouser quelque pauvre gentilhomme étranger dont vous ferez le bonheur, et qui ne vous rappellera jamais un passé devenu la source de sa fortune.

Agnès pleurait toujours. Ce marché infâme que lui proposait la reine, c'était une humiliation plus grande encore que les dédains et les insultes ; elle entendait ces odieuses paroles, qui révoltaient sa conscience pudique, comme les notes discordantes d'un rêve ; c'était pour elle une expiation terrible.

— J'attends votre réponse, reprit Jeanne avec un geste d'impatience.

Agnès murmura doucement :

— Je ne demande pas de grâces, señora, pour accomplir le sacrifice que mon devoir m'impose. Je vous le jure du fond du cœur et devant Dieu qui m'entend, jamais je ne reverrai le roi.

— Et que m'importe le roi! s'écria Jeanne, dont les yeux étincelèrent. C'est de votre enfant qu'il s'agit, malheureuse! l'avez-vous oublié?

— Vous êtes mère, señora, répondit Agnès avec une douce fermeté. Comment pouvez-vous offrir à une mère un pareil marché?

— C'est parce que moi aussi j'ai le cœur d'une mère, dit la reine emportée par sa colère, que je veux éloigner votre fils, car il pourrait un jour revendiquer un titre auquel a droit ma fille, doña Juana, que les états assemblés ont solennellement reconnue pour héritière du trône de Castille.

— Señora, répliqua simplement Agnès, je ne comprends rien à vos craintes. Cet enfant qui dort sur ces coussins ne peut être un ennemi redoutable pour la reine Jeanne. Je vous ai promis de ne jamais revoir, Henri; je tiendrai mon serment. Demain, je quitterai cette maison sans en rien emporter; mais je veux du moins en sortir comme j'y suis entrée, mon enfant nu dans mes bras.

— Folle entêtée! s'écria Jeanne; puis, lui touchant le front du doigt pour la forcer à relever la tête : — Et si pourtant, ajouta-t-elle d'une voix altière, j'exigeais que tu me sacrifiasses ce rejeton du vice!

Agnès, qui était restée humblement agenouillée devant la reine se releva à ce dernier outrage, fière et menaçante à son tour.

— Respectez mon enfant, dit-elle avec la dignité d'une mère; n'insultez pas cet innocent qui nous sourit dans son sommeil. C'est le vrai sang du roi de

Castille, señora. Mais l'enfant du crime et de l'adul-
tère, voulez-vous connaître son nom?

Jeanne de Portugal pâlit et recula.

— Son nom! poursuivit Agnès, demandez-le à
toute la Castille. Nobles et mendiants, juifs et chrétiens, paysans et soldats, tous vous répondront : C'est
la *Beltraneja!* la bâtarde! C'est votre fille, señora!
Oh! celle-là, c'est le vrai sang de Jeanne de Portugal!

La reine tordait sa houssine dans ses mains; tout
son corps tremblait; elle se demandait quelle vengeance elle pourrait tirer de cette femme qui avait
osé la blesser si profondément dans son orgueil de
de femme et sa dignité de souveraine. Elle ne cherchait plus dans son esprit que le choix du supplice.
Ses lèvres serrées ne laissèrent glisser que ces seuls
mots :

— Agnès, tu as prononcé l'arrêt de mort de ton fils
et le tien !

— Oh! Henri qui va venir saura bien protéger son
enfant, même contre vous, señora! s'écria la fille du
tanneur avec une confiance exaltée. Qui donc oserait
toucher au fils du roi de Castille?

Jeanne sourit.

— Le roi ne viendra pas, Agnès, car le message
qui t'annonçait sa visite pour ce soir venait de ma
part et non de la sienne.

— Qu'importe! mes serviteurs et ma nourrice me
défendront en l'absence de Henri.

— Depuis mon entrée dans cette maison tes serviteurs et ta nourrice sont entre les mains de mes *ballesteros de maça!*

La favorite essaya un faux sourire d'incrédulité, mais un nuage pourpre voila son regard.

— En veux-tu la preuve? Appelle, et nul d'entre eux ne viendra à tes cris.

— Mais c'est une trahison! señora! s'écria Agnès de plus en plus effrayée.

— C'est une acte de justice, la belle fille? Tu as outragé la reine, outragé la mère, outragé la femme Jeanne sera seule ton juge.

— Dieu ne le permettra pas, dit la favorite en regardant son altière rivale avec des yeux troublés : il m'entendra, il me secourra! Je le prie tous les jours, tous les jours je fais prier mon enfant. Dieu aura pitié de nous!

— Dieu rejette les prières de ceux qui l'offensent en action, répliqua la reine d'une voix sombre. Livre-moi ton enfant, ou tu es perdue. Si tu persistes dans ton refus insensé, avant une heure...

Elle lui montra du doigt l'enfant endormi.

— Veux-tu donc qu'il ne se réveille plus?

La terreur commençait à s'emparer de l'esprit d'Agnès et à y jeter les folles illusions de la fièvre.

— Oh! c'est un piége, n'est-ce pas, señora? vous voulez m'effrayer pour me faire consentir à abandonner mon enfant? mais je n'y consentirai pas. Non, jamais, jamais, entendez-vous? Ne me tentez pas davantage. Je refuse, ajouta-t-elle avec une énergie sauvage et désespérée; faites-nous mourir si vous l'osez, mais je refuse!

— Fais donc prier ton enfant pour la dernière fois, dit l'inflexible Jeanne.

Et franchissant le seuil, elle disparut en fermant la porte à double tour.

Elle trouva le comte de Ledesma qui l'attendait au bas de l'escalier secret.

— Eh bien? lui demanda le favori.

— Elle refuse, répondit la reine; il faut donc en finir avec eux sur l'heure!

XI

Don Beltran connaissait la volonté inflexible de la reine. Quand elle lui annonça sa résolution suprème, il ne put s'empêcher de plaindre cette pauvre favorite qui n'avait fait de mal à personne, et qui, sans ambition personnelle, l'avait si bien secondé de son influence pour forcer Henri à agir en roi dans la plaine d'Avila.

Il voulut essayer de la sauver.

— Jeanne, dit-il après un instant de silence, ne craignez-vous pas d'attirer sur nous la colère du roi?

— Eh! qu'importe le roi! reprit Jeanne de Portugal avec violence. Est-ce que vous avez songé à lui, comte de Ledesma, quand vous avez fait empoisonner l'infant don Alfonse, son frère?

Le favori frissonna et devint livide.

— Pourquoi parler si haut, señora, de cette mort mystérieuse que tous les partis rejettent l'un sur

l'autre? D'ailleurs don Alfonse était un sujet rebelle.

— Et cette Agnès que vous défendez n'est-elle pas
aussi dangereuse que lui, puisqu'elle refuse de nous
livrer le serpent qui peut-être un jour étouffera ma
fille, notre Juana, don Beltran?

— Mais l'enfant d'Agnès n'est pas à craindre aujourd'hui, señora, tandis que don Alfonse était le
chef d'une ligue redoutable; il avait combattu contre
nous les armes à la main. En disposant du sort de ce
vaincu, je servais l'État.

— Oh! vous êtes un grand et profond politique!
dit Jeanne avec un dédaigneux sourire.

— Enfin poursuivit don Beltran qui espérait la
persuader, j'étais en face d'un homme, mais porter
des mains violentes sur une pauvre fille dont tout le
crime est d'avoir aimé, non le roi de Castille, mais
Henri.....

— Ajoutez donc, comte, sur une femme jeune et
belle, interrompit la reine dont les yeux exprimèrent
les défiances d'une jalousie soudaine; ayez donc le
courage de l'avouer : c'est sa beauté et non son malheur ou son innocence qui vous inspire cette chevaleresque pitié.

— Vous êtes injuste, Jeanne, reprit Ledesma
alarmé de la tournure hostile que prenait l'entretien.
Vous le savez bien, rien au monde ne m'est plus précieux que votre amour. Pour le conserver je n'ai pas
reculé devant le crime. Ai-je donc eu pitié de doña
Mencia de Padilla! Oh! demandez-moi quelque
chose d'impossible et je le tenterai, au risque de mon

honneur et de ma vie ; mais n'exigez pas de moi la perte de cette pauvre mère.

— Cette femme doit mourir, répliqua durement Jeanne de Portugal, car elle m'a insultée.

— Agnès !

— Oui, la candide Agnès, qui rêve déjà, j'en suis sûre, un avenir royal pour son fils ! « Ce fils, m'a-t-elle dit, est le vrai sang du roi de Castille, l'infante doña Juana n'est qu'une bâtarde..... Ce n'est pas la princesse des Asturies ; c'est la *Beltraneja*. » Oh ! je n'oublierai pas cette menace, Ledesma ! Choisissez donc maintenant entre les deux mères qui craignent chacune pour leur enfant.

— Pauvre femme ! murmura don Beltran, elle est perdue !

— Eh bien ! es-tu prêt ? lui demanda la reine. Est-ce notre fille ou le fils d'Agnès que tu veux sauver ?

Ledesma baissa la tête devant le regard étincelant de Jeanne et murmura d'une voix étouffée ces seuls mots :

— Ordonnez, j'obéirai.

La reine, saisissant le bras du comte, l'entraîna aussitôt dans une salle basse éclairée par un *brasero* où flambaient, au milieu d'un feu clair et sans fumée, des noyaux d'olives qui répandaient un doux parfum.

Cependant Agnès était restée seule.

Elle prit aussitôt son enfant dans ses bras, le couvrit de baisers, et comme si le pauvre petit eût pu la comprendre, elle se mit à lui parler.

— O mon cher mignon! tu dormais pendant que cette femme voulait te prendre à ta mère! Elle croyait, me tentant par ses promesses, que je lui vendrais mon Henrique!... Est-ce qu'une mère vend son enfant? Non, tu ne me quitteras jamais... Demain, nous partirons ensemble... nous irons...

Elle s'arrêta ; un douloureux souvenir traversa son esprit et une larme brûlante se suspendit à ses longs cils.

— Pauvre père! murmura-t-elle. Puis, essuyant ses yeux : Nous irons où Dieu nous conduira. Je n'emporterai rien que ton petit chapelet de perles bleues... Tu l'aimes tant, Henrique, et je l'ai fait bénir pour toi!... Sois tranquille, va, ma patronne, à qui je t'ai voué, ne t'abandonnera pas... Oh! j'ai bien fait de t'apprendre à la prier tous les soirs!... Elle connait maintenant ta petite voix d'ange, et elle ne sera pas étonnée quand tu l'invoqueras... Malheureux, elle aura pitié de nous...

Puis sa pensée revenant à la reine :

— Mais que voulait-elle faire de toi, cette cruelle femme?... T'enfermer dans une prison, peut-être?... te laisser grandir frêle et maladif, dans ces cages de pierre où le cœur étouffe?... Tu n'aurais pu respirer l'air libre, t'endormir en riant aux étoiles... tu n'aurais pas connu le parfum des fleurs... Une prison! mon Dieu! pour un enfant, est-ce possible?

En parlant ainsi, elle tourna ses yeux dans la direction du jardin. Alors elle vit flotter sur le balcon une vapeur bleuâtre et transparente qui montait lentement vers le ciel.

Surprise, elle s'avança et regarda ce léger nuage qui, perdant peu à peu de sa transparence, semblait un ample rideau blanc s'étendant entre elle et les objets extérieurs.

Les arbres, les fleurs, le jardin tout entier, disparurent bientôt à ses yeux.

Effrayée, elle voulut descendre : la porte était fermée en dehors comme celle de l'escalier secret l'avait été par la reine.

Cette circonstance étrange augmenta son épouvante.

Elle saisit son sifflet d'argent et appela ; mais, comme le lui avait prédit Jeanne, personne ne répondit à son appel!

Agnès revint au balcon.

Le nuage étant moins compacte, elle le vit s'éclaircir et s'étendre peu à peu ; mais en même temps elle sentit sous ses pieds, à travers l'épaisseur du tapis, une chaleur qui réveilla ses angoisses.

La nuit était venue, et une obscurité complète avait envahi la chambre.

Agnès souleva d'une main tremblante un des coins du tapis, et recula d'effroi en voyant briller dans l'ombre une étincelle.

Puis l'étincelle s'élargit comme une prunelle flamboyante; bientôt ce fut un trou rougeâtre d'où jaillit un long jet de flamme qui se tordit dans la chambre comme un serpent affamé.

La jeune mère poussa un cri de désespoir. Elle se voyait emprisonnée avec son enfant dans un réseau de feu. La mort était inévitable.

Jeanne de Portugal avait tenu parole.

Néanmoins Agnès espérait encore; elle écoutait d'une oreille inquiète, le cœur brisé, les yeux hagards. Si Henri avait eu l'heureuse idée de venir la surprendre, comme il l'avait fait plus d'une fois! Mais non, Jeanne l'avait bien dit, il ne viendrait pas. Agnès pensa à son père. Ah! si le brave tanneur avait su le danger de sa fille, comme il aurait oublié sa colère! comme il aurait risqué sa vie avec joie pour la sauver! comme il aurait eu pitié de l'enfant! Mais non, Peregil croyait Agnès endormie dans son bonheur coupable, et il ne viendrait pas!

Deux personnes seules, veillaient dans la nuit près d'Agnès, deux ennemis, la reine et don Beltran et c'est en vain qu'elle les implorerait!

Tout à coup le petit Henrique, suffoqué par la fumée, ébloui et effrayé par toutes ces langues de feu, qui léchaient les murailles, poussa des cris déchirants.

Agnès s'élança sur la porte avec une fureur qui tenait du délire; mais ne pouvant parvenir à l'ébranler :

— Grâce ! grâce ! s'écria-t-elle; laissez-moi mourir, mais sauvez mon enfant. Je vous le donne, je vous le livre, sauvez-le! Qu'il m'oublie, qu'il ignore le nom de son père, mais qu'il vive! Faites-en un mendiant, mais qu'il vive! O mon Dieu! ayez pitié de lui et touchez le cœur de la reine ! c'est une femme, c'est une mère, elle doit avoir pitié de mon enfant!

Jeanne de Portugal entendait ces gémissements

horribles, et, malgré elle, sentait son cœur remué.

Don Beltran de la Cueva la consultait du regard.

— Je ne veux pas attirer la colère de Dieu sur doña Juana, dit-elle vivement. Cette femme a assez souffert. Puisqu'elle livre son enfant, qu'elle ait la vie sauve.

Ledesma s'élança aussitôt dans l'escalier secret, mais les marches craquèrent sous ses pas et les murs incandescents le repoussèrent.

Il redescendit découragé.

— Votre clémence a été trop tardive, señora, dit-il à la reine.

Les flammes enveloppaient déjà toute la maison en pétillant.

Agnès ne criait plus. Elle priait en berçant sur sa poitrine son enfant qu'elle croyait endormi et qui ne respirait plus.

Les deux complices avaient honte cette fois de leur crime et n'osaient se regarder.

Tout à coup ils tressaillirent en entendant le galop de plusieurs chevaux qui se dirigeaient vers la maison incendiée.

A la lueur rougeâtre des flammes, ils reconnurent les cavaliers qui mettaient pied a terre, consternés en voyant ce désastre.

C'étaient le roi et le marquis de Villena.

— Qui donc a mis le feu à la maison d'Agnès? s'écria Henri d'une voix terrible, en jetant autour de lui des regards troublés. Malheur à moi qui n'ai pas su veiller sur elle et la sauver! Mais les coupables, quels qu'ils soient, seront sévèrement punis !

— Il est des coupables si haut placés, sire, répliqua le ligueur, que la justice royale est impuissante à les atteindre.

Et il avança vers le comte de Ledesma qui l'attendait, immobile et pâle, l'épée nue à la main, pour protéger la reine.

Jeanne de Portugal, comptant sur la faiblesse du roi, étendit la main vers le marquis de Villena et lui dit fièrement :

— Faites-moi place, señor. On ne touche pas à la reine.

Sur un signe de Henri, le ligueur s'écarta et laissa passer les deux complices.

— Marquis de Villena, dit alors le roi à voix haute, je vous charge d'annoncer à l'infante doña Isabelle que je la reconnaitrai solennellement et la déclarerai héritière légitime du trône de Castille.

Jeanne s'arrêta et fixa un regard menaçant sur Henri. Il continua froidement:

— J'écarterai l'infante doña Juana d'une succession à laquelle cette enfant n'a aucun droit.

La reine se sentit frappée au cœur, mais elle n'osa prononcer une seule parole. La maison d'Agnès brûlait toujours.

Le favori frémissait de rage.

— Quant à vous et à vos amis, marquis de Villena, poursuivit le roi, le passé est mis en oubli. Tous les biens confisqués par la couronne seront rendus à leurs anciens maîtres, tous les prisonniers enfermés pour cause de rébellion et d'adhésion à la ligue seront amnistiés et rendus à la liberté.

Ledesma se croyait le jouet d'un rêve. La maison d'Agnès n'était qu'un gigantesque brasier.

Le marquis de Villena baisa la main du roi.

— Enfin, lui dit familièrement Henri, si je suis forcé de me passer des bons offices de don Beltran de la Cueva, comte de Ledesma, qui pousse parfois le zèle trop loin pour mes intérêts, je compte sur votre dévoûment à mon service, don Pacheco.

Ce dernier coup acheva d'écraser l'orgueilleux favori.

— Continuez donc votre route, señor, et vous aussi, señora, ajouta ironiquement Henri. Vous devez avoir besoin de repos, et le passage est libre.

Ledesma avait vieilli de dix ans en quelques minutes. Il s'éloigna en chancelant comme un homme pris de fièvre.

Quant à Jeanne de Portugal, elle expiait cruellement son crime par les tortures de son ambition avortée. Son ennemi mortel, Villena, allait devenir son maître, et la *Beltraneja* ne devait jamais être reine de Castille; elle était destinée à cette réclusion que sa mère réservait à l'enfant d'Agnès.

FIN DE LA MIGNONNE DU ROI.

18

GIANGURGOLO

EL AGUADOR

— Est-ce la crainte des carlistes qui vous rend si taciturne, mon joyeux chanteur? dis-je au *mayoral,* tandis que nous nous engagions dans un corridor de rochers où deux mules ne pouvaient passer de front.

— Non, señor, répondit le jeune Basque, mais je ne puis approcher de Bilbao, sans faire de tristes réflexions sur les mécomptes de la vie. Mon oncle, le chanoine, y est mort il y a deux ans...

— Et vous ne l'avez pas encore oublié, excellent neveu! m'écriai-je.

— Et comme j'étais cristino et qu'il était carliste endiablé, continua le mayoral, sans prendre garde à mon interruption, il a fait son âme héritière.

— Qu'entendez-vous par ces mots : *Fulano a dejado su alma heredera?*

18.

— Cela veut dire, en bon castillan, qu'il a laissé son bien à l'Église, pour faire prier Dieu à son intention. C'est la coutume de ce pays-ci, une sotte coutume ! J'ai connu un grand d'Espagne qui est mort criblé de dettes et qui déclara, en mourant, vouloir quinze mille messes, soixante-quinze mille de moins que S. M. Philippe IV. Sa dernière volonté fut exécutée au préjudice de ses pauvres créanciers. Quelque légitimes que soient leurs titres, ils doivent céder le pas aux messes demandées, par le testament, pour les âmes du purgatoire.

— Et tous les Espagnols ont-ils confiance au mérite de ces messes?

— Presque tous. Néanmoins, dans cette fameuse complainte du *Giangurgolo*, que nos jeunes filles chantaient autrefois tout bas, loin des oreilles du saint-office, il y a un couplet qui prouve que le beau comte de Villa-Mediana n'y avait pas grande dévotion. Il est vrai que son incrédulité fut punie par de cruels malheurs.

— Le comte de Villa-Mediana? repris-je vivement. N'est-ce pas ce galant seigneur qui fut surnommé l'*Amoureux de la reine*, et dont la mort violente ou la disparition est restée un mystère historique?

— Celui-là même, dit Zarreguy, ce hardi courtisan, qui osa lever son regard sur la femme de son seigneur et maître; sur une reine d'Espagne, dont les princes eux-mêmes ne peuvent toucher le gant; sur cette jeune et charmante Élisabeth de France, qu'on ne vit plus sourire depuis la mort du comte, et pour qui l'amour de cet homme fut une condamnation terrible. Du reste, le sort du malheureux Villa-Mediana fut aussi fatal que celui du *Masque-de-Fer* en France.

— Les Mémoires du temps, répliquai-je au *mayoral* érudit, prétendent que ce seigneur fut tué, par ordre du roi, d'un coup de pistolet, tandis qu'il était dans son carrosse avec don Louis de Haro, son ami, et que de cette odieuse aventure naquit la haine du dernier contre le comte-duc, qui avait dirigé toute l'affaire.

— Le comte-duc joua, en effet, un vilain rôle dans cette histoire; mais le coup de pistolet est apocryphe. C'est un ouï-dire de gazette stipendiée. Croyez-vous donc que si Villa-Mediana eût été tué en plein Prado, cette vengeance à la Corse n'eût pas fait scandale et ravalé le pouvoir royal? Comment expliquer, avec cette version, l'incertitude des historiens sur un fait qui aurait eu dix mille témoins ! Non. L'esprit faible, lâche et jaloux de Philippe IV dut tramer un autre plan que celui de faire tuer à l'improviste, au milieu de ses richesses et de ses honneurs, un homme qui l'avait mortellement offensé. Il dut laisser au comte le temps de regretter la vie et de trembler devant la mort, lui ménager l'espoir de l'engluer dans les fils perfides d'une justice mystérieuse et sans appel. Ce fut après la disparition du comte que commença une obscure tragédie, singulièrement poétisée par la complainte du *Giangurgolo*. La connaissez-vous ?

— J'en ai souvent entendu parler, mais personne n'a pu m'en chanter deux couplets entiers.

— La sainte inquisition, fit, en effet, tous ses efforts

pour effacer du souvenir cette sorte de ballade sati-
rique. Elle l'interdit à toutes les lèvres, sous peine
d'excommunication. Un juif hardi la fit imprimer.
Tous les exemplaires furent saisis, brûlés à la sour-
dine, et le juif fut grillé avec sa complainte. Les
serviteurs des Villa-Mediana seuls n'oublièrent pas
les stances du *Giangurgolo*. Mon grand-père, qui était
piqueur dans leur maison, me les chanta souvent, en
me berçant tout petit sur ses genoux. Mon imagination fut si frappée de cette lugubre histoire, qu'il
m'arrive encore aujourd'hui de voir dans mes rêves
le jeune comte, emportant une forme blanche dans
ses bras, au milieu des flammes, et poursuivi par le
rire farouche et le *mauvais œil* du Giangurgolo; je
puis donc, mieux que tout autre, vous en faire un
fidèle récit.

— Je vous écoute, mayoral; mais, autant que
possible, évitez le roman.

— Croyez-vous donc que je veuille improviser, fit
Zarréguy. Je suivrai tout bonnement la complainte,
et vous mettrez sur le compte de son auteur la res-
ponsabilité des monologues, des descriptions et des
comparaisons, si vous n'en n'êtes pas satisfait. Je tra-
duis en prose. Voilà tout.

Il jeta son cigarro contre le rocher, et, les yeux
attachés sur les grelots sonores de ses mules, il
commença avec la dignité calme et réfléchie d'un
conteur arabe :

« Le 10 juillet 17..., une trombe de pluie et de
grêle éclata avec violence sur Madrid, vers neuf
heures du soir. Les terrasses des maisons se conver-

tirent bientôt en étangs et les rues mal pavées de la
capitale ne tardèrent pas à ressembler aux canaux
de Venise. Chacun se renferma chez soi et tira les
verroux de sa porte. Les rares lumières qui brillaient
çà et là s'éteignirent aussi vite que les étoiles sous le
linceul des nuages. Dans la *calle* du Maure seulement, ruelle perdue au milieu des zig-zags de pierre
qui formaient le pauvre faubourg de Murcie, une
maigre clarté faisait encore rayonner l'unique fenêtre
d'une masure noire, isolée et vermoulue.

» En parcourant du regard la seule chambre habi-
tée de cette ruine, on eût pu se croire dans une cave.
Les vieilles pierres de la muraille, toutes rongées de
plantes parasites, s'étaient si souvent détachées, que
le vent s'engouffrait par les crevasses. La fenêtre,
haute, grillée et voûtée en ogive, semblait un soupirail. L'humidité suintait sur des lambeaux de tapisserie fanée, qui avaient dû représenter les amours du
roi don Pedro-el-Cruel et de doña Maria de Padilla.
Dans le *brasero* rouillé fumaient tristement quelques
pommes de pin. L'obscurité était vaguement éclairée
par la lueur agonisante d'une chandelle de résine.
Dans un coin une masse informe dormait sur la
paille d'un méchant grabat.

» Au milieu de la chambre, un homme accroupi
à terre, les jambes croisées comme un Maure, le front
appuyé sur ses mains calleuses, paraissait écouter
avec une attention sombre et profonde quelque bruit
distinct dans l'hymne furieux du vent et de la pluie.
Aux grandes jarres rangées le long du mur et au
costume du misérable, on reconnaissait un aguador,

ou porteur d'eau. En effet, le caban sous lequel il grelottait était de bure grossière, ses jambes nerveuses était nues et ses pieds n'avaient d'autre chaussure que de simples semelles attachées avec des cordes.

» Le pauvre diable avait beau écouter, il n'entendait que la voix de l'ouragan et une sorte de gémissement plaintif qui s'élevait du grabat.

» — Misère et douleur! dit-il tout à coup, en tournant de ce côté un visage mâle. Même dans son sommeil, ce maudit avorton me poursuit de ses plaintes. Chacun de ses cris m'accuse de manquer de courage pour lui mettre du pain sous la dent. Que ne puis-je lui donner mon cœur à dévorer au lieu de pain! Que ne peut-il boire mes larmes!

» Puis, après un instant de silence désespéré, il reprit d'une voix moins rude :

» — Il dort, du moins, lui; il ne veille pas, il ne souffre pas des angoisses de l'attente; il est heureux, mais ce vent froid va le réveiller!

» Il ôta son caban et alla doucement le poser sur la créature difforme qu'il appelait lui-même l'avorton. Cet homme robuste et grossier marcha à petits pas et avec des précautions infinies, dignes de la délicatesse d'une mère, vers le grabat, et regarda avec amour une tête rouge et crépue d'enfant qui sortait d'un sac de toile.

» — Pauvre maudit! murmura l'aguador, qui aurait pitié de ton sort si nous t'abandonnions? C'est un crime pour toi d'être né, aux yeux des hommes; mais tu es innocent aux yeux de Dieu.

» En ce moment un bruit de pas retentit sur le

pavé de la rue : c'étaient des pas irréguliers, précipités, qui trahissaient une fuite pleine de terreur.

» — Enfin ! s'écria le malheureux.

» Un étrange sourire d'espoir et de joie sinistre
éclaira son visage et il courut ouvrir la porte. Mais il
recula d'épouvante en voyant un cavalier entrer
brusquement dans sa chambre, le *sombrero* enfoncé
sur les yeux, le manteau taché de gouttes rougeâtres
et une épée sanglante à la main.

» — Que voulez-vous ? demanda l'aguador, car ce
n'était pas l'homme qu'il attendait.

» — Sauvez-moi ! répondit l'inconnu d'une voix
sourde.

» — Vous sauver ! dit avec surprise l'aguador.
Hélas ! il y a bien longtemps que je n'ai entendu la
voix d'un homme me demander ainsi secours et protection. Et comment le misérable Melchior Gomez
pourrait-il vous sauver, señor, lui qui ne peut sauver
ses enfants de la faim ! Voyez, pas un morceau de
pain dans la huche ! Pas un sarment dans le brasier
pour sécher votre manteau ! Ces murs ne sauraient
même vous défendre du souffle glacé du *gallego*, qui
paralyse les membres.

» L'inconnu n'écoutait Melchior qu'avec impatience. Il ramenait convulsivement sur son visage le
collet de son manteau et semblait hésiter à répondre.
Enfin il dit rapidement d'un accent ferme et résolu :

» — Melchior Gomez, si vous n'avez pitié de moi,
je suis un homme perdu. Me livrerez-vous ? Au nom
de vos enfants, cachez-moi et vous serez riche. Je
paverai de piastres le plancher de cette chambre si

elle me sert d'asile. En me livrant, vous m'assassinez, car je ne puis éviter de périr de la main du bourreau.

» On gagne toujours les hommes du peuple par le cœur. Pourtant l'aguador ne répondit pas. Une lutte violente se livrait dans sa pensée. Il eût voulu tendre sa main à l'homme qui l'implorait; mais un motif secret et impérieux le forçait à repousser du seuil de sa maison ce noble suppliant. Ce fut donc avec embarras et en sentant ses joues cuivrées s'empourprer de honte qu'il répliqua :

» — J'ai été soldat, señor. Je suis un digne Castillan, fils de vieux chrétiens, nobles comme le roi et même un peu plus. Et si j'arrachais des griffes de la justice un escroc ou un voleur, je serais le dernier des misérables.

» — J'ai eu le malheur de tuer un homme, et on me poursuit; voilà tout, dit froidement l'inconnu. Vous savez que tout meurtre involontaire ou prémédité, commis le jour de la fête de la Vierge, devient un sacrilége dont le jugement appartient aux inquisiteurs, et le saint-office est inexorable pour de tels crimes.

» — Peut-être en ce moment José demande-t-il aussi secours et asile, pensa l'aguador. Je ne dois plus hésiter. Eh bien! répondit-il à haute voix, cette chambre où je meurs de froid et de faim vous protégera contre la mort. Entrez dans la soupente que cache ce haillon de tapisserie; c'est notre alcôve, ajouta-t-il amèrement; on n'ira pas vous prendre là. Vous ne vous repentirez point de votre confiance : ma parole vaut celle d'un roi, et votre vie est en sûreté du moment qu'elle est en mon pouvoir.

» Pour monter dans la soupente, il fallait poser le pied sur le grabat; mais l'inconnu recula en voyant dans l'ombre deux yeux ardents se fixer sur lui avec la rigidité fauve du regard des panthères.

» Il y a là un homme qui nous a entendu, s'écria-t-il avec une expression d'insurmontable défiance et en serrant la poignée de son épée sanglante.

» — Ce n'est rien, grommela l'aguador en poussant du pied le sac de toile dans lequel se mouvait le corps de l'avorton. C'est mon fils, un nain, un idiot. Il ne vous trahira pas.

» Le meurtrier enjamba la couche du nain et sauta dans la soupente.

» — Surtout pas un mouvement, lui dit Melchior, retenez votre souffle. Le moindre bruit nous perdrait tous deux.

» A peine le panneau de tapisserie fut-il retombé sur l'entrée de l'alcôve que la *calle* du Maure s'anima d'un bruissement confus de pas et de voix. On avait bien suivi la trace du coupable, et on croyait le traquer à coup sûr dans la tanière de l'aguador. On frappa violemment à la porte.

» Melchior baisa dévotement une madone en papier peint et découpé, que le vent faisait trembler sur le bord de sa *montera*, et ouvrit. Un alguazil, suivi des deux archers et d'une douzaine de curieux, entra dans la chambre et fronça le sourcil en ne voyant pas celui qu'il cherchait. Son désappointe-

19

ment retomba en colère furieuse sur le porteur
d'eau. Attachant donc un regard soupçonneux sur
ce pauvre homme qui restait immobile devant eux,
il lui demanda rudement :

» — L'oiseau est-il déjà déniché ?

» Melchior n'eut pas l'air de comprendre, et son
regard interrogea l'alguazil avec une expression
d'étonnement naïf si bien joué, que les curieux
et les deux archers eux-mêmes sourirent.

» Cette impassibilité irrita au plus haut point
l'officier de justice, qui se crut insolemment bravé.

» — Ne cherche pas à nous tromper, aguador
de malheur, s'écria-t-il d'une voix terrible. Au nom
du roi, livre-nous l'assassin que nous poursuivons.
On l'a vu tourner l'angle de la *calle* du Maure, la
main armée de l'épée qui lui a servi à commettre le
crime. Le cadavre dort encore au milieu du ruisseau. Le meurtrier n'a pu se réfugier qu'ici. Dans
tout le faubourg il n'y a plus que ton terrier d'é-
clairé. Pourquoi cela ?

» A cette question Melchior tressaillit.

» — Mes archers, continua l'alguazil, gardent les
deux bouts de la rue. Prends garde à toi.

» Cette fois, l'aguador devint pâle comme un
mort.

» — La rue cernée ! se dit-il avec terreur. José
est perdu, si, à tout prix, je ne chasse ces hommes.
Que faire, mon Dieu ? D'un mot, d'un regard, je
puis livrer l'assassin, et l'alguazil se retire avec sa
troupe. Mais cet assassin est mon hôte !

» — Je n'ai rien vu, reprit-il d'une voix humble.

D'ailleurs, vous pouvez fouiller le logis; il n'est pas grand, et le meurtrier s'y cacherait difficilement.

» Il n'avait pas fini de parler, qu'il vit à terre une goutte de sang. Cette goutte, brillante comme un rubis, dénonçait le mensonge. Son pied l'eut bientôt cachée aux regards; mais son angoisse devint si violente, qu'il se demanda si son honneur était réellement intéressé à tenir parole à un assassin. Cependant la chambre avait été rapidement explorée, à l'exception du coin obscur où gisait le grabat.

» — Vous oubliez ce lit de paille! cria l'alguazil, avec un ton d'impatience goguenarde, aux archers, qui semblaient hésiter. Secouez-moi un peu le drôle qui ronfle là-dessus comme un sommelier.

» — Mais c'est Louisillo, señor alguazil! répondit un des archers en fixant des yeux terrifiés sur le grabat.

» — Que ce soit le diable, obéissez!

» — Ne le réveillez pas, si vous tenez à la vie! s'écrièrent plusieurs voix dans le groupe des curieux.

» — Que veulent dire ces braillards? demanda l'alguazil étonné aux deux archers. Quel est donc ce Louisillo?

» — C'est un nain difforme qui a la force d'un géant, répondit le premier archer; un idiot qui a la malice d'un singe. Il n'aime au monde que son père Melchior et son frère José, et n'oublie jamais le mal qu'on lui fait.

» — Poltron! fit l'alguazil.

» — Et, ajouta l'autre archer à voix basse, Louisillo est doué du *mauvais œil*. Son regard pénètre
dans votre cœur comme au fer rouge et devine votre
pensée. La nuit, cet œil sanglant vous fascine avec
une fixité implacable, et vous ne pouvez plus retrouver le repos et le sommeil.

» — Fadaises! répliqua le chef en affectant de
rire.

» Néanmoins, il n'insista point sur l'examen du
grabat, et donna le signal de la retraite en disant à
l'aguador :

» — Dieu vous garde, Gomez ! Voilà une nuit
où il coule assez de sang pour remplir toutes vos
jarres vides.

» Cette féroce plaisanterie attrista Melchior. Il
resta sur le seuil de sa porte, le regard machinalement tourné dans la direction de la rue *del Sol,*
où le crime avait eu lieu. Les ténèbres étaient si
épaisses, qu'on ne voyait pas les murs des maisons
se détacher sur le fond noir du ciel. Il entendit seulement, dans le silence, un bruit de pas lourds et
réguliers, et se dit :

» — Voilà des gens qui marchent bien lentement
par cette pluie furieuse !

» Cependant le bruit approchait, et l'aguador
distingua la voix de deux voisins qui disaient :

» Quel malheur! un si beau jeune homme!... Il y
a des familles maudites.

» Il se sentit l'âme étrangement troublée, et
pensa que c'était le cadavre de l'homme assassiné. Il
se décida alors à fermer sa porte, ne voulant pas

donner à la fois asile à la victime et au meurtrier.

» — Certainement, se dit-il, si on voit cette
chambre ouverte ainsi à tous venants, on voudra y
déposer le corps et le veiller. On s'étonnera de l'absence de José, et quand il rentrera... Oh! tout serait
perdu.

» Mais, au moment où il allait pousser la porte,
un des voisins lui cria :

» — Pour Dieu, l'ami, laissez la porte ouverte.
Voulez-vous que le cadavre passe par la fenêtre?

» Sans qu'il sut pourquoi, tous ses membres
frémirent, comme si un pressentiment funeste eût
passé dans son esprit; mais, cherchant à se rassurer, il répondit d'une voix brusque, quoique
altérée :

» — Avez-vous donc besoin de déposer ce corps
sur mon plancher de terre, plus froid qu'un cercueil? C'est sans doute quelque beau gentilhomme
ou quelque riche marchand dont les diamants ou la
bourse auront affriandé les stylets de Valence, et
mon logis n'est pas assez noble...

» Le cadavre était devant la porte. Un des voisins
interrompit Melchior, car les hommes du peuple,
dont l'habitude familiarise le cœur avec la douleur
comme elle durcit leur chair contre la souffrance,
ne s'épargnent pas entre eux, avec de grands ménagements, les angoisses morales.

» — Ce n'est ni un gentilhomme ni un marchand, c'est un frère qui a droit de passer cette
porte, mort ou vivant.

» — Que veux-tu dire ? s'écria l'aguador, le regard fixe, les lèvres tremblantes.

» — Regarde !

» Et le porteur arracha le manteau râpé qui couvrait la figure pâle et fière du jeune homme et ses cheveux, dont les longues boucles noires retombaient plaquées de boue et de sang.

» — José ! José ! fit le malheureux père foudroyé.

» Et ses mains s'écartèrent convulsivement, comme si la terre se fût entr'ouverte en abîme sous ses pieds. Ses yeux ne voyaient plus.

» A ce cri : « José ! » l'idiot s'était levé à moitié sur son séant, et d'une voix rauque et inintelligible, il avait appelé José. Puis, ne voyant pas accourir son frère, il frotta ses paupières dépouillées de cils d'un air étonné, allongea son corps hors du sac de toile, sauta d'un bond près du cadavre, et, tandis que les porteurs reculaient effrayés, l'emporta dans ses bras sur le lit de paille, l'étendit avec soin, toucha le front glacé et la poitrine saignante du malheureux jeune homme, et lui cria doucement à l'oreille : « José ! José ! » comme s'il le croyait endormi, ou comme s'il espérait pouvoir le réveiller de la mort. Quand il vit que tout cela était inutile, il repoussa le cadavre sur la terre nue, s'accroupit sur son grabat, et se mit à gratter précipitamment, à écailler avec ses ongles la tapisserie de la soupente. Cette action insensée, au milieu du silence et de l'effroi des étrangers, et devant l'abattement morne du père, était une chose terrible.

» — Brute! dirent les porteurs en haussant les
épaules.

» Ils ne savaient pas que, derrière ces planches
recouvertes d'une vieille tapisserie, tremblait un
homme qui comprenait avec terreur les efforts de
Louisillo, qui avait tout entendu, qui avait tout vu
par les fentes du bois, et qui se croyait perdu.

·» — Pauvre Melchior! dit un d'eux. Voulez-vous
que nous veillions avec vous?

» L'aguador jeta un regard farouche vers la soupente, et s'écria avec violence :

» — Non! non! je veux rester seul avec le cadavre et ma douleur.

» — A demain donc, Melchior! Veillez près de
votre fils, et que Notre-Dame del Pilar exauce vos
prières!... Il a tous les malheurs à la fois, ajoutè-
rent-ils en s'éloignant. Gueux comme la misère, il
avait deux fils : l'un beau et brave, le gagne-pain de
la famille; l'autre laid, méchant, ventre insatiable.
Et il faut que José soit tué comme un chien, tandis
que le Louisillo dort comme un seigneur.

» Melchior ne les avait pas remerciés d'un geste
ou d'un mot. La douleur est aussi égoïste que la
joie est expansive. Quand ils furent partis, il resta
plus d'une heure immobile, la main dans la main
glacée de son fils, ne se lassant pas de le regarder,
et parlant comme si le cadavre eût pu l'entendre :

» — Tu l'avais dit, José : « Quand je reviendrai,
mon père, vous n'aurez plus ni faim ni froid. »
Mon pauvre fils, c'est pour moi que tu es mort! A
cette heure, il est vrai, je ne sens plus le froid et

la faim. Tu es mort, et je dois vivre cependant, car j'ai encore un fils qui, sans moi, serait le jouet et la victime de tous. Mais je vivrai pour te venger. Oh! oui, répéta-t-il avec un accent de fureur, te venger!

» Mais, laissant presque aussitôt retomber avec désespoir ses bras, qui s'étaient tendus vers la soupente :

» — Pas même cette joie, mon Dieu! murmura-t-il; car j'ai promis la vie à ton meurtrier. Le meurtrier de mon fils! ah! je vais donc voir ce brave face à face.

» Alors chancelant comme un homme ivre, il marcha vers sa triste alcôve, abattit le panneau, et, tirant l'inconnu par le bras :

» — Sors d'ici, misérable! lui dit-il. Ne reste pas froid et calme sous les yeux d'un père à qui tu as tué son fils bien-aimé. Ma parole que je t'ai donnée, et qui jusqu'à ce jour a été inviolable, te défend contre ma vengeance, lorsque je pourrais si facilement l'assouvir; mais quand je serai dégagé de ma promesse et que tu seras en lieu de sûreté, ne doute pas que je ne sois assez bon père pour te poursuivre partout. Tu me trouveras aussi ferme dans mon ressentiment que j ai été fidèle à ma parole.

» Cette grandeur de générosité toute castillane, cette probité naïve et sauvage d'un pauvre aguador, émurent le coupable, qui s'était armé d'une stoïque insouciance contre la mort. Son dédain orgueilleux tomba devant une telle loyauté.

» — Je vous plains et je vous admire, dit-il à Melchior. Je sens que vous devez me hair; mais sachez du moins que votre fils m'a attaqué, et, le stylet sur ma poitrine, a voulu me voler. S'il eût imploré ma charité, je lui eusse fait l'aumône de ma bourse; mais j'ai dû me défendre.

» — Je ne veux ni de votre pitié ni de votre admiration, s'écria l'aguador d'une voix farouche, pas plus que mon fils n'a voulu de votre charité! Et c'est pour cela que je le bénis, car, pour donner du pain à son père, José Gomez, le brave enfant, s'est fait voleur. Un Castillan ne doit pas mendier.

» L'inconnu ne répondit rien.

» — Ma porte est ouverte, continua son sauveur. Je ne vous demanderai pas votre nom, je ne suivrai point vos pas; mais souvenez vous, tout riche et tout puissant que vous soyez, que vous avez désormais un ennemi implacable dans Melchior Gomez, l'guador affamé du faubourg de Murcie. Malheur à vous, si le hasard me fait retrouver votre trace! Maintenant, vous pouvez partir.

» Quand le meurtrier eut disparu dans l'obscurité, Melchior jeta un regard morne sur le grabat. L'idiot ne dormait plus. C'était lui qui avait ouvert la porte pour s'échapper, tandis que son père abattait le panneau de la soupente. Dans quel but? c'est ce que je vous dirai plus tard. L'aguador crut sans doute le deviner, car un rayon de joie cruelle passa dans ses yeux, et il dit avec un rire amer :

» — Oh! Louisillo est bien le digne frère de José! Il a de mon sang dans le cœur, et voilà pourtant celui qu'on appelle une brute et un idiot! Pauvre

19.

enfant, il ne me reste plus qu'un homme à haïr et toi à aimer sur la terre. Va, je t'aimerai de toute la tendresse que j'avais pour José, et de toutes les souffrances que j'ai endurées pour toi. »

Nous arrivions alors aux portes de Burgos. Zarreguy se tut.

— Votre récit peut être très-intéressant, hasardai-je; mais je ne vois pas encore comment nous arriverons de l'histoire de l'aguador à celle du comte de Mediana. J'attends toujours l'apparition de ce dernier et du mystérieux Giangurgolo.

— Mais vous n'avez vu que ces deux personnages jusqu'à présent, répondit le mayoral. Le devoir du conteur n'est-il pas de mettre en défaut la sagacité des curieux qui l'écoutent? D'ailleurs, tout ceci n'est qu'un prologue dont le récit était nécessaire pour vous faire comprendre les rouages secrets de l'action. A demain le drame.

Ii

L'AMOUREUX DE LA REINE

Le lendemain, Zarreguy me tint parole et poursuivit ainsi la traduction libre de la complainte.

« A l'époque du mariage de S. M. C. Philippe IV avec la princesse Élisabeth, le comte de Villa-Médiana était, suivant les mémoires du temps, « le . cavalier le plus parfait de corps et d'esprit » que l'on eût jamais vu, jeune, beau, spirituel, » brave, magnifique et galant. » Malheureusement, il avait un défaut qui gâtait tout son mérite : c'était de porter jusqu'à l'excès ces belles qualités. Il était brave jusqu'à la fanfaronnade, magnifique jusqu'à la prodigalité, galant jusqu'à la débauche, spirituel jusqu'à l'impiété, et beau d'une beauté efféminée. Son caractère violent et emporté contrastait avec sa figure douce, que des

.cheveux cendrés et de fines moustaches blondes
ne contribuaient pas à rendre bien formidable.
La flamme qui jaillissait parfois de ses grands
yeux noirs comme la nuit, pouvait seule faire
deviner son âme altière. Il était mince et de taille
moyenne, mais admirablement bien fait, souple et
robuste comme s'il eût eu des muscles d'acier
flexible. Aussi, avec l'apparence d'une constitu-
tion faible, pouvait-il supporter des excès incroyables. On en citait dans tout Madrid de merveilleux exemples. Une fois, perdant au jeu des
sommes énormes, il s'était acharné à exiger des
revanches pendant quatre jours et quatre nuits
de suite sans paraître éprouver la moindre fatigue.
Longtemps il avait été le favori de Philippe IV, le
compagnon assidu de ses plaisirs; mais il venait
d'encourir sa disgrâce pour avoir osé disputer à son
maître le cœur de doña Francisca de Tavara, dame
du palais, car il ne craignait ni Dieu ni diable,
comme disaient ses ennemis. Il ne paraissait
plus à la cour depuis plusieurs mois quand eut
lieu l'événement qui devait être l'origine de tous
ses malheurs.

» A une demi-lieue d'Aranjuez, au bas d'une
colline chauve, sur laquelle vient mourir un petit
bois de pins et de chênes rabougris, se creusait
dans le sol un horrible gouffre. On eût dit une
énorme entaille faite à la terre par le doigt d'un
mauvais génie. Un soir, au moment où le soleil
s'éteignait à l'horizon dans un lit de pourpre étincelante, le jeune comte revenant de la chasse

et prêt à gravir la colline, entendit sonner au loin quelques fanfares de cor, et presque aussitôt ses oreilles furent frappées d'un bruit inaccoutumé dans cette solitude. C'était le galop d'un cheval. Villa-Médiana leva brusquement la tête.

» Une femme, penchée plutôt que montée sur un magnifique cheval d'Andalousie, semblait glisser avec une effroyable rapidité le long du bois. Le comte crut voir une apparition magique et demeura ébloui devant elle.

» Peut-être ce mot *ébloui* vous paraîtra-t-il emphatique, puisque vous savez que Villa-Médiana n'était pas un bachelier enthousiaste, cachant l'ardeur d'un cœur novice sous une souquenille râpée. Mais je dois vous dire que son regard expérimenté devina bien vite une de ces femmes que leur beauté fait reines et dont le sourire est plus puissant en miracles que la baguette d'or des fées. Son large front, blanc et pur, semblait appeler un diadème, et portait avec grâce un chapeau gris, orné de plumes blanches et entouré d'un cordon de diamants. Son justaucorps vert et son vertugadin étaient si masqués de broderies qu'on ne voyait plus l'étoffe. Ses cheveux tombaient tout épars sur ses épaules; elle était pâle comme la mort, mais elle ne poussait pas un cri de lâche frayeur, et ses mains blanches, devant lesquelles se serait agenouillé un statuaire, se cramponnaient fortement à la crinière du fougueux andalou, dont la bride se balançait couverte d'écume.

» Le comte tressaillit en voyant le danger que

courait la belle amazone. Le cheval venait, dans
sa course furieuse, de broncher contre un tronc
d'arbre caché par un bouquet de hautes herbes, et
ses jambes sèches et nerveuses avaient plié sous
l'effort; puis il s'était relevé bravement, et, après
être resté un instant immobile, comme étourdi, il
prit de nouveau le mors aux dents, et, rapide
comme une flèche, emporta son intrépide écuyère
droit à la bouche du gouffre. Déjà elle semblait
perdue, et, à moitié renversée sur le terrible animal, qu'elle cherchait vainement à dompter, elle
descendait la colline fatale, quand elle aperçut le
jeune seigneur. Aux oppressions de son cœur, ce
dernier avait senti que sur un seul mot d'une telle
femme il donnerait sa vie. Cette belle créature,
calme sur son cheval fougueux, poétisait aux yeux
du comte, grand admirateur du courage, la solitude aride où ils se trouvaient seuls tous deux.
La foudre serait tombée à côté de lui en ce moment
qu'elle ne l'eût pas distrait de son attention à
suivre tous les mouvements de la jeune femme.
Penché, les mains tendues en avant vers la colline,
il éprouva tout d'abord comme un désir effréné de
toucher seulement le pied ou le bas de la robe de
l'amazone, en risquant sa vie pour la sauver, et
il se jeta hardiment devant le gouffre, que voilait
une riante couronne de fleurs et d'arbustes. En
vain la noble femme, qui ne pouvait comprendre
cette sublime imprudence, lui fit-elle signe de fuir.
1 ne bougea pas. Alors, d'une voix étouffée, elle
lui cria ces mots :

» — Ne me touchez pas, señor. Je suis la reine.
En même temps les fanfares se rapprochaient;
les hurlements plaintifs des chiens s'y mêlaient,
et un groupe de cavaliers apparut sur la lisière du
bois.

» A ces mots si simples : *Yo soy la reina, (toucher à
la reine)* l'audacieux comte avait reculé d'effroi,
comme s'ils eussent renfermé quelque vertu en-
chantée et terrible, comme si la terre eût tremblé
sous ses pieds. C'est que ces paroles rendaient coupable et sacrilége le vœu qu'il venait à l'instant de
former dans le secret de son cœur. En effet, une
coutume bizarre, introduite à la cour d'Espagne par
un esprit d'étiquette jalouse et ridicule, interdisait
à tout autre homme que S. M. le droit de toucher
à la reine, même en cas de péril extrême, et fût-ce
du bout des doigts. Le téméraire qui eût osé
braver cette loi était criminel de lèse-majesté, et
la peine de mort lui était réservée comme récompense de son zèle et de son dévouement. Ceci peut
vous faire comprendre pourquoi Villa-Médiana,
qui tendait tout-à-l'heure ses bras au danger avec
un cœur si ferme et si résolu, pâlit et recula en
entendant ces mots funestes : Je suis la reine! et
hésita à commettre le crime de la sauver, en
voyant accourir des cavaliers qui pourraient rendre témoignage contre lui. Néanmoins il eût bientôt pris une décision. Il arracha vivement son
stylet de Valence de sa ceinture, afin d'avoir une
arme à opposer aux élans furieux du cheval et bien
lui en prit, car, à peine la lame brillait-elle dans

sa main, que son regard rencontra les yeux ardents de l'animal, et que son visage fut comme
baigné d'un souffle de flamme.

Tout ce que je vous raconte si longuement s'é-
tait passé avec la rapidité d'un éclair. Le choc fut
terrible, et un instant le comte demeura pris de
vertige; mais il reprit courage presque aussitôt,
et, au risque d'être broyé sous les pieds de fer de
l'andalou, qui, la lame du stylet dans le poitrail,
se débattait tout sanglant, ou d'être précipité avec
lui dans l'abîme, il se pendit convulsivement, s'ac-
crocha de tout son poids à la bride, se laissa horriblement secouer contre terre sans lâcher prise, et
tomba enfin déchiré, meurtri, demi-mort. Mais le
cheval était tombé en même temps, épuisé de la
lutte, et la jeune reine avait pu sauter déjà sur
l'herbe sans blesser ses pieds mignons.

» Le roi et ses courtisans, qui arrivaient alors en
haut de la colline, avaient été les impuissants spectateurs de cette scène muette et terrible, et des clameurs d'angoisses avaient bondi de toutes les lèvres.
Ils mirent pied à terre et descendirent la pente raide
et nue.

» Mais déjà la princesse s'était approchée du malheureux comte; et d'une voix basse et tremblante,
elle lui dit :

» — Vous avez sauvé la vie à la reine, señor, et la
reine ne l'oubliera pas, soyez-en sûr.

» Villa-Mediana souffrait beaucoup, quoique sa
douleur ne se trahît point par un seul cri. Mais cette

phrase brève et froide, qui rétablissait entre la reine
et le sujet toute la distance comblée par son dévouement héroïque, lui fit plus de mal que toutes les
souffrances de son corps. Trop fier pour cacher sa
pensée, il répondit amèrement.

» — La reine ! Est-ce donc la reine seulement que
j'ai voulu sauver ! ne suis-je ici pour vous qu'un
courtisan zélé ! le cœur d'une femme se dessèche-t-il
à ce point sous le manteau royal ! Les bienfaits de la
reine me touchent peu : un sourire m'eût dignement
récompensé.

» Et, comme elle ne répondait pas, troublée par
la surprise et l'émotion que lui causait une hardiesse
à laquelle ne l'avait pas accoutumée la servilité de la
cour d'Espagne, il ajouta brusquement :

» — En vous sauvant, je n'ai point songé à la
reine. Je n'ai vu qu'une femme qui allait mourir.

» Vous dire si la jeune femme se trouva offensée
ou flattée par une si audacieuse déclaration, c'est ce
qui me serait difficile, car elle feignit de ne pas la
comprendre. Elle baissa les yeux devant le regard
ardent du comte, qui semblait vouloir interroger le
fond de son cœur et elle murmura doucement :

» — Souffrez-vous, señor ?

» Il ne répondit que par un dédaigneux sourire.
La reine entendant les pas des nobles chasseurs qui
approchaient, se hasarda de fixer enfin ses yeux sur
la figure pâle du comte, et, surprise de la distinction
de ses traits et de leur expression douce, pensa que
son sauveur devait être de grande famille et s'étonna
de ne l'avoir jamais vu à la cour. Comme son

silence eût put sembler étrange et suspect, elle lui dit tout haut :

» — Vous avez eu bien peur pour moi, señor.

» Il étendit sa main vers la bouche du gouffre qui se trouvait à quatre pas de lui tout au plus, et que la reine n'avait pas encore aperçu.

» — Un précipice sans fond s'ouvre là, madame, caché sous ce bouquet d'herbes et de fleurs, dit-il, d'une voix grave et douloureuse.

» Elle y jeta un coup d'œil rapide, et tressaillit en s'écriant :

» — C'eût été une horrible mort !

» Et son regard ému remercia généreusement le comte. En ce moment le roi arrivait. Le premier coup d'œil lui fit reconnaître Villa-Mediana. Il y eut un moment d'embarras et de froideur. Philippe se mordit les lèvres jusqu'au sang, car son orgueil avait été mortellement humilié dans l'aventure de doña Francisca de Tavara. Les courtisans, dans l'incertitude de ce qui allait arriver, ne disaient mot, et ne quittaient pas des yeux le visage du roi. Le sujet, qui avait le beau rôle dans cette scène, était trop altier pour faire le premier pas vers une réconciliation. Enfin Philippe, qui était naturellement faible, voulant éviter de réveiller devant la reine le souvenir de l'intrigue qui avait provoqué la disgrâce du comte, alla droit à ce dernier et lui tendit sa main, que Villa-Mediana porta respectueusement à ses lèvres :

— » On vous trouve donc toujours sur le chemin des belles dames, mauvais sujet ! lui dit-il à demi-

voix. Puis, parcourant d'un regard froid le cercle
des courtisans et des *camérières,* il reprit lentement :
Si ta tête est folle, ton cœur est bon, mon pauvre
comte. C'est un excellent moyen de rentrer en grâce
que de braver notre défense et de reparaître devant
nous pour conserver à l'Espagne et à ton maître une
vie si précieuse et si chère que celle de notre bien-
aimée Élisabeth.

» Ce tutoiement royal, qui annonçait aux courtisans le retour de la haute faveur du comte, prouva à
la reine que ce dernier était un grand d'Espagne de
première classe, et sa curiosité fut grandement
excitée. Philippe IV, qui s'en aperçut, lui dit en
riant :

» — Ce jeune homme téméraire est un de mes
vieux amis, madame, et, grâce à ces charitables seigneurs qui nous entourent, vous devez déjà le connaître de nom et de réputation. Mais sa conduite
d'aujourd'hui efface bien des torts. Il nous a prouvé
qu'il n'a pas le cœur aussi noir que le prétendent
ses bons amis. Comte de Villa-Mediana, ajouta-
t-il, notre château d'Aranjuez sera votre maison de
santé.

» — Le comte de Mediana ! répéta en elle-même
la jeune reine avec épouvante. Elle pâlit, et un mouvement de mépris involontaire lui échappa. C'est qu'en
effet ce nom ne lui était pas inconnu, et que la réputation de l'ex-favori était parvenue jusqu'à elle
au milieu d'un déluge de calomnies odieuses. Elle
se repentit d'avoir écouté sans colère l'insolent aveu
de celui qu'elle croyait un vil débauché ; elle eut

peur d'elle-même et de sa faiblesse, et honte de son
attendrissement ; elle chercha à s'animer d'un cour-
roux qui n'existait pas dans son âme et se réfugia
dans les rigueurs de l'étiquette comme dans une
voie de salut. Son visage redevint froid et glacé. Le
comte s'aperçut de ce changement soudain, en comprit le motif humiliant, et le sang empourpra aussitôt
ses joues pâles. Son cœur battait avec violence ; ses
yeux étaient pleins de prières, mais Élisabeth ne le
regarda plus et se détourna durement. Ce fut une
faute. Cet excès d'insensibilité, que motivait tout au
plus la haute religion de la reine irritée contre l'impiété du comte, manqua son but. En fuyant devant
le danger, elle prouvait qu'elle y croyait.

» — Déjà ingrate ! pensa le pauvre Villa-Mediana.
Si jeune et si belle ! Ah ! l'air de la cour a bien vite
soufflé son venin sur cette âme royale.

» — A cheval, messieurs ! cria Philippe IV, et,
sur son ordre quelques piqueurs transportèrent
le comte dans un des carrosses qui suivaient la
chasse.

» Peu de jours après, Villa-Mediana fit remercier
le roi de ses bontés et quitta le château d'Aranjuez,
à l'étonnement général. Par un hasard inexplicable,
l'événement qui devait porter au comble la fortune
de cet orgueilleux seigneur changea entièrement son
caractère. Lui, homme d'action, avide d'éclat et de
bruit, s'enferma dans la solitude de son hôtel, tomba
dans une sorte de marasme et de folie sombre. Sa
guérison fut lente et difficile, par suite des accès de
colère insensée et sans cause qui lui faisaient re-

pousser tous les soins de ses serviteurs. Bientôt ces
derniers durent l'abandonner, comme si quelque
élixir eût troublé sa raison, à la garde d'un nain
hideux, venu on ne savait d'où, entré tout récemment à l'hôtel pour remplir les ouvrages les plus
grossiers de la domesticité, et doué d'une force pro-
digieuse et surhumaine, qui le rendait redoutable.
Comme il ne cessait de jouer mille méchants tours à
ses compagnons, et que ceux-ci n'osaient chasser un
si rude joûteur, ils se déchargèrent avec joie sur lui
de la triste corvée de veiller le comte. Chose étrange,
ce gnôme humain devint un excellent garde malade.
Couché nuit et jour aux pieds de Villa-Mediana
comme un chien fidèle, il parut s'attacher à lui et lui
devint nécessaire. Seul il pouvait dompter son maître pendant ses heures de crises nerveuses, et, quand
il dardait sur lui son regard fixe et enflammé, le
comte obéissait comme un enfant. Mille bruits
incroyables coururent à ce sujet. Les serviteurs, jaloux de la faveur du nain, lui attribuèrent le pouvoir
surnaturel du *mal ojo.*

» Vous savez que cette croyance, même de nos
jours, est encore générale en Espagne. En Italie,
c'est l'*occhiata*; dans le midi de la France, le mauvais œil. L'homme qui jouit de ce privilége a un tel
poison dans les yeux qu'en regardant fixement une
personne il la fait mourir de langueur. Un des gentilshommes de Villa-Mediana fut pris sur ses entre-
faites d'une fièvre maligne, et avoua à sa dernière
heure qu'une nuit, ayant entendu de sourds gémissements et des plaintes s'élever de la chambre secrète

du comte, la curiosité l'avait poussé à s'avancer jusqu'à la porte de cette chambre, mais qu'à peine arrivé dans la salle voisine, il avait vu comme deux escarboucles vivantes luire dans les ténèbres et le regarder, tandis qu'un rire affreux résonnait à ses oreilles. Il n'en fallut pas davantage pour faire déserter la moitié des serviteurs du pauvre comte; mais il ne s'occupait guère de ce qui se passait autour de lui. Pendant de longues journées il restait immobile et absorbé à contempler un portrait de femme dont il était jaloux, comme un amant pourrait l'être de sa maîtresse. Quand il dormait, le portrait était voilé d'un crêpe. Tantôt il adressait des prières, tantôt des reproches, à la beauté inanimée, comme si les lèvres de cette femme eussent pu s'ouvrir pour lui répondre. Il s'était si fort entêté de sa folie, qu'un miracle ne l'eût pas étonné. Un jour enfin, il se rappela qu'il avait été le meilleur musicien et le meilleur poëte de la cour, détacha sa guitare du clou auquel il l'avait suspendue, et improvisa des stances passionnées sur son amour malheureux. Ce fut là une excellente inspiration. Il revint au bon sens par la musique et la poésie, qui ont brouillé tant de fortes cervelles. Lui qui autrefois ne trouvait rien de trop élevé pour ses désirs hautains, qui croyait pouvoir briser tous les obstacles devant sa volonté, rougit presque de la blessure profonde et inattendue qu'avait ouverte dans son cœur un premier amour véritable. Se cuirassant de toute son ancienne audace, il résolut de tenter la lutte en criant comme les anciens preux : *Vaincre ou*

mourir! Son palais resta désert; les soupers, les sérénades, le jeu, ne furent plus la joie de ses nuits et
de ses jours; mais il reparut à l'Escurial au moment
où chacun avait intérieurement récité sur sa mémoire
le *De Profundis.*

» Le dérangement de l'esprit du comte avait été
la nouvelle de la cour pendant quelques heures. On
le plaignit bien vite et on se hâta de l'oublier.
Un seul cœur ne l'oublia pas : ce fut celui de la
reine.

» La longue retraite de Villa-Mediana l'avait mieux
servi près de cette noble femme que les plus adroits
calculs de la séduction n'auraient pu le faire. Présent,
elle eût continué à le craindre et à le voir avec dédain. Absent, elle ne vit plus en lui que son sauveur,
elle s'habitua à penser à lui, sans croire qu'il y eût
danger à caresser un pareil rêve. L'amour prend des
détours subtils pour surprendre les cœurs les plus
sûrs d'eux-mêmes. Certes, la jeune reine eût repoussé fièrement la passion d'un courtisan audacieux : peut-être aimait-elle déjà ce don Juan timide
et converti qui n'osait braver sa froideur et se sou-
mettait de lui-même à l'exil. Elle seule crut comprendre la cause de ce qu'on nommait la folie du comte,
et son cœur fut ému d'une pitié généreuse.

» Villa-Mediana ne tarda pas à deviner ce changement favorable. Il essaya de prouver à la reine
qu'elle avait prêté à la calomnie une oreille trop crédule, en paraissant renier dès lors par sa conduite
toute son ancienne réputation. Cela lui fut d'autant
plus facile que, vaniteux et insolent avec les hommes,

il faisait toujours preuve envers les femmes d'un
exquise galanterie. Sa voix seule était douée d'un
charme si irrésistible, que ses rivaux le surnom-
maient, en riant, la *Bouche d'or*, tandis que les dévôts
le flétrissaient de l'épithète de *Roi des bravaches*.

» On fit grand bruit à la cour de la conversion du
comte. Abdiquant ses principes irréligieux, il allait
chaque jour s'agenouiller sur les dalles de la chapelle royale. Est-ce vraiment Dieu qu'il y priait ? Sa
piété était-elle sacrilége ou sincère ? C'est un pro-
blème que les plus fins ne purent d'abord résoudre.
Toujours est-il qu'il choisissait pour se rendre à la
chapelle l'heure de la prière de la reine et qu'il
cherchait à être le plus près d'elle possible. Que
voulez-vous! l'amour rend le cœur diplomate, et
l'hypocrisie n'est pas moins permise à ceux qui
aiment qu'aux ambitieux. Enfin un jour, emporté
par la violence de sa passion, il commit une imprudence qui fut le premier échelon de sa perte. La
messe venait de finir et la reine allait se lever
quand Villa-Mediana, voyant sur l'autel un gros
amas d'argent qu'on venait de donner pour les âmes
du purgatoire, s'en approcha, et, prenant dans ses
mains une poignée de piastres et de ducats, dit à
haute voix ces paroles téméraires :

» — Mon amour sera éternel, mes peines seront
aussi cruelles ; celles des âmes du purgatoire finiront,
hélas ! les miennes ne finiront pas. Cette espérance
les console ; pour moi, je suis sans espérance et sans
consolation : ainsi ces aumônes qu'on leur destine
me sont mieux dues qu'à elles.

» Il n'emporta pourtant rien, comme vous le pensez. mais il regarda fixement la reine, vit quelques larmes trembler comme des perles au bord de ses cils, et comprit qu'il était aimé. Pas un courtisan n'osa faire la moindre remarque au redouté Villa-Mediana. Mais la hardiesse de cette publique déclaration d'amour fut condamnée par le silence même de tous les grands qui avaient accompagné la reine à la chapelle. et le comte duc d'Olivarès en avertit Philippe IV. Ce dernier se mit à rire et répondit :

» — Il paraît que Mediana a toujours le cerveau un peu timbré. Je lui pardonne encore cette fois. Mais faites-le prévenir de se tenir plus sage, car la reine d'Espagne n'est pas une dame de Tavara !

» Huit jours après, le malheureux comte parut dans un carroussel, qui eut lieu à Madrid, avec un habit brodé de pièces d'argent toutes neuves, que l'on nommait des reales et qui portaient la devise suivante :

Mis amores son reales

» Cette allusion hardie du mot *reales,* qui veut dire royales, avec la passion du comte pour la reine, est plus fine en espagnol qu'elle ne saurait le paraître en français. Sa traduction littérale serait :

Mes amours sont royales.

» Ce fut le sujet d'un grand scandale, et les mémoires contemporains, qui ont tous rapporté ce fait,

20

en parlent avec plus d'indignation contre l'orgueil du comte que de pitié pour son amour. Cependant le roi ne lui retira pas encore publiquement ses bonnes grâces. Mais son favori, le duc d'Olivarès, ennemi secret de la reine et de Villa-Mediana, lui exagéra si fort la témérité d'un sujet qui osait jusqu'en sa présence déclarer des sentiments offensants pour l'honneur royal, qu'il persuada à Philippe de s'en venger. On en attendait une occasion qui ne fît point d'éclat, quand l'aveugle passion du comte précipita l'affreux dénouement du drame.

» Un soir, il rentra chez lui plus triste et plus accablé que de coutume. Il n'avait pu parler à la reine au cercle du Buen-Retiro.

» — Je ne puis plus vivre ainsi, s'écria-t-il en brisant avec colère les plumes de son sombrero. Cette torture est insupportable, il faut qu'elle cesse ou que je meure. Que la reine était belle ce soir ! et je n'ai pu lui adresser une parole. Il m'a fallu étouffer vingt fois sur mes lèvres le cri de mon cœur, partager avec cent autres la faveur de son sourire. O Élisabeth ! Élisabeth !

» Il se laissa tomber dans un fauteuil, et, le front appuyé sur ses mains, resta absorbé dans une contemplation mystérieuse. Tout à coup une voix stridente le tira de cette extase en lui disant :

» Vous souffrez, señor ?

» — Ce sont ses paroles ! s'écria le comte en tressaillant et en jetant autour de lui un coup d'œil hagard. Qui a dit cela ! où est-elle ! où est-elle !

» Mais il ne vit que le nain, humblement accroupi à ses pieds et détachant doucement ses bottines.

» — C'est toi qui as parlé, n'est-ce pas? demanda Villa-Mediana.

» — Oui, maître, répondit le serviteur.

» — Ah! quel souvenir cette parole a réveillé dans mon cœur! Elle aussi m'a dit un jour : Vous souffrez, señor? Depuis ce jour, en effet, je n'ai cessé de souffrir et bien cruellement. Cet amour est un rêve plein de charmes et d'angoisses. Et ce sera toujours un rêve, ajouta-t-il d'une voix sourde. Pourtant si j'avais un ami dévoué, j'aurais pu tenter une entreprise bien folle et bien terrible, mais qui m'eût rapproché d'elle, mais qui l'eût presque jetée dans mes bras... Hélas! à qui pourrais-je ainsi confier tout le sort de ma vie.

» — Ai-je jamais trahi le secret de vos nuits de délire? interrompit froidement le nain.

» — Toi! s'écria vivement le comte, tu pourrais... Mais non. Tu ne serais pas assez dévoué à ton maître pour t'avouer coupable de son crime, pour mourir à sa place s'il le fallait.

» — Ne doutez pas de moi, répondit le nain; mon corps et mon âme sont à vous. Faut-il tuer un homme? Fût-ce le roi, je le tuerai, señor. La force ne manquera pas à mon bras, le sang-froid à mon cœur.

» — Pourquoi m'aimes-tu? répliqua brusquement le comte avec une involontaire expression de doute et de méfiance.

» — Parce que vous me traitez avec douceur et bonté, tandis que le dernier de vos serviteurs me hait et m'humilie, dit le nain. Je ne sais pas lécher la main qui me frappe, moi. Je ne suis qu'un pauvre idiot, comme ils disent, et ma vie n'intéresse personne. C'est donc à l'idiot à vous sauver, quand les gens sensés vous abandonnent. C'est une folie de mourir pour un autre; cela rentre donc dans mes fonctions. C'est un rôle qu'on ne me disputera pas.

» L'accent d'ironie triste et amère avec lequel le nain prononça ses mots surprit Villa-Mediana.

» Tu as un noble cœur, murmura-t-il.

» — N'est-ce pas, señor, reprit le misérable avec un rire insolent et étrange. Je commettrai le crime, je subirai le châtiment pour vous acheter le bonheur que vous rêvez. Oui, oui, j'ai un noble cœur.

» Et ses yeux étincelants d'une joie sauvage s'attachèrent sur le visage décoloré de Villa-Mediana avec une insupportable fixité. Ils rayonnaient d'une lueur jaune et magnétique qui rendait plus horribles ses paupières rouges, flétries et dépouillées de cils. Le comte crut avoir déjà rencontré ce regard fauve fixé sur lui, et détourna la tête par un mouvement de terreur puérile, en se disant :

» — Serait-ce vraiment le *mauvais œil!* »

» Mais l'esprit fort de la cour d'Espagne repoussa bientôt cet éclair de crédulité, il sourit et, se penchant à l'oreille du nain, lui communiqua son dessein à voix basse.

» — J'obéirai, señor, répondit le confident.

» Mais quand Villa-Mediana fut endormi, le nain murmura :

» — Toucher à la reine, c'est mériter la hache, noble comte. Vous allez entrer dans une route où le moindre grain de sable peut vous faire foudroyer. Je serai le grain de sable, mon maître !

20.

III

» Quelques jours après cet entretien, le comte obtint de Philippe IV une preuve de la plus haute faveur. Comme il appliquait toutes les ressources de son esprit à divertir la reine, il venait de composer une comédie que tout le monde trouva parfaite. La reine surtout y remarqua des traits si délicats et si touchants qu'elle voulut la jouer elle-même le jour où on célébrait la fête du roi. Le sujet de la pièce était tiré des premières fables dont le voile allégorique enveloppe le berceau du peuple espagnol. C'était l'histoire de cette Mira, dont la beauté fut si merveilleuse que de son nom est venu le mot castillan *mira*, qui signifie *regarde*.

» En effet, « aussitôt qu'on la voyait, » dit le texte naïf de la chronique, « on ne pouvait s'empêcher de » crier tout de suite avec transport : *Mira! Mira!* » puis d'en devenir éperdument amoureux ; mais sa

» fierté et son indifférence farouche faisaient mourir
» tous ses amants. Le basilic n'avait jamais tué tant
» de monde que la belle et trop dangereuse Mira.
» Elle dépeupla ainsi le royaume de son père et tou-
» tes les contrées d'alentour, faisant trois ou quatre
» douzaines d'homicides par journée, jusqu'au mo-
» ment où elle trouva le maître de son cœur dans
» le jeune et beau comte de Nios. »

Comme vous le pensez, ce fut la reine qui se chargea du rôle de Mira, dans lequel Villa-Mediana
n'avait pas épargné les tendres allusions. Enivré de
ce premier succès, il déploya, dans les préparatifs de
la fête, une magnificence inouïe; une soirée allait
dévorer sa fortune. Les habits des acteurs et les
machines qu'il fit construire lui coûtèrent seuls
plus de trente mille écus. Il fit peindre sous ses yeux
une nuée de carton dans laquelle la reine devait
être cachée, tandis que derrière elle voltigerait le
nain qui jouait le rôle de bouffon calabrais, va-
riété du Matamore, que le peuple nomme encore
vulgairement *Giangurgolo :* c'était ce page grotesque
qui devait faire pleuvoir une grêle de sarcasmes sur
les amants dédaignés de la belle Mira. Le comte,
par un raffinement de précaution, fit plaquer sur la
toile peinte et vernissée de la nuée un enduit d'a-
miante, pour la mettre à l'abri de la combustion.

» Un incident de triste augure eut lieu au commencement de cette soirée où chacun se promettait tant
de plaisir. La reine se faisait habiller dans sa loge
par les dames du palais, et la *camarera-mayor* venait
de lui ceindre le front du diadème fabuleux de Mira;

elle se regarda alors dans un grand miroir en appuyant sa main dessus; mais quoiqu'elle ne l'eût touché que fort légèrement, la glace se fendit depuis le haut jusqu'en bas. La reine ne parut pas s'en émouvoir et feignit de rire de la profonde consternation de toutes ses dames, leur disant qu'il y avait faiblesse à s'effrayer de choses qui pouvaient avoir des causes naturelles. Pourtant son cœur avait tressailli comme d'un pressentiment mélancolique, et son front garda, pendant les premières scènes, une ombre de tristesse inquiète.

» La noble assemblée qui formait le public écouta avec froideur le prologue de la pièce; mais bientôt un intérêt irrésistible attacha tous les esprits à l'action. Le comte avait paru sur les planches en pauvre chevalier de fortune, ruiné par les frais de la croisade. Son épée et son courage étaient toute sa richesse. Pour mieux marquer la distance qui le séparait de celle qu'il aimait, il arrivait couvert d'un manteau râpé au milieu des riches prétendants qui se disputaient le cœur de la princesse. L'éclat de mille diamants rendait Mira plus belle que jamais; mais une fois que le pauvre chevalier eut parlé, il parut aussi plus beau que tous ses orgueilleux rivaux. D'abord, il joua avec le calme d'un grand seigneur dramatique. Mais, quand la reine fut seule en scène avec lui, quand Mira ne fut plus sous son regard troublé que l'ange de ses rêves, celle qu'il nommait tout bas Élisabeth, il ne vit plus qu'elle, et, oubliant la foule envieuse qui l'écoutait, ne joua plus que pour elle seule.

» Ce n'était plus un acteur qui débitait un rôle appris, c'était un homme qui laissait déborder la passoin de son cœur dans toute sa vérité. Enfin il chanta le grand air du premier acte, dont le refrain peut se traduire ainsi :

» Pourquoi m'as-tu dédaigné, Mira ! As-tu pensé
» que ton dédain mettrait mon amour au cercueil !
» As-tu pensé qu'un seul cœur au monde t'aimerait
» comme le mien ! »

» Le comte chanta ces vers d'une voix si tremblante et si pleine de désespoir, que la reine, émue, au lieu de le repousser en riant, suivant son rôle de coquette, quand il feignait de vouloir saisir sa main, la lui abandonna toute frémissante. Villa-Mediana fut encore assez maître de lui pour ne pas toucher la main royale. Il recula, et, jetant un coup d'œil dans la salle, rencontra le regard sévère et menaçant de Philippe, qui avait pâli au geste imprudent et révélateur de la reine.

» Le second acte s'ouvrit par l'apparition de la nuée, qu'une salve d'applaudissements accueillit. En ce moment le comte était nonchalamment adossé à un arbre des coulisses : un vague sourire errait sur ses lèvres, mais le pli de son front et la contraction nerveuse de ses sourcils trahissaient une horrible et secrète préoccupation. La nuée descendait du cintre, portée sur une pluie de fusées et d'éclairs, et les spectateurs n'apercevaient encore que la tête grotesque et grimaçante du nain, qui jouait la peur, tandis que, sans être vu, il écaillait du bout de ses ongles recourbés l'enduit d'amiante qui préservait la toile peinte. Tout à coup le comte regarda autour de lui, et se voyant, seul, frappa doucement ses deux mains l'une contre l'autre. A ce signal, le nain laissa pencher sur la toile une des *hachas* ou grosses torches de cire blanche qu'il tenait au poing : quelques étincelles flambent et pétillent aussitôt aux endroits que les ongles du *Giangurgolo* ont dépouillés d'amiante. Puis l'étincelle devient un jet de flamme qui serpente le long des cordelettes et des fils d'acier auxquels est suspendue la nuée, gagne les frises et les teint d'une lueur rougeâtre.

» Les spectateurs croient encore à l'illusion d'un feu artificiel et admirent. Mais leur erreur n'est pas de longue durée. Le ciel, les arbres, les palais, tout s'allume au brasier dévorant : les planches semblent onduler sous des vagues de flammes; la scène n'est plus qu'un cadre de feu. Alors on entend un grand cri sortir de la nuée ; puis la reine se lève, tremblante, éperdue, sous sa blanche robe et sa couronne, et tend les bras en avant comme pour demander du secours. Une horrible clameur d'angoisse lui répond ; mais qui oserait tenter de la sauver. Déjà elle est enveloppée d'un voile de flamme ; une pluie de gouttes rouges rebondit en cascades dans la salle, et l'incendie colle aux murs ses langues dévorantes. L'effroi chasse tous les spectateurs.

» Alors Villa-Mediana s'élance vers la nuée, et saisit, comme une proie dans ses bras, la reine, pâle, terrifiée, muette, à qui le Giangurgolo a dit en ricanant.

» — Ne craignez rien ! ne craignez rien !

» — Ici, personne ne viendra me l'er .ever ! s'écria.
le comte avec une joie farouche. Ici, je suis le roi !
Sur ces planches qui brûlent, sous ce ciel de feu,
nous pouvons mourir ensemble sans qu'on nous sépare ! Mais je n'ai pas tant osé pour qu'*elle* meure !

» Il traversa rapidement la scène, emportant son
précieux fardeau entre deux lignes de flammes, avec
ce courage égoïste et aveugle que donne une pensée
fixe du cœur, et il arriva devant une porte secrètement enchâssée dans la muraille, qui s'ouvrit sur
une escalier dérobé. Il allait la fermer, quand il entendit un rire aigre et strident qui semblait s'élever
de la nuée ardente et qui le fit tressaillir.

» D'un bond le nain fut près du comte et lui cria :

» — Vous m'oubliez, maître !

» En ce moment, la reine ouvrait les yeux ; mais
à l'aspect du *Giangurgolo*, dont la barbe, les cheveux,
les habits étaient à moitié brûlés, elles les referma
et jeta un nouveau cri, comme effrayée par une
monstrueuse vision. Le nain se mit à secouer les
grelots sonores de son bonnet, avec un rire niais.
Villa-Mediana, emporté par sa violence naturelle, le
repoussa et lui dit :

» — Va-t-en ! Ne vois-tu pas que tu ferais mourir
la reine de peur ?

» Le *Giangurgolo* leur jeta à tous deux le regard
venimeux d'une vipère, et grommela entre ses dents :

» — C'est cela ! l'orange sucée, au feu l'écorce !
Mais rira bien qui rira le dernier.

» — Que dis-tu ? demanda le comte, avec colère.

» — Je dis que c'est pour vous, maître, que j'ai

failli me brûler tout vivant, que je suis devenu horrible à faire mourir de peur une reine !

» Et sur un signe impérieux du comte, il se mit à
descendre l'escalier devant lui, en murmurant :

» — Le grain de sable que vous foulez au pied
vous fera rouler sur les marches sanglantes de l'échafaud, noble Villa-Mediana ! Vous aimez un beau
rêve, et le réveil sera terrible.

» Quand il fut au bas de l'escalier, dont les cent
marches descendaient dans un des caveaux où dormaient les aïeux du comte, sous la chapelle du
palais, il se retourna, tenant toujours sa torche à la
main, et un rayon de joie méchante éclaira son visage. Voici ce qu'il avait vu.

» Le comte avait d'abord suivi le nain d'un pas
rapide, malgré son fardeau, mais un des *chapins* de
la reine s'était tout à coup détaché. Ces *chapins*
étaient de petites sandales de brocart et de velours
garni de plaques d'or, à hauts talons, que portaient
alors toutes les grandes dames. Le chapin tombé, un
bas de soie à mailles larges recouvrait seul, ainsi
qu'un réseau, le pied admirablement cambré de la
reine, mignon et petit comme celui d'un enfant :
l'azur des veines était transparent sous une peau
blanche et rose. C'était la seconde fois que le comte
éprouvait un désir effréné de toucher ce pied royal ;
il ne résista pas et l'entoura de sa main. Peut-être
ignorez-vous, señor, l'extrême importance de cette
particularité, que votre peu d'habitude de nos mœurs
peut vous faire croire insignifiante. Sachez donc que
la dernière faveur par laquelle une dame espagnole

puisse confirmer à son amant l'excès de sa tendresse, c'est de lui montrer son pied. Le pied est la partie du corps que nos femmes cachent le plus scrupuleusement, et elles ne portent pas leurs robes à fleur de terre pour un autre motif. Aussi faut-il avouer que leurs pieds sont généralement dignes de ce culte. Rien de si joli à voir que leurs souliers de poupées, justes comme un gant ; quand elles marchent, il semble qu'elles volent ou qu'elles glissent.

» Vous comprenez, d'après cela, quelle fut l'audace de Villa-Mediana. Il n'osa néanmoins imprimer un baiser sur ce pied de fée, qui frémit au contact de sa main. La reine s'éveilla presque aussitôt comme d'un songe et rougit en se voyant seule, avec le comte, sur ces marches de pierre. Elle le repoussa doucement et murmura ces mots :

» — Seuls ! Que signifie cela ? Que s'est-il donc passé ? Où sommes-nous, señor comte ? Répondez ! répondez ! Oh ! j'ai fait un horrible rêve.

» — Vous avez eu peur de mourir, madame, répondit Villa-Mediana avec un accent de reproche, et pourtant vous me saviez près de vous.

» — Je ne crains pas la mort, dit naïvement la reine, mais j'ai eu peur de ces horribles flammes. Je ne suis qu'une femme et j'ai bien le courage de souffrir, mais je n'ai pas la force de regarder le danger en face sans pâlir.

» — Je dois donc vous demander mon pardon pour vous avoir causé cette angoisse, reprit le comte en s'agenouillant devant elle, car c'est moi qui ait

21

fait secouer une torche embrasée sur la toile de la nuée.

» — Pourquoi cela, señor? s'écria la reine avec l'expression d'une surprise profonde.

» — Pourquoi! vous n'avez donc su rien deviner, madame? Pourquoi, me demandez-vous! Pour égaliser un instant nos deux destinées ; pour que nous ne fussions un instant moi qu'un homme amoureux et brave, vous qu'une femme belle et aimée libre de son cœur comme les autres.

» — Vous vous êtes perdu, fit la reine épouvantée; on vous aura vu.

» — Ah! merci pour cette parole, dit le comte. Vous vous oubliez pour penser à moi. Mais non, ajouta-t-il en voyant la figure de la reine se glacer d'une dignité sévère; vous me reprochez par là d'avoir causé votre perte. Rassurez-vous, madame, les courtisans savent respecter l'étiquette et n'oseraient *toucher à la reine*, au milieu des flammes. Le roi seul avait le droit de vous sauver. Je lui en ai donné le temps; il n'est pas venu.

» — Vous deviez me laisser mourir, comte.

» — Mais je vous aime, madame! répliqua hardiment Villa-Mediana.

» La reine pâlit; mais, après un instant de silence, elle posa sa main sur son cœur pour en comprimer les battements et dit d'une voix lente :

» — Cet aveu est un crime, señor, et vous ne pouvez le racheter qu'en quittant l'Espagne. Si vous m'aimez réellement, vous comprendrez que nous devons nous dire ici un éternel adieu. Votre dévoue-

ment restera gravé dans mon cœur. Un souvenir!
Telle est l'unique récompense que puisse vous oc-
troyer la femme qui est condamnée à étouffer son
cœur sous le cilice royal.

» — Quitter l'Espagne! Ai-je bien entendu cet arrêt sortir de vos lèvres? s'écria-t-il. Ainsi, vous ren-
versez d'une parole tous les rêves de mon âme. Loin
de vous, que sera la vie pour moi? une nuit funeste.
Ma récompense eût été dans une sourire; moins que
cela, dans un geste; moins que cela, dans un regard
que vous eussiez laissé tomber sur moi par hasard et
qui m'eût dit : Je vous ai vu! Non, vous ne serez
pas si impitoyable. Qu'est-ce que cela vous ferait de
savoir que, dans la foule, au milieu de cette poussière humaine qui vous entoure, se cache un bras
dévoué, un cœur qui vous aime, une pensée qui ne
se détache jamais de vous; compagne inconnue de
vos joies, consolation de vos douleurs!

» — Non, vous ne pouvez rester à la cour, dit la
reine. Vous seriez pour moi le remords vivant.

» — Ah! vous me trompez, reprit Villa-Mediana,
que son caractère emporté exalta alors jusqu'à la fureur. Vous me méprisez, l'orgueil de votre rang
dicté ces dures paroles. Vous me chassez. Mais pourquoi donc êtes-vous belle pour tous, si un seul homme
a le droit de vous aimer, si les yeux des autres ne doivent pas voir, si les cœurs des autres ne doivent pas
battre quand la reine passe devant eux. Je resterai,
madame.

» La violence du comte rendit à la pauvre femme
tout son sang-froid.

» — Faites-moi place, señor, dit-elle. J'eusse été
surprise que le *Roi des Bravaches* n'eût pas bientôt
remplacé la *Bouche D'or.*

» Cette allusion aux deux surnoms que les ennemis de Villa-Mediana lui donnaient, l'humilia
si profondément, qu'elle dompta sa colère soudaine.

» — Vous me jugez sévèrement, madame, répondit-il. Je n'ai que trop mérité vos reproches, mais
avant vous une voix puissante s'était élevée dans mon
âme pour me les adresser. Du premier jour où je
vous vis, c'est-à-dire de l'instant où je commençai à
vous aimer, ma conscience me cria que je n'étais
pas digne d'un de vos regards. Alors mon cœur se
purifia par le repentir, comme si le doigt de Dieu
l'eût touché, et je compris que j'aimais pour la première fois.

» — Silence! silence! interrompit la reine. Par
pitié, ne parlez pas ainsi.

» — Alors, continua Villa-Mediana d'une voix
tendre et triste, je devins rêveur comme un bachelier de seize ans. Je me surprenais, chaque jour, assis au bord des étangs de mes jardins, regardant l'eau
pleurer dans les bassins de marbre, l'étoile vaciller
au ciel, écoutant tomber la feuille d'arbre et mourir
le chant de l'oiseau. C'est que je voyais votre image
trembler à la surface de l'eau, c'est que cette étoile
était la vôtre; c'est que la musique de l'oiseau, c'était
votre voix que je croyais entendre. Si, toujours au
milieu des folles joies de mes anciens compagnons,
ils s'étonnent de me voir à l'écart, le front penché,

c'est que je pense à vous. Si mon sommeil est paisible, tandis que mes journées sont inquiètes et douloureuses, c'est que dans mes songes je puis vous avouer mon amour et que vous ne m'imposez plus un dédaigneux silence. Le *Bravache* est mort en moi, madame. Mais je serais le plus lâche des hommes, que mon amour me rendrait le plus téméraire de tous, quand il s'agirait de vous défendre.

» — Non, vous ne pouvez rester, répéta la reine. Et sa voix trembla en ajoutant : Car la seule vérité, c'est que je vous aime et que je vous demande grâce.

» — Élisabeth ! s'écria le jeune homme en se rapprochant d'elle.

» — Taisez-vous ! par pitié, taisez-vous, señar, dit-elle. J'ai entendu comme un bruit lointain de voix confuses. On me cherche. On va venir.

» En ce moment, en effet, une sourde rumeur semblait s'élever du fond de l'allée des Tombes, où se trouvait alors le *Giangurgolo*. La reine remonta deux marches en disant très-vite et d'une voix étouffée :

» — Grâce ! grâce ! comte de Villa-Mediana ; je vous pardonne, mais fuyez. Vous ne voulez pas ma mort, n'est-ce pas ? ajouta-t-elle en saisissant ses mains. Vous ne voulez pas que votre amour soit pour moi le déshonneur, et que je vous méprise. N'est-on pas déjà entré dans ce caveau ? Oh ! j'ai peur pour vous, je tremble pour vous, je meurs pour vous, Miguel !

» — Me croyez-vous lâche, madame ?

» — Eh bien! j'ai peur pour moi. Je tremble pour moi. Je ne suis pas brave comme vous. Les femmes n'ont point de courage, elles. Et si l'on nous surprenait, grand Dieu! Ce public déshonneur qui me frapperait, moi innocente! Tous ces yeux méchants qui s'attacheraient inflexibles sur moi! — Oh! plutôt m'ensevelir vivante dans les flammes! au moins la reine sera morte sans flétrissure et sans honte.

» Et elle remonta deux marches encore.

» — Rassurez-vous, madame, dit alors Villa-Mediana sans l'arrêter. Je vais partir. Ce caveau a deux issues, l'une dont le *Giangurgolo* vous ouvrira la porte de fer, scellée dans le granit, l'autre qui protégera ma fuite. Mais avant, il faut que vous me donniez un gage que je puisse garder comme un souvenir de cette soirée. En le voyant, je serai sûr au moins de n'avoir pas fait un rêve.

» — Que puis-je vous donner? Je n'ai rien, murmura Élisabeth.

» — Pas même une fleur flétrie comme mon amour, madame?

» — Rien, pas même une fleur comme celle que la dernière fille du peuple mêle à ses cheveux. Dans ce palais, hôtellerie des reines, rien n'est à moi... rien, que cette croix d'or qui a appartenu à ma mère, et je ne puis vous donner, à vous, le talisman de ma mère, Miguel.

» En ce moment, le nain poussa un cri lugubre, et on entendit des coups violents battre la porte de fer du caveau. Sans doute, le roi dirigeait activement

les recherches et on espérait que la reine se serait
réfugiée dans ce cimetière féodal.

» — Encore une minute ! et il ne sera plus temps
de fuir, señor !

» — J'attends votre gage, madame.

» Brisée, annéantie, la reine semblait n'avoir plus
une idée nette et distincte dans son cerveau, et être
étourdie par le vertige de la peur. Ses mains se joignirent convulsivement. Tout à coup son regard
tomba sur ses mains blanches et fines, et un rayon
d'espoir éclaira son visage.

» A sa main droite brillait une énorme perle de
la plus belle eau, aussi grosse qu'une poire, et
nommée *la Peregrina*. Elle essaya de la faire glisser
de son doigt, mais il lui fallut l'arracher avec un
violent effort.

» — Vous attendez votre gage, le voici, señor,
dit-elle, en tendant le joyau à Villa-Mediana avec
dignité. Et maintenant, partez.

» — Ce gage est trop précieux, madame; c'est
une fortune, et je préférerais une feuille qui eût
touché vos lèvres.

» — La porte va céder ! répondit la reine, en
écoutant un nouveau cri du nain.

» — Mon Dieu ! madame ! s'écria le comte, cette
perle est tachée de sang.

» — C'est le mien, Miguel, qui a coulé quand
j'ai arraché ce gage de mon doigt... Mais ne craignez rien, cette tache s'effacera.

» — Madame, dit le comte, je suis bien coupable, et Dieu m'est témoin que ce sang sera lavé

de mes larmes. Mais comment pourrais-je mériter mon pardon?

» — Vous pouvez me sauver, répondit-elle. Ils descendirent les dernières marches. Élisabeth suivit le *Giangurgolo,* qui s'empressa d'ouvrir la porte de fer, et Philippe IV mit le pied sur le seuil, tandis que ceux qui l'accompagnaient s'inclinaient devant la reine.

— Sauvée? dit-il froidement. Dieu a entendu nos prières et a eu pitié du sang royal. Est-ce toi, continua-t-il, en s'adressant au nain, qui as sauvé la reine?

» — Je tiens trop à garder mon cou sur mes épaules, pour m'être permis un tel dévouement, répliqua le Giangurgolo. Il n'y a qu'un amoureux...

» — Que veux-tu dire? demanda Philippe à voix basse.

» — Votre Majesté le saura quand je pourrai lui parler sans témoins, répondit tout bas le nain.

» — Assurez-vous de cet homme, ordonna le roi. Et, se tournant vers la reine : Nous ordonnerons un *Te Deum,* pour rendre grâce à Celui *qui voit tout* de votre salut miraculeux.

» A l'autre porte, le comte trouva, en dehors, un homme enveloppé d'un caban brun, et qui semblait attendre quelqu'un. Cela le surprit; néanmoins il allait s'éloigner quand, cet homme lui dit familièrement ;

» — Votre hôtel est brûlé, señor. Vous perdez là cent mille écus !

» — J'ai déjà entendu cette voix, se dit Villa-Mediana.

» — Mais, continua avec un rire amer l'inconnu, il y a des rendez-vous qui ne peuvent se payer trop cher.

» Un frisson secoua tous les membres du comte. Il tira son stylet, et saisi d'une fureur aveugle, se jeta sur cet homme qui, se redressant, étreignit de ses mains calleuses les bras du gentilhomme.

» — Toujours bravache et meurtrier de nuit, noble comte! s'écria-t-il. Avant de me frapper, demande-moi au moins qui je suis!

» — Que m'importe ton nom, dit Villa-Mediana, effrayé pour la première fois de sa vie. Tu sais mon secret et tu dois mourir. Je ne te connais pas.

» — Regarde au moins mon visage, répliqua l'homme.

» Il écarta son caban et sa cape. Le comte recula et le stylet lui tomba des mains. C'était Melchior Gomez, l'aguador du faubourg de Murcie.

» — Méconnais-tu encore ton sauveur? dit Melchior. Ton Giangurgolo est le frère de José que tu as tué. Pour moi, je suis au service du comte-duc d'Olivarès, et de plus, familier de l'inquisition. Au nom du roi et du Saint-Office, don Miguel de Villa-Mediana, je vous arrête.

21.

V

UN AUTO-DA-FÉ

» Dès le lendemain, Villa-Mediana comparut devant le comte-duc d'Olivarès, qui était assisté d'un des conseillers de l'inquisition, car depuis longtemps le Saint-Office avait l'œil et la main ouverts sur la conduite du *Roi des bravaches*. Le portrait que votre Lesage a tracé de ce ministre dans le *Gilblas* est d'une parfaite vérité. Il était en effet d'une taille au-dessus de la médiocre, et pouvait passer pour gros dans un pays où il est rare de voir des personnes qui ne soient pas-maigres. Ils avait les épaules si élevées, que Villa-Mediana ne l'appelait pas autrement que le *bossu*. Sa tête, d'une grosseur excessive, lui tombait sur la poitrine : ses cheveux étaient noirs et plats, son visage long, son teint olivâtre, sa bouche enfoncée, et son menton pointu et relevé. Ce seigneur n'était pas méchant, mais fantasque et d'un orgueil féroce, qui rendait ses haines immuables. Il eût entendu Dieu le père en personne lui commander de pardonner à l'*amoureux de la reine* cette fatale épithète de bossu, qu'il n'eût pu s'y résoudre. Villa-Mediana, qui connaissait à fond le personnage, était décidé à se renfermer dans une dénégation absolue des faits qui lui seraient imputés. Il savait que le témoignage de Melchior et de Louisillo, hommes du peuple, mal famés, ne pouvait être compté pour preuve valable dans une accusation contre un grand d'Espagne. Il s'attendait à un interrogatoire sévère et violent : aussi une inquiétude secrète s'empara-t-elle de lui quand il vit le ministre l'accueillir d'un air doux et bienveillant. Néanmoins tout son orgueil se raidit en face du favori, et il se prépara à répondre de la manière la plus sèche et la plus hautaine.

» — Comte de Villa-Mediana, demanda le ministre, savez-vous de quel crime vous êtes accusé?

» — Je l'ignore entièrement, dit le jeune homme avec une hauteur presque insolente.

» — Je vais donc vous l'apprendre, reprit Olivarès d'une voix doucereuse. Je ne vous parlerai pas des paroles hérétiques et impies que vous avez prononcées au sujet des âmes du purgatoire, ni du meurtre que vous avez commis le jour sacré de la fête de la Vierge. Ceci regarde le tribunal du Saint-Office, ajouta-t-il, en jetant un coup d'œil d'intelligence à l'inquisiteur, qui s'inclina et se signa dévotement. Plus tard on vous interrogera sur ces énormités, que nous voudrions croire fausses. Au-

jourd'hui nous devons vous faire avouer un crime
qui outrage une majesté de la terre.

» — Que voulez-vous dire? interrompit le comte.
Je suis le plus fidèle sujet de notre seigneur et maître le roi Philippe IV, et quiconque avancerait le
contraire serait un menteur ou un fou!

» — Soyez plus calme, señor et ne feignez pas de
prendre le change sur nos paroles, continua le ministre. Vous avez fait un songe téméraire, cousin, et
vous avez voulu serrer ce songe entre vos bras. On
achète au prix de sa vie un bonheur si coupable.
Votre amour a éclaté comme un orage et la foudre
était derrière.

» — Je ne comprends rien aux énigmes, dit froidement Villa-Mediana, dont une sueur froide mouillait les tempes.

» — Señor comte, répliqua Olivarès, les rois
d'Espagne sont si jaloux de leur grandeur, qu'une
princesse qui a été leur femme ne devient jamais la
femme d'un autre roi. Vous ne l'ignorez pas. Leurs
veuves n'ont plus d'autre époux que N-.S. Jésus-
Christ, et ensevelissent leur veuvage sous la simarre
violette des carmélites. Les maîtresses mêmes du
roi, filles ou veuves, prennent le voile et meurent au
monde, quand il cesse de les aimer. Le couvent des
Descalzas reales [1] s'ouvre aussi pour les répudiées et
les filles naturelles du monarque.

» — Eh bien! fit le comte, en souriant du bout
des lèvres.

1. Les déchaussées royales.

» — Eh bien ! murmura à voix basse le ministre, en fixant ses yeux perçants sur le visage affreusement pâle du jeune seigneur, si un tel sort est réservé aux reines innocentes, jugez quel supplice attend les reines adultères et comment on punit leurs complices. Vous êtes resté seul avec la reine pendant une demi-heure cette nuit, señor ! me comprenez-vous, maintenant?

» — Cela est faux ! s'écria le comte en frémissant.

» — Cela est vrai, dit Olivarès, vos frémissements vous dénoncent.

» — Cela est faux ! La vérité, c'est que vous avez soif de mon sang. Mais ne croyez pas me faire peur : je ne suis pas un lâche. Pour moi, le bourreau est le médecin de la dernière heure ; pour moi, l'échafaud est un lit de mort un peu plus solennel, voilà tout. Vous pouvez m'assassiner, mais me faire plier devant vous, cousin, jamais. Et, pour me perdre, vous n'avez pas besoin d'accuser une femme innocente, et que vous devez respecter.

» — Cette hardiesse sied mal à un accusé, don Miguel, dit sévèrement le comte-duc.

» — Un accusé ! répéta Villa-Mediana en souriant avec fierté. Cousin, si j'étais à votre place et vous debout devant moi, vous seriez donc plus humble et plus soumis que moi?

» Le comte-duc se mordit les lèvres, et ses épais sourcils se rejoignirent.

L'inquisiteur se pencha alors à l'oreille du jeune homme et lui dit :

» — Vous comprenez mal son Excellence, mon fils. Elle demande des renseignements et ne veut point votre perte... gardez-vous de l'irriter... le comte-duc n'aime pas la reine, et si...

» — Et, si je l'accuse et la sacrifie, demanda Miguel, que pourrai-je espérer? La mort... comme si je reste muet, n'est-ce pas?

» Une joie sombre se peignit sur les traits durs et ridés du conseiller du Saint-Office, et, tandis que le ministre semblait feuilleter et consulter avec une attention profonde les chefs d'accusation, l'inquisiteur répondit :

» — La mort! non pas, mon fils, mais votre salut.

» — Qui me l'assure?

» — La parole de son Excellence. Le geôlier du cachot est à sa dévotion. La porte s'ouvrira pour votre fuite.

» — Fausses promesses! une fois les aveux écrits et l'oiseau en cage, on ne brisera pas les barreaux et ma voix sera étouffée.

» — Son Excellence jurera sur l'Évangile!

» — Les démons! murmura *l'amoureux de la reine.* Ils parlent d'hérésie et profanent ainsi les choses les plus sacrées. Ils poseraient sans honte sur l'Évangile leurs lèvres menteuses.

» — Si vous persistez dans votre silence, dit le comte-duc en se levant à moitié de son fauteuil, et regardant fixement son ennemi, vous savez ce qui vous attend...

» — Trois jours de chapelle ardente, reprit doucement l'inquisiteur. A votre droite le *verdugo* [1] en prières! à votre gauche les dominicains chantant sur vous les prières des morts! au milieu, entre le *verdugo* et les moines, vous, le condamné, agenouillé, la tête rasée, vêtu de votre linceul et priant pour votre âme, si vous en avez le courage.

» — Et si vous parlez, dit Olivarès, mon pouvoir vous fait libre, vous rend à la vie, au bonheur...

» — Abandonné de nous, continua le conseiler, vous subissez un supplice infamant... le poignet brisé, la tête tranchée... en face d'un peuple hideux, qui hurle et maudit...

» — Si vous parlez, ajouta le comte-duc, une fortune vous suivra dans l'exil que vous choisirez... de plus, l'oubli éternel du passé...

» Villa-Mediana parut hésiter. Olivarès sourit. Il était heureux de pouvoir flétrir cet ennemi qui raillait autrefois son peu de courage et devant lequel il avait eu le malheur de fuir, dans une rencontre nocturne, où tous deux donnaient une sérénade à la même femme.

» — Voilà bien ces bravaches de cour! pensait-il. Ils ont le courage isolé du duel et du champ de bataille; mais ce courage moral qui fait un homme martyr d'un complet dévouement à Dieu, à l'amour, à la patrie; qui le rend impassible en face de l'adversité, de la misère, de l'infamie ou d'une mort obscure et douloureuse, cette vertu leur manque!

» Et il leva les yeux pour s'assurer de son triom-

1. Le bourreau

phe, mais il rencontra le regard altier et méprisant du jeune homme, qui répondit froidement à ses juges :

» — Vous êtes deux lâches, toi, moine hypocrite, et toi, ministre sans cœur, puisque vous avez osé me proposer une pareille lâcheté et me croire capable d'accepter la vie de votre bon plaisir... vous avez jugé mon âme d'après la vôtre.

» — Ah! dit Olivarès, tu nous braves, cousin. Mais quoi que tu fasses pour sauver cette femme, elle est perdue.

» — Quoi que tu fasses pour la perdre, répliqua Villa-Mediana, elle est sauvée.

» — Perdue! reprit le ministre, perdue! déshonorée! car on a pris sur vous *la peregrina,* cette perle, la plus belle de l'Europe, hier encore au doigt de la reine... — De qui tenez-vous ce gage? Qui donc vous l'a donné?

» Et il agitait dans ses mains le joyau célèbre, qui avait, selon tous les historiens, la forme et la grosseur d'une poire de rousselet.

» — Sauvée, mon Dieu, merci, dit en son cœur Villa-Mediana. Et fixant sur *la peregrina* un regard assuré, il s'écria :

» — Cette perle, je l'ai *volée.*

» A cette réponse, dont Olivarès comprit et admira involontairement l'héroïsme, les deux juges restèrent interdits. Ce sacrifice noble et spontané par lequel Villa-Mediana flétrissait son propre honneur pour sauver celui de la reine, n'avait pas été prévu par ces âmes vulgaires. Ce dénouement les terrassa.

» — Fray Cristoval, dit Olivarès à l'inquisiteur, il serait odieux de condamner le comte sur l'aveu d'un crime aussi invraisemblable. Le tribunal du Saint-Office le jugera seulement comme accusé de propos hérétiques et de meurtre commis le jour de la fête de la Vierge.

» Il se leva et donna l'ordre à deux familiers de reconduire le prévenu dans sa prison. Mais, avant de se séparer de l'inquisiteur, il lui dit :

» — Sa Majesté exige un silence absolu sur cette affaire. Le comte ne doit plus reparaître dans le monde. Le roi fait grâce de la vie à son ancien favori. Pour être plus sûr que ce dernier ne puisse s'évader, le frère de sa victime, *Louisillo Gomez*, sera commis à sa garde.

» — Mais, dit le dominicain, ce Louisillo n'est-il pas soupçonné de sorcellerie?

» — Vous le convertirez, mon père. D'ailleurs le roi le veut.

» Fray Cristoval s'inclina et sortit.

» Comme on n'avait plus revu Mediana depuis l'incendie de son hôtel, plusieurs bruits coururent. Les uns prétendaient qu'il avait été étouffé par les flammes ; les autres que les parents de doña Francisca de Tavara l'avaient tué à coups d'épée ; quelques-uns seulement racontaient l'histoire du coup de pistolet tiré, par ordre du roi, dans le carrosse du comte ; version qui fut plus tard accréditée par les historiens stipendiés. Pendant que sa mort était constatée par toutes ces rumeurs, le malheureux souffrait les lentes tortures que l'inquisition inflige à ses prisonniers.

Dans l'ombre de son cachot, il n'avait ni la pensée, ni le regard, ni la parole libres. S'il dormait un instant, la voix aiguë de Louisillo le réveillait ; les yeux rouges et brillants du nain s'attachaient immobiles sur les siens, dans l'horreur des ténèbres. La haine de ce monstre n'accordait pas de relâche au jeune comte, et pourtant elle n'était pas satisfaite. Louisillo eût voulu sang pour sang. Son intelligence épaisse, subtile pour la vengeance seulement, ne concevait que la peine du talion.

« Chaque jour il répétait à Villa-Mediana :

» — C'est moi qui t'ai jeté dans ce cachot. C'est moi qui ai voulu faire périr la reine. Je la hais puisqu'elle t'a aimé.

» Le comte haussait les épaules et ne répondait pas. Louisillo avait pourtant compris que le meilleur moyen de blesser et d'irriter le jeune seigneur, c'était de ternir son idole par des paroles outrageantes. Une fois il s'emporta si fort dans ses injures contre la noble Élisabeth, que Villa-Mediana sentit la colère s'allumer dans ses veines, comme aux jours où il eût appelé un homme sur le terrain pour un mot, un sourire équivoque, et il leva le bras pour frapper.

» Louisillo ne chercha pas à reculer ou à se défendre, mais il se mit à rire avec une expression idiote et sauvage. Le bras du comte retomba sans frapper. Alors le nain furieux alla tirer une épée cachée sous le grabat où il dormait, et la montrant à Villa-Mediana :

» — Ma vengeance n'était pas entièrement accomplie, lui dit-il. Je t'ai dérobé l'épée qui a déchiré la poitrine de mon frère. Elle sera l'arme de ma dernière vengeance.

» Et, tandis que le comte reculait machinalement, le nain se jeta sur la pointe de l'épée et tomba noyé dans son sang, en poussant des cris désespérés.

» Deux geôliers accoururent.

» Louisillo tendit ses mains crispées par la douleur vers le comte et dit avec effort :

» — C'est lui qui m'a assassiné...

» — Le *pénitent!* s'écrièrent les geôliers consternés. Car les captifs de l'inquisition perdaient leur rang et leur nom en passant le seuil de la prison.

» — Le pénitent, répéta Louisillo ; il a voulu me punir d'avoir révélé... son secret...

» En prononçant ce dernier mot, il expira. Son regard se ternit, mais ses yeux ne se fermèrent pas.

» Villa-Mediana ne put s'empêcher d'admirer cette haine profonde et persévérante. Devant le tribunal, il ne daigna pas se défendre de ce nouveau crime. Dans cette tombe, où la vie était une mort de chaque minute ; où la pensée était un ver rongeur, il s'était lassé de la vie. Il avait senti son cœur s'énerver et son corps vieillir. Il ne demandait plus qu'une mort prompte et en plein jour, bien préférable à cet allanguisement atroce.

» Ce vœu fut-il exaucé? c'est ce que personne n'a jamais su. Pourtant voici un fait qui servit à fixer bien des doutes.

» Six mois après la disparition du comte de Villa-Mediana, un auto-da-fé eut lieu sur la place Mayor de Madrid. C'était là un spectacle plus curieux, plus rare et plus fêté qu'une course de taureaux. En Espagne, on ne considère pas cela comme une simple exécution de criminels, mais comme une cérémonie religieuse, dans laquelle le roi catholique donne des preuves publiques de son zèle fervent pour l'Église.

» On avait dressé sur la place un théâtre de cinquante pieds de long, à la hauteur du balcon royal, sous lequel il finissait. A l'extrémité et sur toute la largeur de ce théâtre, s'élevait, à la droite du balcon royal, un amphithéâtre de trente gradins, destiné au conseil de l'inquisition et aux autres conseils d'Espagne. Au-dessus se dressait, sous un dais de brocart, la chaire du grand inquisiteur, beaucoup plus élevée que le balcon du roi. Les criminels étaient placés sur le second amphithéâtre.

» La reine était à la gauche du roi; et ses dames occupaient le reste de la longueur du même balcon. Les autres étaient garnis d'ambassadeurs, de seigneurs et femmes de la cour. Des échafauds portaient la foule du peuple.

» La cérémonie commença par une procession qui partit de l'Église de Sainte-Marie. Cent charbonniers, armés de piques et de mousquets, marchaient les premiers, parce qu'ils fournissaient le bois du bûcher. Venaient ensuite les Dominicains, précédés d'une croix blanche et suivis de leurs malheureuses victimes. Le duc de Medina-Cœli portait l'étendard de l'inquisition, selon le privilége héréditaire de sa famille. Cet étendard était de damas rouge; sur l'un des côtés était brodée une épée nue dans une couronne de lauriers, et sur l'autre les armes d'Espagne.

» Ensuite des *familiers* portaient une croix verte entourée d'un crêpe noir. Plusieurs grands d'Espagne et d'autres gentilshommes, affiliés de l'inquisition, marchaient ensuite, couverts de manteaux ornés de croix blanches et noires, bordées de fil d'or. Enfin la marche était fermée par cinquante hallebardiers commandés par le marquis de Povar, protecteur héréditaire de l'inquisition du royaume de Tolède.

» La veille, les Dominicains avaient déjà fait une procession pour sanctifier le théâtre en y plaçant l'étendard et la croix verte ; ils avaient passé la nuit à psalmodier, et célébré sur l'autel plusieurs messes dès la pointe du jour.

» Les charbonniers se rangèrent à la gauche du balcon royal : la droite fut occupée par les gardes. Alors s'avancèrent plusieurs *familiers* portant des effigies de carton, grandes comme nature. Les unes représentaient les condamnés morts dans la prison, dont les os étaient entassés dans de grands coffres de bois, peints de flammes rouges. Les autres représentaient ceux qui s'étaient échappés et qu'on n'avait pu juger et brûler que par contumace. Au milieu du théâtre se dressaient deux énormes cages de fer. Dans la première furent enfermées ces figures de carton, et dans la seconde les criminels vivants, qui avaient les pieds nus, et un grand scapulaire de toile jaune, parsemé de croix de saint André rouges et appelé *san Benito* : les autres, des *carochas*, bonnets de carton élevés en forme de pain de sucre et couverts de flammes et de figures diaboliques.

» Les lecteurs du jugement montèrent dans les trois chaires préparées pour eux sur le théâtre, et chacun d'eux lut tour à tour à haute voix la sentence fatale aux criminels, qui cachaient leur figure sous le capuchon de leurs robes de moine et aux effigies de carton, qui donnaient l'exemple du calme aux vivants.

» La sentence proclamée, les pauvres criminels entonnèrent les actions de grâce. Au milieu de leurs voix chevrotantes, on en distingua bientôt une qui s'élevait pure, ferme et sonore, sans être dénuée d'une tristesse plaintive et mélancolique. A l'accent de cette voix, la reine tressaillit et devint pâle comme la mort. Cela fut remarqué par plusieurs dames de la cour, qui la regardaient en ce moment, et doña Francisca de Tavara qui se trouvait placée tout à fait derrière elle, entendit le roi lui dire très-bas, mais avec un accent bref et dur :

» — Cette voix a produit une étrange impression sur vous, madame. On nous regarde. Cachez mieux le trouble de votre cœur. L'étiquette de cette cour pose sur les visages royaux un masque que ne doit point dérider le sourire, que ne doit plisser ni la douleur, ni la colère. Imitez-moi, madame. Levez les yeux, gardez un visage calme. La reine d'Espagne doit l'exemple aux bons catholiques.

» — Pardonnez-moi, sire, répondit la reine toute tremblante.

» Les condamnés passaient alors sous le balcon royal. Ils s'inclinèrent devant Philippe IV et se remirent en marche. Un seul, homme de moyenne taille,

était resté immobile, comme si son regard n'eût pu
se détacher du roi, comme si ses pieds eussent été
cloués à la terre. Un frisson convulsif agitait tous ses
membres. Le peuple se mit à crier :

» — Le lâche ! le lâche !

» Mais sans doute le criminel n'entendait pas. Il
se pencha vers la balustrade, écarta vivement son capuchon en fixant un regard désespéré sur la reine,
et reprit son rang dans le troupeau des victimes. La
reine étouffa le cri de douleur qui allait jaillir de ses
lèvres ; mais sa main, que le roi saisit avec affecta-
tion, était froide et glacée. Doña Francisca qui, seule
des dames de la cour, avait entrevu le visage du criminel, semblait pétrifiée ; elle déclara depuis quelle
eût juré avoir reconnu le pâle spectre du comte de
Villa-Mediana.

Cet incident fut mis sur le compte d'un accès de
lâcheté d'un des *pénitents* et passa presque inaperçu.
Le chant d'actions de grâce recommença : mais
cette fois la belle voix qui avait captivé l'attention
était troublée et tremblante.

» Les criminels remontèrent sur le théâtre, on mit
le feu aux tréteaux. La flamme pétilla, ondula sous
le vent, puis serpenta et s'éleva comme les flots de
l'Océan à la marée haute. Les actions de grâces se
changèrent peu à peu en horribles hurlements. Puis
les hurlements diminuèrent, puis ils s'éteignirent.
Toutes les victimes étaient tombées, étouffées par
les nuages de fumée. Le chanteur seul restait debout,
embrassant un pilier de ses bras. Sa voix éclatait dans
le silence et luttait avec le sifflement des flammes.

Ses vêtements brûlaient et ses lèvres remuaient toujours. Enfin quand un voile de feu l'entoura, il arracha son capuchon, et jetant une dernière parole, dans laquelle les Dominicains crurent reconnaître le nom d'Élisabeth, il se laissa glisser dans la fournaise qui avait déjà consumé ses pieds. La reine poussa un cri et cacha ses yeux dans ses mains. »

Ici finit la complainte du Giangurgolo. Quant au châtiment de la malheureuse Élisabeth, je ne vous parlerai pas des vagues rumeurs qui coururent à ce sujet parmi les Madrilènes. Il me faudrait trop calomnier l'histoire. Philippe IV épousa en secondes noces l'archiduchesse Marie-Anne d'Autriche.

FIN

TABLE

POISSY. — TYP. ET STÉR. DE A. BOURET.

www.ingramcontent.com/pod-product-compliance
Lightning Source LLC
Chambersburg PA
CBHW050302030726
47505CB00003B/532